あくまで怠惰な悪役貴族

2

Author
イコ

TOブックス

Illustrator◆kodamazon　Design◆Veia

カリン

リュークの婚約者。リュークに一目惚れして、たくさんの料理を振る舞っている。

リューク

本作の主人公。怒ることすら面倒くさいグータラさ。好きなゲームの世界に転生したので、それを楽しみながら、あくまで怠惰に断罪を回避に励んでいる。

リンシャン

リュークのデスクストス家と対立するマーシャル家の令嬢。リュークと出会い価値観が揺らいでいる。

シロップ

リュークの専属メイド。リュークを主人として敬愛している。

ルビー

リュークの同級生で猫獣人。戦闘技術はヒロイン随一。リュークの強さを尊敬している。

リベラ

リュークの同級生で従者。リュークの新魔法開発に対する姿勢を尊敬している。

ダン

ゲーム世界の本来の主人公。学園でヒロインたちと恋愛関係を結ぶことで、様々な話に展開していくはずだったが……。

ミリル

リュークの同級生。リュークに助けられた過去があり、救世主と慕っている。

プロローグ　デスクストス家の花嫁

《Sideテスタ・ヒュガロ・デスクストス》

目を瞑《つぶ》ると、幼いアイリスとリュークが私をじっと見ている。

二人は愛苦しい姿をして、私の胸を締め付けてくる。

家族の愛などまやかしにすぎない。

そう思いながらも、二人の姿は脳裏に刻み込まれている。

目を開けると、そこはデスクストス家が所有する豪華客船ドレイスク号の一室であり。

年越しを祝うイベントのために、貴族派と呼ばれる者たちが乗り込んできている光景が窓越しに見えていた。彼らは我々デスクストス家の者に頭を垂れるためにやってきている。

今夜の主役を務めるのが、我の役目だ。

「テスタよ。わかっているな?」

不意に父上から声をかけられて、我は気持ちが緩んでいたことを反省する。

父上であるプラウド・ヒュガロ・デスクストスを視界に捉えて頭を下げた。

「はっ、父上のご意向は理解しております。今宵《こよい》は余興をいくつか用意しました。何より我とリュークでは差があることを見せつけることができるでしょう」

こんなことをする必要があるのか疑問しかない。

リュークがアレシダス王立学園に通うようになり、次代のデスクストス家の当主にリュークを推す声が多少は聞こえ始めている。

それらを牽制するために、今宵のパーティーでは多少の余興が用意されていた。

「うむ、期待しておるぞ。デスクストス家を継承させるために必要な儀式だ。今宵はお前の花嫁となる二人を紹介する場でもあるのだ。十分に力を見せよ」

これだけの大物が集う場所で、父上の言葉は傲慢なままだ。

まさしく、己が一番であることを示すように。


父上と共にドレイスク号のスイートルームに入れば、結婚相手となる二家の者たちが集まり、顔合わせを行っていた。

上座には父上が厳しい顔をして、アクージ家当主、ブフ家当主に話題を振っている。

アクージ家は、戦争屋と言われる家系で、帝国との小競り合いを現在も続けている。

その家訓は、《勝てば全てが許される》という考え方で、どんなに汚い仕事でも請け負うため、戦争屋以外にも掃除屋とも呼ばれている。

ブフ家は、王国の宗教である《通人至上主義教》を取り仕切る家系であり、国教として教会で行う政を一手に取り仕切っていた。

父上とアクージ家当主は、古い友人同士で、我の知らない繋がりを持っている。

それに対して、ブフ家は我が幼い頃より、我の忠臣として様々な便宜を図ってきた家であり、父上よりも我との繋がりが深い相手だ。

ブフ家の当主であるシータゲは、その醜い体と容姿をしていながらも、九十八人の妻を持ち、多くの子を生して世間的には王国の父と言われる人物だ。

成長を遂げた子供たちは国の官僚や騎士など、王国の奥深くまで人材を入り込ませている。今回の婚約相手であるサンドラもシータゲの娘であり、我にとっては幼馴染でもある。

此度の婚約者筆頭として正室に納まることが決まっていた。

「ここからは我々だけで話すとしよう」

父上とアクージ家当主の話が盛り上がったこともあり、アクージ家当主とブフ家当主を連れて、父上が退出していく。

ブフ家の当主である、シータゲは我の側に来て、醜い顔を我に近づけてきた。

「グフフ、サンドラを今後ともどうぞ可愛がってやってくださいませ。我らブフ家は、今後もテスタ様の味方でございます」

シータゲの見た目だけでなく、中身からも腐っているような腐敗臭を感じて、我は好きにはなれない。

表向きには、通人至上主義の教主であり、亜人種を保護する孤児院を経営していると言っているが、裏では亜人たちを買い叩いて奴隷として貴族へ販売する奴隷商人の顔を持つ。

好きにはなれないが、利用するには十分な男だ。

父上たちが退出すると、母上が夫人たちに声をかけて、自らを着飾る宝石や服の話をするために退出していく。残された部屋には、我を含めた四人だけだ。

「お兄様、婚約者様方とお話もあるでしょう。私は自分の部屋へ戻りますね。失礼」

「ああ、わかった」

隣に座っていたアイリスは気を利かせて部屋を後にする。

アイリスは年々美しさを増している。

男など寄せ付けない美しさは、父上もどこへ嫁がせるのか悩んでおられるようだ。

それでも二十歳までには決めねば行き遅れと言われてしまう。

「あの、テスタ様」

思考を巡らせる我に話しかけてきたのは、アクージ家のビアンカだ。

もう一人の正室で第二夫人として迎え入れる。

エキゾチックな青い衣装に身を包み、鍛え上げられた身体とは裏腹に、凹凸のしっかりとした女性らしい曲線を持つ美しい女だ。

だが、美しいだけでなく戦争一家という家に恥じない実力を兼ね備えている。

それはこれまでの仕事を請け負ってもらった内容からしっかりと表れていた。

美しさと強さを併せ持つなど、妬ましいことだ。

「なんだ?」

「お仕事のお話をしても？」

ビアンカはチラリと隣に座るサンドラに視線を送った。

同じ、花嫁ではあるが、二人の意味は全く異なる。

ビアンカは、アクージ家から送り込まれた仕事のパートナーという方が正しい。

対して、サンドラはシータゲが作り上げた貢物。

ビアンカの視線の先で、人形遊びをしながら虚《うつ》ろな瞳をしている女。

それが、ブフ家のサンドラだ。

ヒラヒラとした真っ白なドレスに身を包み、一度も目を合わせない。

だが、精神を病んでいるわけでも、心が弱いわけでもない。

むしろ、戦いになれば、ビアンカよりもサンドラの方が強い。

その戦い方は特殊なため、あまり人には見せられない。

我とサンドラは幼馴染みであり、この女を我はよく知っている。

「気にしなくて良い。話せ」

「テスタ様が良いのでしたら言います。貴族派の裏切り者たち及び、リューク派の人間の暗殺は滞《とどこお》りなく進んでいます」

「ふん。別に暗殺しなくてもいいものを」

「デスクストス公爵様からの依頼ですので」

父上は相変わらず、傲慢なお人だ。

成長するにつれて目立ち出した愚弟は、あまりにも目に余る行動をとり続けた。

子供の頃は醜かった容姿を、いつの間にかアイリスと並ぶ美しさまで引き上げ。

一年生でありながら剣帝杯では、アクージ家の者を退けておきながら決勝には出場しないために降参を宣言した。降参したからと言って、見る者が見れば実力など測れるものだ。

貴族派も一枚岩ではない。

のし上ろうとする者たちからすれば、リュークを旗印にするため動き出してしまう。

デスクストス公爵家としては、リュークの処遇を穏便にするため、カリビアン家に婿に出すことで済ませるはずだった。

それがデスクストス家に次ぐ力を持った、ネズール家を味方につけたことで勘違いする貴族を生み出してしまった。そのため父上の傲慢さを刺激してしまった。

カリビアン伯爵家に婿養子に出るだけなら許されたはずだったのに、二家がリュークの味方になっては色々と目に余ると父上は考えたようだ。

我からすれば父上から目障りだと感じられる存在になったリュークに嫉妬を覚える。

ネズール家は、デスクストス公爵家にとっても情報源であり、収入源であり、貴重な人材を育てる機関でもある。

父上としても、ネズール家とは事を荒立てるつもりはないので、穏便に済ませたいということか……。何もしていないようで、カリスマ性を発揮してしまう者はそれだけで害だ。

貴族派は一枚岩ではない以上、不協和音を生み出すもとは絶っておきたい。

父上が子供の頃に刈り取ろうとしたようだが、任せた執事が失敗した。

生き延びた愚弟は、今もノウノウと公爵家の名を笠にきて好き勝手に生きている。

「仕事ならば、仕方あるまい。それで、方法はどうするつもりだ？」

リューク自身を殺せなくても、リュークの周りの者ならば手を出すことは容易い。

我個人としては、妬ましくはあるが、愚弟であり、アイリスと同じく愛苦しい存在に間違いない。

ネズール伯爵の長男を失えば、伯爵もリュークも理解出来るだろう。

逆らう事が無駄であると。

「闇と爆弾の二つを用意しております」

仕事が出来る女は嫌いではない。

ビアンカは妃として迎えたが、秘書として裏の仕事を任せることも多くなるだろう。

「抜かるなよ」

「はっ！」

最終調整のためにビアンカが部屋を出た。

サンドラと二人きりになり、我はサンドラを見る。

「サンドラ」

「ッッ！」

この女は昔からこうだ。

我が名を呼ぶと体を震わせ、加虐心《カギャクシン》を刺激する。

「こい」

「……はい」

我はサンドラと共に、用意された部屋へと入っていく。

ベッドに座らせたサンドラを見下ろして、冷たい視線を向ける。

ただ、見ているだけだというのに……。

「ハァハァハァ」

息を荒くして顔を赤らめる。サンドラはモジモジと太ももを擦り合わせ始めた。

「お前は昔からいじめられるのが好きだったな」

「……テス……タ……サマ」

先ほどまで虚ろだった瞳は潤んで、我を求めるように唇を寄せてくる。

この女は狂ってなどいない。心から我を愛している。

そして、我だけを愛しているのだ。

陶酔するように、我だけを求めるように教えられて育ってきた。

「やめろ」

サンドラの思うとおりには、触れさせない。

あぁ、狂おしいほど嫉妬深い。こいつは、どうしてこうも愛苦しいのか！

そっと、首に手を添える。

「ハウッ！」

我からどんな仕打ちを受けようとも、それらを全て喜びとして感じてしまう。

顔を朱に染め、小さな声で呟く。

「お慕い……申し上げて……おります」

「ふん」

我の嫉妬を全て受け入れても、それでも我を慕うという。

我は時間が来るまでサンドラと過ごした。

✴

第一章

貴族たちとのご挨拶

Only Lazy,
Villainous Aristocrats

✴

第一話　やっぱり家がいい

年末年始から春頃までは、アレシダス王立学園は年末年始の長期休暇に入る。

寮で過ごすこともできるが、貴族の九割は家で過ごすために帰省する。

ボクが家に辿り着くと、出迎えはシロップがしてくれた。

半年以上シロップと離れるのは初めてのことだ。

シロップは尻尾をブンブンと振って、ボクの帰りを喜んでくれた。

可愛い反応に、ついつい顔が綻んでしまう。

ただ、なぜかミリルとルビーが家のメイドとして雇われていた。

学園剣帝杯が終わって、すぐに学園を出たようだ。

彼女たちから好意を寄せられているのはわかっている。

平民である彼女たちは、休みに入れば寮で過ごすか、ホテル住まいになるそうだ。

それならば、我が家でメイドとして働く方がいいか。

「リューク様が願い事を叶えてくれるということなので、休みの間、リューク様のお世話が出来るようにメイドとして雇っていただきました」

ミリルが好意を隠そうともしない言葉で、ハッキリとお世話をしたいと言われてしまう。

「私もそうにゃ」

ルビーはノリか？　ミリルに付き合っただけだろ。

どうやら研究を協力してくれたご褒美として、ボクの家でメイドとして働くことを選んだそうだ。

それってご褒美になるのかな。

給金が出るからいいのか？　ルビーは冒険者として働いた方が稼げると思う。

まぁいいか、考えるのがめんどうだ。

「二人とも、お仕事はしっかりしていただきますよ」

「「はい」にゃ」

シロップがメイド長になって、二人をビシビシと指導している。

それに、会っていなかった間にシロップが前よりも綺麗になっている気がする。

何かしたのかな？　それにスタイルも良くなった？

「シロップは、ボクがいない間は何してたの？」

「冒険者としてレベル上げをしておりました」

「レベル上げ？　だからか、前よりも綺麗になった気がしてたんだよ。レベルが上がると、より身体が洗練されて身も引き締まって、肌も綺麗になるらしいからね」

なるほど、納得だ。動きも洗練されて、立ち振る舞いにスキがない。

「きっ、綺麗ですか？」

「うん。シロップは綺麗だよ」

シロップは顔を真っ赤にして、尻尾をブンブンと振りながら走り去って行く。

「リューク様、タラシにゃ」

「リューク様、私もレベルをもっと上げます」

ルビーにはジト目を向けられ、ミリルからは意気込みを言われた。

屋敷に戻っても賑やかな生活を送ることになるとは、これはこれで悪くない。

やっぱり家はいいね。落ち着ける空間って大事だよ。

学園では色々としがらみがあって気が休まらなかった。

シーラス先生などはダンジョン実習以降、年末まで何か言いたそうな顔をしていた。

「バル、図書室までお願い」

寝転んだまま、バルにお願いして移動してもらう。

執事長代理として、シロップママが父上からもたらされるお金の管理をしてくれている。

そのお金で本を定期的に入れ替えるようにしてもらっているので、ボクがいない間に知らない本が増えているはずだ。

メイド長のシロップがお茶の用意をしてくれて、ルビーが掃除、ミリルが整理整頓をして、全ての用事は彼女たちがまかなってくれる。

うん、いいなぁ~これぞ怠惰だ。あとは……。

「リューク、本日も夕食を作りにきましたよ」

「カリンの料理が一番美味しいよ」

みんなで食べる夕食、料理はカリンが作ってくれる。

六人で囲む食卓は賑やかで……。

ああ、こういうのを幸せって言うんだろうね。

「いつもありがとう。カリン、凄く美味しかったよ」

「ふふ、リュークが喜んでくれて嬉しいですわ」

「でも、大変じゃない？　仕事も忙しいんでしょ？」

夕食を終えたので、片付けをメイドたちに任せて部屋でカリンと二人で話をする。

カリンを労って、イチャイチャするのがボクらの日課だ。

「リューク、私は一番したいことをしていますの」

「一番したいこと？」

「ええ、私はリュークにご飯を作るのが一番楽しいのです。それに今ではシロップや、ミリル、ルビーなどお友達がいて、賑やかな家族のようで嬉しいのです」

カリンはやっぱり凄い。

学園剣帝杯は不参加で戦うことはなく、早々に実家に帰って仕事を再開した。

ボクが帰ってきてからは、態々《わざわざ》ご飯を作りに来てくれて、ボクのお世話も手を抜かない。

疲れて倒れてしまうんじゃないかと思うから、毎日カリンに回復魔法とマッサージをするようにしている。

「今日は打ち合わせに戻りますの。マッサージは今度にしますわ」

「えぇ！　寂しいよ」

「ふふ、今日はシロップにしてあげてください。あっ、それと年明けを記念して、船上パーティーを開くことが決まったのです。リュークも出席してくださいね」

「めんどうだな。いかないとダメ？」

船上パーティーとか、めんどうくさい。

デスクストス公爵家に関連する貴族家がやってくるのは目に見えている。

兄上とか、姉様に会うのが嫌だ。

「そういうと思っていましたが、今回は絶対に参加してほしいのです」

「なんで？」

ボクが問いかけると、カリンが申し訳なさそうな顔をする。

「テスタ様の結婚披露パーティーを兼ねています。デスクストス家の者ではなく、カリビアン家の一員としてリュークには同席してほしいのです」

申し訳なさそうに上目遣いでカリンにお願いをされたら断れないね。

「それはいかないとダメだね」

なるほど、兄上はどうでもいいけど、カリンが肩身の狭い思いをするのは嫌だ。

他の貴族が集まる機会に、兄上の結婚を発表しておくわけだね。

ボクとカリンの結婚はあと二年後だから、発表も二年後だ。

体面的には、婚約者アピールをしておいた方がいいというわけだね。

その辺は貴族のならわしとして、仕方ないことなんだろうなぁ。

人間関係のしがらみって、めんどうくさいね。

「兄上はどうでもいいけど、カリンに恥をかかせたくないからね」

「普通は私のことはどうでも良いのですが、リュークらしいです。顔を出せばキリの良いところで退出しても大丈夫です。ですから、お願いしますね。準備はこちらで全てします。リュークは身体だけ来てくれればいいです。移動はバルちゃんにお願いしてもいいので」

「うん、そうする。ありがとう、カリン」

何から何まで出来た婚約者様だよ。

ボクには、本当にもったいないぐらい、いい子だ。

ボクはカリンがいないと、もう生きていけないよ。

「そっ、そうですわ。本日はそろそろ戻らないといけないのです。ですから……、ギュッとしてほしいですわ」

うん。なんでバリバリ働いているのに、こんなにも可愛いんだろう。

「おいで」

ボクはカリンを抱きしめて全身に回復魔法をかけてあげる。

少しでもカリンの身体から負担が減るように魔力で包み込む。

「ふぅ、リュークのエネルギー充電完了ですわ」

「無理はしないでね。いつでも帰って来てね」

「もちろんですわ。私の帰る場所は、リュークの側だけです」

カリンを見送ったボクはバルに身を委ねて身体を動かした。

◇

船上パーティーに参加する際には、同席者を連れて行っても良い。

そこでシロップ、ミリル、ルビーを同行させることにした。

「ふぇ、私がパーティーに？」

「パーティーにゃ。私、参加したことないにゃ。飲み会とは違うのかにゃ？」

「礼儀作法を仕込まなければなりませんね」

参加を伝えると、三者三様の反応を返してきて面白い。

「二人はシロップからパーティーの礼儀作法を習ってね。ボクはバルにお任せするからよろしくね。バル」

「(^^)/」

紫クマバージョンで手を上げる。

バルはテディ……言っちゃいけないね。

「「はい」にゃ」

「その前に三人のドレスを作りに行こうか」

「リューク様、使用人にドレスなど」

「ＴＰＯだよ」

「ティー？　えっ、なんですか？」

「つまり、その場にあった服を着ないとね」

「はっ、はぁ」

「よくわからないけど嬉しいにゃ。ドレス着てみたいにゃ」

戸惑うシロップ、喜ぶルビー、あわあわしているミリルを引き連れて、ボクは街へと赴いた。馬車の運転はシロップがしてくれて、ルビーがシロップの横に座っていた。

ボクと共に馬車の中にいたミリルは揺れを心配していた。

「凄いです。リューク様、全然揺れません」

馬車の椅子にクッションとしてバルに変化してもらえば、一切の揺れを感じない。

「リューク様、到着しました」

「うん。ありがとう、シロップ」

シロップの声で馬車を降りれば、毎度お馴染みマイド大商店の前についていた。

ドレスを作るなら服飾店のイメージだが、残念ながら貴族のパーティーに出るようなドレスを作ってくれる服屋をボクは知らない。買い物をするなら商人に聞くのが一番だ。

マイド大商店には、アカリがいるので、服飾店を紹介してもらう方が早い。

そう思ってマイド大商店の扉を開くと、巨大な肉の壁が扉を塞いでいた。

「うん？」

「おっと、誰かいらしたようですね。グフフ、それでは私は失礼させていただくとしましょう。どうかお考えくださいませ」

そう言って肉壁が動き出した。あまりに遅い動きにバルに命令する。

「退けて」

「(^^)/」

バルは紫クマモードで肉壁を押し始める。

「おっ、おっ！　なっ、なんですかな？　私は出るところなのですよ。押さないでいただきたい」

肉壁が何か言っている。マイド大商店の店内が見えたので、ボクは店内へと入っていった。

完全に肉壁が扉の前からいなくなったのでスッキリだ。

「バル」

ボクはバルに呼びかけて、押すのをやめてクッションになってもらい体を預ける。

「これはこれはリューク様、よくぞおいでくださいました」

肉壁の向こう側には、マイド親子が唖然とした顔でこちらを見ていた。

「いつもの頼むね」

「はっ！　かしこまりました」

「ちょっと待ちなさい。この私に無礼な事をしておいて、なんですかその態度は」

肉壁が何やら叫んでいる。ボクは見るのも嫌なので、アカリに案内するように促した。

アカリは戸惑っているようだったが歩き出そうとする。

「いい加減に！」

肉壁がこちらに近づいてこようとして、シロップとルビーに止められる。

「なっ、なんですあなた方は！　獣人？　ふん、下等な亜人が、私に楯突くなど！　ヒッ！」

肉の壁が何か戯言を発した。

「ねぇ、今、何か言った？　おい、肉。お前はボクの大切な人に何か言ったのか？」

バルから降りたボクは肉の壁を見下ろす。

肉壁は、横にこそ広いが、身長はボクよりも低い。

醜く太った身体は肉の壁のようで邪魔だ。

「りゅっ、リューク様、どうか怒りを静めてください」

意外にもボクを止めたのは、アカリだった。

「アカリ？」

「どうか、堪忍《かんにん》です。ホンマに洒落《しゃれ》にならんと思います。お二人が揉めるのはアカン」

アカリの態度に肉壁も状況にやっと気づいた様子で、戸惑いながら問いかける。

「アカリ嬢。ふむ、失礼ではありますが、あなた様は高貴な方とお見受けいたします。どちらのお家のご子息でしょうか？」

肉壁が、アカリの言葉を聞いて冷静な物言いをしてくる。

「デスクストス公爵家だ」

「!!　もっ、申し訳ございませんでした」

肉壁は家の名を聞いて手の平を返した。その巨体を床に倒して謝罪を口にする。

ボクは一週間くらい前に見た肉壁との対比に冷たい視線を向ける。

「わっ、私はブフ家の者でございます」

ここにきて、ゲーム世界の知識が呼び起こされる。

エロゲーの世界には奴隷を扱う商人が存在する。

主人公ダンが奴隷解放をする際のエピソードで、登場する悪役の名が確かブフ伯爵だ。

つまりは、デスクストス公爵家の配下に当たる家ということになる。

「なんだ、父上の部下か？」

「はっ、はい。まさかデスクストス公爵家のご子息様とは知らず、無礼な口を利いてしまい申し訳ございません」

ボクは学園剣帝杯では名を売ったが、それでも知らない者は多くいるだろう。

学園からの帰り道で会ったことも、肉壁は覚えていないようだ。

「なら、訂正しろ？」

「へっ？」

「亜人を下等と言ったな。デブ」

「デブではなく、ブフです。いえ、もちろん訂正させていただきます。亜人は友でございます。決して下等ではありません」

脂汗をダラダラと流す肉壁は見ていることすら不快だ。

「もういい。次はないと思えよ。ボクの前で亜人を蔑《さげす》むな」

「はっ！　ブフ家の名に誓って、リューク様の前で蔑みません」

ボクは不機嫌になりながらも、これ以上肉壁を見たくないので、バルに乗ってＶＩＰ専用の部屋に向かう。

「リューク様、本日は不愉快な思いをさせて申し訳ありません」

店主自ら謝罪に来て、アカリも申し訳なさそうに頭を下げる。

「もういいよ。でも、今日は買い物に来たつもりだからサービスはしてよね」

「もちろんでございます。アカリ、本日はリューク様に最上級のサービスを」

「はい。任せといてください」

アカリは、自身の大きな胸をドンと叩いて太鼓判を捺す。

相変わらずエキゾチックな色をしたワンピースを着ているので目立つ。

「今日は三人のパーティー用のドレスを買いに来たんだ。ドレスとアクセサリーを彼女たちに似合うようにオーダーメードで頼むね。お金はかかってもいいけど、サービスは忘れないように気合いは入れてね」

ボクの後ろで控える三人に、似合うオーダーメードドレスを注文した。

「任せといてください。最高級の生地と最高級のデザイナーで作らせてもらいます」

アカリはすぐに寸法を測るスタッフを呼んで仕事を開始した。

ボクは三人がスタッフに揉みくちゃにされているのを眺めて楽しみながら、お茶とお菓子をもらう。

「リューク様、ホンマにさっきはすいません」

そんなボクにアカリが改めて謝罪を言いに来た。

「別にいいさ。あれはボクとあいつの問題だから」

奴が獣人を蔑んでいるのはすでに知っている。

ただ、どうやってあいつを失脚させるのか、その方法には辿りついていない。

今はタシテ君に調べてもらっているところだ。

「それはそうやねんけど、あの人がしつこくあの場におったんはウチのせいやから」

「ウチのせい？」

「そや、ウチに求婚しに来てん。ウチはまだそんなこと考えてないし、それにあの伯爵家の人はちょっと」

人の好みはあるよね。人によって態度を変えるあいつは好きにはなれない。

「ハァ、もういいよ。ボクには関係ないことだ」

「関係ないことやあらへんよ」

「関係ないことない？」

「そや、リューク様、ウチのこともらってくれへん？」

「うん？」

「ウチ、お金稼ぎ上手いと思うよ。リューク様の力になれます。属性魔法かて《金》やから売れるよって、どない？　身体もなかなかええと思うねん。優良物件やで」

胸を寄せて前屈みになるアカリに、ボクは深々と息を吐く。

「ボクにはカリンがいるからダメ」

「なんでや！　シロップさんに、ミリルちゃん、ルビーちゃんもリューク様の妾《めかけ》やろ？」

「シロップはまぁそうだけど、他の二人は違う」

「はっは〜ん、わかったで。そういうことやな」

「うん？　なに」

「今日はええよ。気にせんといて、三人のドレスはあんじょう気張らせてもらいます」

ボクから離れていったアカリはルビーとミリルに近づいて何やら話をしていた。

めんどうなことにならなければいいけど。

第二話　船上パーティー

豪華客船ドレイスク号、貴族の栄華を象徴するような、デスクストス公爵家の財力によって造り出された巨大な船は年越しのパーティーを行うために王都へ停泊している。

今宵、悪の貴族たちが集まった怪しげな密会が船の上で開催される。

テスタ・ヒュガロ・デスクストスの結婚発表は表向きとして、デスクストス公爵派と呼ばれる貴族派の者たちは、我こそは悪だときらびやかな衣装を身に纏《まと》って乗船する。

数百名にも及ぶ人々が集まってくるのだ。

一筋縄ではいかない曲者達の、それぞれの思惑が交錯する。

ドロドロとした緊張感が、そこかしこから漂ってきていた。

「なんてね」

「リューク様、一人で何を言っているんですか？」

乗船を待つボクは、あまりにもヒマ過ぎて一人語りをしてしまった。

バルの上なので、しんどくはないけどヒマだね。

「シロップは今日も一段と綺麗だね」

「もっ、もう着替えたときにも言われましたので……」

シロップは動きやすい姿がいいということで、グレーのタイトなドレスを着ている。

背中は大胆に開かれ、腰は引き締まって、スリットが入った隙間から綺麗な足が見えている。上着を脱いだら、シロップの美しさが更に際立つ。

「何度でも言うよ。シロップは綺麗だ」

「もう、もう、おやめください」

シロップは顔を赤くして手で隠してしまう。本当に可愛い。

「羨ましいにゃ」

「うん？　ルビーも可愛いぞ」

グリーンのロングチャイナドレスを着たルビーは、耳を隠すために大きなリボンを頭に着けている。猫耳を出した方が可愛いと思うが、本人が隠したいということで仕方ない。

「熱量が全然違うにゃ」

「まぁまぁ、ルビーちゃん」

「ミリルもよく似合っているぞ」

ミリルはピンクのミニスカートのドレスを着ていて、美少女によく似合っていて可愛い。

最近は肉付きも良くなってきて、薄幸の美少女から元気な美少女へと成長を遂げた。

「あっ、ありがとうございます」

褒められてニヤニヤしているミリルは面白い。

美女と美少女を引き連れて、船上へと上がっていけば、デッキには人が溢れていた。

豪華客船は年越しパーティーのために、貴族派陣営を集めて顔合わせを行う。

誰が、誰なのか、ボクにはわからない。

「リューク様、ご挨拶《あいさつ》がしたくてお待ちしておりました」

貴族の衣装であるタキシードを身に纏ったタシテ君が出迎えてくれる。

「タシテ君も来てたのか」

「もちろんです。父はデスクストス公爵様のところへ行っております」

「ああ、父上もいるよね。そりゃ」

そりゃそうだ。いくら主役が兄上の結婚発表でも、公爵家の代表であり、このパーティーの貴族達を集めたのは父上の権力に違いない。

「リューク様はカリン様の元に行かれるのですか？」

「うん。ボクはまだ着替えもしてないからね」

普段着で来ているボクは、ＴＰＯからはかけ離れている。

綺麗に着飾る乗船客から見れば、悪目立ちしているぐらいだ。

「そのお姿でも十分だと思いますよ」

「うん？　そう？」

タシテ君は恭《うやうや》しくそんなことを言ってくれる。

「アイリス様やリューク様は、存在自体が宝石のようですので」

王国の秘宝と言われている姉様と比べられるのはちょっと嫌かな。

タシテ君としては、それくらい見た目が派手だって褒めているのかな？

「まぁ、タシテ君もパーティーを楽しんでね」

「はっ、また後でお側に」

ボクはカリンの元へ向かうために出迎えてくれたタシテ君と別れた。

事前にカリンに伝えられていた客室へと赴く。

客室では、カリビアン伯爵とカリンが待っていてくれた。

「よくぞ来たな、婿殿」

「本日はお世話になります」

カリンは連れて来た三人を奥へ案内する。

「よいよい、デスクストス公爵家の権力に、それぞれの派閥、貴族派と言いながらも、一枚岩ではないのだ。それぞれの思惑があるさ」

どこか疲れた様子を見せるカリビアン伯爵。

今回のパーティーで、食事やスタッフの管理を担当して、責任を負うホスト側の役目を担っている。心労も祟っているのだろう。普段の快活さが感じられない。

一つだけ救いがあるとすれば、警護をしなくていいことだ。

それぞれの貴族にボディーガードが付いている。

襲撃者がいたとしても、やられる奴が間抜けとして笑われる。

だが、先ほどカリビアン伯爵が言った通り、派閥争いによる暗殺を目論む者がいるので、スタッフは凄腕を雇って怪しい者を見極めている。

問題が起きない程度には、カリビアン伯爵も神経をすり減らしているというわけだ。

経営者としては優秀な人だけど、こういう政治が絡む場は、あまり得意ではないのかもしれない。

「さて、私は先に準備に戻らせてもらうとしよう。会場は展望ダンスホールだ。時間には遅れないように頼む。また後でな」

豪快な見た目とは違って、色々なところに気を遣ってくれる良いお義父様だ。

「お義父様もご無理をなさらずに」

私は多少でも疲れをとってほしいと回復魔法を施した。

「ふむ、ありがとう。少しだけ楽になったよ」

戻ってきたカリンと共にお義父様を見送った。

残された女性たちがボクを見る。

「それでは主様のご準備をさせていただきます」

シロップが恭しく頭を下げた後ろには、カリンのメイドさんがたくさんの色のタキシードを持って立っている。ミリルやルビーも、目をキラキラさせていた。

ハァ、ここからはボクの着せ替え人形としての時間が始まるらしい。

赤や黄色、紫に白、タキシードって色々な色があるんだね。

どれを着ても……。

「似合います。主様」

「リューク様、素敵です」

「かっこいいにゃ」

「いいわ。リューク、次はこれを」

キャッキャと女子たちが騒がしい。

今日は兄上が主役だからね。ボクは目立っちゃダメなんだよ。

なんでこんなにもカラフルなの？　普通に黒とかでいいと思うよ。

「いいわ」

「そうですね。主様最高です」

「しっくりくるにゃ」

「リューク様カッコイイ！」

四人がやっと納得してくれたのは、黒紫のラインが入った紺色のタキシードだった。

まぁ、確かにこれなら目立たないからいいかな？

「服がシックな分、リューク本来の美しさが際立っているわね」

「主様が、着ればどんな衣装も似合いますが、これほどとは」

「お膝に乗せてもらって頭を撫でてほしいにゃ」

「リューク様カッコイイです。あっ、涙が、幸せ！」

少しだけメイクもしてもらった。

成長するにつれて、くすみもなくなってファンデーションはそこまで必要ない。

メイクは眉を整えて、目元をきりっとするだけでも顔つきが変わって見える。

「うん。こんなものでどう？」

ボクが完成した姿を見せると……。

「ふぅ～！」

ミリルが倒れた。

「しっかりするにゃ、ミリル。意識を失ったら、リューク様を見ることができなくなるにゃ！」

「わっ私、頑張る！」

「ふっ、まだまだですね、ミリル」

「あら、シロップ。あなたの尻尾も凄くブンブン振られているわよ」

まぁ、反応はいいのかな？　――――コンコン。扉がノックされた。

「失礼します。こちらにリューク様、カリン様がおられると聞いて、ご挨拶に」

カリンのメイドさんに連れられて入ってきたのはリベラだった。

水色のスレンダードレスを着たリベラは、いつもと違う化粧をして、綺麗な姿をしていた。

知的美人というのはリベラのことを言うのだろう。

「りゅっ、リューク様しゅてき過ぎ！」

リベラはボクを見ると、叫び声を上げて倒れてしまった。

うん、綺麗な姿が台無しだね。

鼻血を出して倒れたリベラの看病をしながら、みんなでのんびりと過ごした。


そんな時間は長く続くことはなく、パーティーが開始される時間が近づいている。

「そろそろ行きましょうか。リベラ、大丈夫？」

カリンが呼びかけると、リベラがゆっくり体を起こした。

「だっ、大丈夫です。ご迷惑をおかけしました」

「無理しなくてもいいのよ？」

「いえ、本当に大丈夫です。慣れました」

チラチラとこちらを見てくるが、ボクは知らない。

「そう、では行きましょうか」

カリンに促されてボクらは部屋を出る。

女性ばかりの中で、バルに乗って移動するボクは目立つようだ。

通り過ぎる人に振り返って見られることが多い。

めんどうなのでいちいち気にはしないが、人の視線というものはうっとうしいものだ。

「リューク様、注目を集めてますね」

「そりゃそうにゃ」

「あれを見て、振り返らないご婦人はいないでしょうね」

「さすがは主様です」

後ろで女子たちが何やら言っている。

隣では、カリンがニコニコしているので問題ないのだろう。

「さぁ到着しましたわ」

豪華客船の最上階にある展望ダンスホールは、数百名が入っても余裕なほどの広さを誇っている。

全面ガラス張りになっており、どこを見渡しても美しい夜景と夜の海が遠くまで見える。

「リューク、こちらですわ」

カリンに導かれて、カリビアン陣営の貴族たちが集まる場所に移動する。

カリビアン家の配下である下位貴族たちの紹介をカリンから受ける。

ボクは適当に挨拶を返しながら、名前を覚えるのはめんどうだと思ってしまう。

そこに、タシテ君がやってきた。

「リューク様。父を紹介させてください」

タシテ君と一緒にやってきたのは、太ったネズミ？

「これはこれはリューク様。いつもタシテがお世話になっております。トゥーン・パーク・ネズールにございます」

身振り手振りの大きなオジサンが恭しく礼をしてくれる。

シルクハットにカイゼル髭がよく似合っている。

ネズミのような髭なら、もっと似合いそうだ。

カイゼル髭がなんだか愛らしい印象を受ける。

「うん、可愛くていいね」

「これはこれは……わかりますかな？」

「うん。その髭、素敵だと思うよ」

「まさに！　私の髭をご理解いただけるとは。リューク様、必ずあなたは大物になるでしょうな」

このオッサンチョロいな。

「タシテ君とは友達として仲良くさせてもらっているよ」

「友達、でございますか？　これはこれは、思った以上にお優しい方なのですね」

ネズール伯爵は優しい瞳で笑っている。

「タシテよ」

「はい。父上」

「お前の言ったことの意味が理解できた。だが、デスクストス公爵家の一員としては危うい。お前がリューク様をお守りするのだぞ」

「はっ！　もうこちらからも手は打ってあります。裏工作でネズールが負けるわけにはいきません」

「ならばよい。リューク様、それでは息子を残しておきますので、どうぞお使いくださいませ」

「えっ？　別に何もしてもらうことはないよ」

「これはこれは、大物ですな」

一人で納得したネズール伯爵が去って行くと、別の人間が近づいてきた。

「あら〜、あなたがリュークちゃんね」

二メートルを超える身長に筋肉質の身体。

着ているのは真っ赤の派手なドレスで、臭いのキツい香水と厚い化粧をした《オジサン》が話しかけてきた。

ボクは知らないが、カリンとタシテ君以外の全員が膝をついて礼を尽くしている。

「あらあら、私のこと知らないようね」

「リューク様、ゴードン侯爵様です。デスクストス公爵夫人の弟君に当たります」

ああ、なるほど。義母さんの実家の侯爵家か。

ゲーム世界では義母さんの後ろ盾として娘だけ登場していたね。

こんなゴツイオバオジサンは印象的で覚えていそうだけど、まったく覚えていないや。

「あらあら、可愛い顔が困っているわね。でも、ソソるわ」

ゾゾッと背筋に悪寒《おかん》が走る。

「タシテ君。この人はどういう人なの？」

「……無敵です」

「はっ？」

「ですから、無敵です。今のところ誰も勝てる人がいません。唯一対抗できるのは、デスクストス公爵様だけだと言われています」

「ムフッ」

タシテ君の説明を聞いて、ボクが顔を見ると、何故か投げキッスをされた。

「えっと、ゴードン侯爵？」

「あら、リュークちゃんは私の甥《おい》だから、私のことはお姉様と呼んでいいわよ」

お姉様？　オジ様じゃなくて？　でも、もう考えることがめんどうだ。

「お姉様。初めまして？　ボクはリューク・ヒュガロ・デスクストスです」

ボクが「お姉様」と口にすると、周りの貴族たちが驚いた顔でこちらを見てきた。

「あっら〜、リュークちゃん。本当に良い素質があるわね。見た目も綺麗だし、もしかしてこっちの人？」

「いえ、ボクはカリンとシロップが大好きなので、絶対に違います」

カリンが顔を赤くして、シロップが膝を突きながら尻尾をブンブン振っている。

「あらあら、リュークちゃん。見た目とは違って♂《オス》ね。いいわ。私のことをお姉様って呼んでくれ

CHU

たから少しだけ味方をしてあげる。可愛い甥だもの」

そういって濃い臭いが近づいてくる。

逃げるのもめんどうなので、バルに身を委ねて待ち受ける。

「このパーティーは新年を祝うものだけど、裏切り者を懲らしめちゃう予定なの。その中にあなたの大切な人もいるかもね」

お姉様の視線が一瞬だけ、タシテくんとカリンを見た。

言いたいことだけ言って離れていくお姉様。臭いが残ってクサイ。

「あらあら、きっとシィーちゃんは、リュークちゃんのことなんて気にしていないでしょうけど。傲慢なくせに、小さな心しかないわね。あの男は何をするかわからないから、気を付けなさい。私、リュークちゃんのこと気に入っちゃった」

意味深なことを言いながらウィンクするのはやめてほしい。

あまり気分が良いものではない。

「お姉様は、ボクの敵？」

「あらあら、子供なのにおませちゃんね。お姉様を落とすつもり？」

ワイルドで低い声の中に、心臓を鷲掴《わしづか》みにされたような圧迫感が含まれる。

強者とはどこにでもいるものだ。

ゲームにお姉様が出ていれば、最強であることに間違いない。

「ううん。お姉様は嫌いじゃないから戦いたくないなって」

「あらっ！　ポッ」

何故か顔を赤くするお姉様。うん、可愛くない。

「イケナイ子ね。ふふ、まだ決めかねていたけど、あなたの態度に免じて沈黙を守ってあげる」

またも意味深なことを言ってウィンクをしたお姉様は向きを変えて歩き出した。

どこから出したのかわからない扇子を振って去って行く姿は迫力満点だった。

「さすがはリューク様です！」

「リューク、凄いのね。ゴードン侯爵とまともに話が出来る人って、ほとんどいないのよ」

タシテ君とカリンが興奮している。だけど、ボクだって疲れたよ。

あれは戦ってはいけない相手だ。きっと裏ボスがいれば、あの人に間違いない。

◇

裏ボス認定した強烈なお姉様襲来イベントが、貴族の挨拶タイムの終了を告げてくれたので、平和が訪れたように見えるが、どうにもまだきなくさい。

お姉様が言っていた言葉が気にかかる。

裏切り者を懲らしめる？　いったい誰を指しているのだろう？

「タシテ君」

「はっ」

「お姉様の話す内容は聞こえていた？」

「はっ！　私にも聞こえるように話しておられたように感じましたので」

「うん、ならわかっているよね？」

「お望みのままに」

うん、タシテ君マジで優秀。

ボクが何か言わなくても、すでに動き出しているようだ。

ボクは見える範囲の大切な人を守ることにしようかな？　ここに居なくて守りたい人はカリビアン伯爵ぐらいだ。そっちには警戒してもらうしかないね。

それ以外の人間はどうでもいいや。

「私は」

「タシテ君もボクの側にいてくれたらいいよ」

「はっ、ありがとうございます」

何も言わなくてもわかるんだね。

ボクは後ろで立食パーティーを楽しむ少女達を見る。

本来はゲーム主人公ダンのヒロインたち、立身出世パートで彼女たちには役割がある。

ここにダンはいないので、仕方なく守るしかない。

ボクの役目じゃないと思うんだけど……。

「お集まりの皆さん！　いよいよ我らが筆頭。デスクストス公爵様のご登場です」

そういって司会者が現れたことで、展望ダンスホールが暗転して騒がしくなる。

ボクは二つの魔法を発動して、守りたい人たちにボクの魔力で作った結界を纏わせる。

「これは」

横にいるタシテ君はボクの魔力に気付いたようだ。

「念のためだよ」

「ありがとうございます」

小声で礼を言われ、会場中が拍手によって賑やかになり、スポットライトが当てられて、デスクストス公爵一家が現れた。

あの中にボクは含まれていない。含まれていても参加しないけどね。

「皆よ、もうすぐ今年も終わる。一緒にカウントダウンを祝おうではないか」

父上がカウントダウンを告げると、展望ダンスホールの外に花火が上がり始める。

花火はカウントダウンをするように数を減らしていく。

タシテ君にかけていた結界に反応があり、倒れる人間がいた。

どうやらオートスリープアローが発動したようだ。

「タシテ君？」

「はっ」

「無事ならいいよ」

「ありがとうございます」

どうやら、狙いはボクじゃなくてタシテ君だったみたいだね。

ヒロインたちは花火を見て喜んでいる。

シロップに目配せするが、倒れた者達もすぐにどこかに運ばれていったようだ。

暗闇と花火で人々の気を逸らして仕掛けてくるなんて常套《じょうとう》手段だね。

「さて、皆と新年を迎えられたことを喜ばしく思う。今宵はめでたい。我が息子テスタの結婚が決まったのだ。美しき二人の令嬢たちが、テスタの嫁としてデスクストス公爵家へ嫁いで来てくれる。こちらへ上がってきてくれ」

父上の呼びかけに応じて、青いドレスに身を包んだビアンカ・グフ・アクージ嬢。

白いフリフリドレスを着たサンドラ・ドスーベ・ブフ嬢が会場に上がっていく。

ボクはどちらも初めて見る人だけど、タシテくんが解説をしてくれる。

「アクージ侯爵家のビアンカ嬢。ブフ伯爵家のサンドラ嬢だ。二人の美しき令嬢に拍手を」

盛大な拍手が会場中を埋め尽くす。

その闇の中で数名の悲鳴が上がっているが、すぐに消えてしまう。

「うむ。今年は祝いから報告できたことを嬉しく思う。まだまだ催しは用意してあるので、楽しんで行ってくれ」

父上が挨拶を終えて退出していく。

明かりがつけられた展望ダンスホールには倒れている者は誰もいない。

「どうやら凌《しの》げたかな？」

「そのようです。それに私の用意した者も上手くいったようです」

うん？　君は何をしていたのかな？　ボクはタシテ君が何をしていたのかは聞いてないよ。

「お望みのままに」

いやいや、ボクは何も望んでないよ。

カリンとシロップと怠惰に暮らせれば問題ないからね。

「ふふ、アクージ家に裏工作で負けるわけにはいきませんからね」

ええ！　それボクの望みじゃなくて、君の家とアクージ家の対抗意識だよね。

ボクに関係なくない？　タシテ君は凄く満足そうだ。

「リューク、今日はマシな姿をしていますの」

そう言って声をかけてきたのは、薄ピンクのドレスをきた絶世の美女であるアイリス姉さんだった。

「アイリス姉さんは、誰にも負けないぐらい綺麗だね」

「なっ！　おっお世辞を言えるようになりましたの」

言われ慣れているだろうに、アイリス姉さんは満更でもない顔で微笑む。

タシテ君や他の男性たちは、アイリス姉さんの微笑みに見惚れてしまう。

「カリン。あなたも大変ね」

「アイリス様、テスタ様のご結婚おめでとうございます」

「わたくしには関係ありませんの」

「相変わらずですね」

アイリス姉さんに、多くの貴族が挨拶をしたいとうずうずしている様子だけど、ボクへ挨拶を終えるとゴードンお姉様の元へ向かっていった。

アイリス姉さんとゴードンお姉様が並ぶと美女と野獣感が凄いけど、二人は仲が良いのか、笑顔で話し始めた。アイリス姉さんの交友関係は不思議だね
「良く来たな。弟よ」

アイリスお姉さんが去った後にテスタ兄上がやってきた。

兄上と話したのは小さな頃に数回程度。

ほとんど顔も合わせたことがない。

アイリス姉さんとは歳が一つしか違わないので、話すことも何度かあった。

だけど、テスタ兄上は歳も離れていて、住んでいた屋敷も違ったので接点がなかった。

ボクはバルから降りて膝を突く。

「おめでとうございます。テスタ兄上」

「うむ。貴様も二年後はカリビアン伯爵のカリン嬢と結婚するのだ。励めよ。カリン嬢、弟を頼む」

「テスタ様、ご結婚おめでとうございます。リューク様のことはお任せください」

「うむ」

兄上の背後では二人の妃が付き従っている。

白いゴスロリを着たサンドラ嬢は、虚ろな目をしてウサギのぬいぐるみを抱きしめていた。

何を考えているのかわからない。

青いドレスを着て強い視線をボクに向けるビアンカ嬢からは敵意を感じた。

二人は何も言葉を発することなく、兄上がボクとカリンに声をかけて去って行った。

「相変わらずですね。鉄の騎士様」

「鉄の騎士様？」

タシテ君の発した言葉を聞き返す。

「はい。鉄のように硬く無表情でいる騎士という意味だそうです。何を考えておられるのかまったくわかりません。ただ、仕事は完璧で強さも申し分なし。裏工作も一切通じないので、ゴードン侯爵様とは違った意味で完全無欠と言われておいでです」

説明を聞いて、ボクは違うことを感じていた。

テスタ兄上の瞳には嫉妬《しっと》が感じられる。

無関心とは程遠い激しい僻《ひが》みが、ボク以外の人にも向けられていた。

瞳の奥に、強い緑の炎を宿していた。

「ふぅ、これで一通り挨拶も終わったね。ボクはキリがいいから帰ろうかな？」

「そろそろ退出されますか？」

「うん、そうしようと思う」

カリンに挨拶をして退出しようとしていると、突如入り口付近が騒がしくなる。

暗闇での暗殺で終わりかと思っていたが、まだ余興は終わらないようだ。

素直に退出させてくれるほど安全な場所ではないね。

武装した者達が展望ダンスホールへと雪崩れ込んできた。

「皆、ボクの側に」

六人を呼び寄せて、ボクは窓際へと移動して魔法障壁を張った。

「リューク、大丈夫ですか？」

「う～ん、どうかな？　ここには化け物が山のようにいるのに、ここまで大胆なことをするんだから、何かあるんじゃないかな？」

不安そうなカリンを抱きしめて状況を見守る。

どうやら目的はボクではなさそうだ。

「テスタ・ヒュガロ・デスクストス！　貴様によって潰された我が家の名誉。貴様の命で償ってもらう！」

やっぱり何かがおかしい。よくここまで来れたものだ。

そこにも様々な思惑が含まれているのだろうが、ここでの主役は兄上だ。

「我が目的か？」

「テスタ様！　あれは」

テロリストの体には爆弾が巻きつけられていて、魔法を放てばここにいる人々が巻き込まれてしまうかもしれない。

兄上の横でビアンカ嬢が何か言っている。

だが、兄上は気にすることなく魔法を使った。

「味わうがいい《嫉妬》よ」

それはボクが良く知る大罪魔法と同じ魔力を感じた。

濃い緑色の禍々しい魔力がテロリストへと伸びていく。

「貴様の嫉み、心地よいぞ。全て奪ってやろう」

それまで憎々しくテスタ兄上を見ていたテロリストから感情が無くなっていく。

《怠惰》の大罪魔法を受けた、カリギュラのように虚ろな木偶《でく》が出来上がる。

「ふん。これほどの嫉みを抱くなど妬ましい」

圧倒的な魔力を誇示した兄上は、集まった貴族派へ力を示した。

これは演出だ。本物のテロリストを使った、貴族派達に向けたテスタ兄上の力を見せ付けるためのパフォーマンスなんだ。

「終わりだ」

テロリストが身体に巻き付けていた爆弾は、兄上によって使われることなく終わりを迎えた。ボクが息を吐くと視線を感じてた。

その先で兄上がボクを見ていた。

それは敵を倒した愉悦《ゆえつ》ではなく、ボクへ向ける嫉妬以外の何物でもないように思えた。

第三話　来客

船上パーティーは、テスタ兄上がテロリストを撃退したことで、無事に終わりを迎えた。

テスタ兄上は自らの大罪魔法を他家に披露して力を見せ付けた。

そして、ボクとの力の差を示すような態度に貴族たちからは、次代のデスクストス公爵家に期待するような歓声が上がった。

テスタ兄上は、じっとテロリストを見た後にボクを見つめ、立ち去るまで仕掛けてくることはなかった。

何もなかったことで余計に不気味さがあり、ボクもタシテ君も警戒を強めた。

テスタ陣営が、ボクを警戒していることが伝わって来るようだった。

様々な視線を感じながら、ボクは嫌な気分で船を降りた。

◇

ブフ家に続いて、テスタ兄上の思惑を知るために、タシテ君はネズール家の力を使って、裏があるのか調べることにしたようだ。

ボク自身が動くわけではないけど、タシテ君から小まめに連絡が来ている。

アレシダス学園にいるわけではないので、タシテ君と直接やりとりできないため、連絡係がくるようになった。彼女の名前はコバトちゃん。

タシテ君からの連絡をもって屋敷にやってくる。

タシテ君の小間使いは、コバトちゃん以外にも多くの耳や口と呼ぶ者たちがいる。

ネズール家の情報源になっている人々だ。

タシテ君が今回のドレイスク号の船上パーティーで、完全にボクの陣営に加わったことを、テスタ側に宣言することにもなった。

ボクは権力争いとかする気ないんだけど。

それでも守りたい存在ができた以上は守る力は持っていたい。

対立形式みたいになっている現状をどうにかしたいけど、良い解決法が見つからない。

タシテ君にボクの意思はどこにあるのと問いかけたことがある。

だけど、彼の答えは決まっていつも「お望みのままに」って言うんだ。

ハァ、考えるのがめんどうになってきたよ。

「主様、本日は来客が二名いらっしゃいます。身支度をさせていただきます」

朝の準備をしていると、シロップから来客の報告を受ける。

新年が明けたことで、王都には貴族が集まって王様への謁見や各家でパーティーが開催されるので忙しくなる。表舞台に出ていないボクの元へやって来る酔狂な人間は珍しい。

カリンも最近は忙しい様子で、夕食を共に過ごしてはすぐに仕事に戻ってしまう。

シロップに夜のマッサージをしてあげているけど、やっぱり寂しいね。

「来客？　誰が来るの？」

「はい。一人はマイド大商店のアカリ・マイド様です。なんでもカリン様の言伝を預かっていらっしゃるそうです」

「カリンの言伝？」

「はい」

最近はカリンの経営する飲食店が、マイド大商店と取引をしている。

その伝手をアカリは利用して、ボクへの訪問を叶えたというわけだ。

ボクは基本的に来客を断っているからね。シロップが困った顔をする。

ペタンと垂れる耳が可愛い、ボクはシロップの頭を撫でる。

「とりあえず、カリンが判断したことなら問題ないでしょ。それで？　もう一人の来客は誰？　リベラでも来るの？」

休みに入ってから、ボクは新たな研究を始めている。

無属性の回復魔法の発展版のような魔法で、リベラに研究成果を報告していた。

「いえ、第一王女であらせられる、エリーナ・シルディ・ボーク・アレシダス様です」

「はっ？」

あまりにも意外な人物の名前が出て驚いてしまう。

船上パーティーが盛大に行われたことでも分かる通り。

貴族派は現在栄華を極めて大盛り上がりだ。

それは王権派に対して面白いことではなく、王権派で筆頭であるはずの王族が、貴族派の筆頭であるデスクストス公爵家にやってくるのは随分と不審に思える。

「マジ?」

「マジでございます」

ボクの問いにシロップが真剣な顔で答えてくれる。

「めんどうだとしか思えないね」

「表情には出さないようにお願いします」

「わかったよ。どっちから?」

「午前中にアカリ様が先にいらっしゃいます。午後にはエリーナ様が」

「了解」

会う準備を済ませて、アカリを出迎える。

アカリはいつもとは違ってラフな姿でやってきた。

「お邪魔します」

「邪魔するなら帰れ」

「ほな、失礼します。なんでや! 今来たところですわ」

うん。定番のやりとりだ。ボクはバカなやりとりに疲れてバルに身を委ねる。

アカリはシロップに勧められて、ソファーへと座った。

「いいノリをありがとう」

「リューク様がそないなノリが出来ることが驚きですわ」

「それで？　カリンからの言伝ってことだけど、何の用？」

「はい。言伝いいますかぁ。ご報告に参りました」

「報告？」

「そや、この度リューク様専属メイド隊を設立することになりました」

「はっ？」

アカリが発した言葉の意味が分からなさすぎて唖然としてしまう。

ボクは視線をシロップへ向ける。シロップは何故かキリッとした良い顔をしていた。

あぁ～これは知ってたな。知らないのはボクだけか……。

「費用は、ウチとカリン様がご用意させていただきました。すでに教育環境も整えさせております。あとはリューク様に承認してもらうだけです」

「承認って、別にボクは今は必要ないけど？」

「ダメです！　リューク様は絶対に大きなことを為す方です。今の状況に甘んじるなど！」

横からシロップに力強く否定される。

アカリよりも、シロップが熱くなっちゃったよ。完全に君もグルなんだね。

「ボクは何もしないよ？」

「それでええです。むしろ、リューク様のお世話をするのが、メイド隊の仕事ですから」

「なら、承認するよ。多分、カリンがボクのことを思ってつくってくれたんだろうしね」

「そや、後な……、リューク様」

「うん？」

「改めてウチのことを妾にしてください！」

「その話は断ったはずだよね。カリンが承諾したの？」

アカリが満面の笑みを浮かべる。

なるほど、このためのメイド隊発足案というわけか、将を射んと欲すれば先ず馬を射よ、慣用句通りカリンとシロップを味方につけて、ボクを落としに来たというわけだ。

「カリン様には許可を頂きましたよって、今回のメイド隊の提案と資金づくり、それにこれからのリューク様の未来のプランを持参してきました」

いったい、カリンにどんなプレゼンをしたのか、頭が痛くなりそうな話だ。

「どうしてそこまでボクの妾になることにこだわるの？　正直、メリットはあまりないと思うけど？」

「打算的な話でもええですか？」

「うん。むしろ、その方が好ましいかな」

「おおきに、それじゃ話します。理由はいっぱいあるねんけど、一番の理由は自由やからや」

「自由？」

意外な答えに聞き返してしまう。

「そや。リューク様は他の貴族様たちと違って、ウチを縛ろうとはせえへんやろ？」

「縛るの意味によるが、行動という意味なら、好きなことをすればいいと思うね」

人の行動を縛ることほど、めんどうなことはない。

カリンがいないのは寂しいが、楽しそうに仕事しているのは嬉しい。

「やろ。ウチ、夢があんねん。発明家として、自分が発明した商品だけを置く店を持ちたいねん。そのためには自分の発明する時間がいるねん。そんで、店をやるためのお金を稼ぎたいねん。だから旦那に時間を取られるのは少なくしたいんよ。あっ、もちろん求めてくれるなら応じるで。ウチ、子供好きやし」

アカリは楽しそうに夢を語る。

打算的と言いながら、したいことは自分の店を持つこと。

発明する時間がほしいってこと。

それらは、子供が将来の夢を話すようにキラキラとしている。

「あっ！　めっちゃ話してもうた。すんません」

「いいや、面白かったよ。夢は理解した。だが、断る」

「なんでや！　人の夢を聞いといて、それはないんちゃう？」

立ち上がって盛大にツッコミを入れるアカリ。

シロップもボクが断ると思っていなかった様子で、驚いた顔をこちらに向ける。

「今の理由は、確かにアカリの夢だ。時間に余裕がもてて、縛られない。それなら結婚しない方が自由だろ？　矛盾しているよな。まぁ、他の求婚者からの隠れ蓑《みの》にしたいのは分かるが、都合良く使われるためために、めんどうそうなメイド隊をつくられるのも嬉しくない。ボクはカリンとシロップだけ居れば良いのだから」

　ボクの言葉を聞いて、アカリはストンと腰を下ろす。

　グッと奥歯を噛みしめて、スカートを握り締める。

　何かを決意した瞳でボクを睨《にら》みつけた。

「ほ……や……ん」

「うん？」

「リューク様に惚れてもうたんやから仕方ないやん！」

　それはこれまでの計画的で、打算的な生産性のある言葉ではなく。

　心からの本心を吐き出す言葉だった。

「はっ？」

「ウチは平民や！　上位貴族のリューク様に妾にしてもらうには、めっちゃ綺麗になるか、自分の能力を売るしかない。リューク様の周りにはシロップはんも含めて、綺麗どころはぎょうさんおる。ウチじゃ勝てへんねん。だから、ウチは能力を売る。ウチは発明が出来る。お金を稼げる。それを武器にしてリューク様の側におりたいんや」

　それは告白というよりは、カッコイイ啖呵《たんか》だった。

「ウチをお嫁さんにしてください！　お願いします」

顔を真っ赤に染めて、涙目で告白された。

打算など何もない。好きだから告白をした。

アカリは十分に魅力的な女性だと理解させられる。

「主様の負けですね」

何故か、ボクが答えるよりも早く、シロップがジャッジを口にする。

「ハァ〜」

ボクは盛大に息を吐いた。

「そうだな。負けだ、負け」

「ふぇ？」

「ボクは怠惰なんだぞ。自分のことも碌《ろく》にしない。ボクの妾になるということは、ボクの世話をするということだ。いいのか？」

「ええに決まってるやん！」

「なら、ボクの妻になってよ」

「はい！　ダーリン！」

カリンも、この情熱に負けたのかな。

カリンとシロップを味方につけた時点で、答えは出てるんだけどね。

◇

午前中に行われたアカリとの面会に少しの疲れを感じていた。

ボクのことを考え、ボクのことを思ってメイド隊をつくり、妾の座を勝ち取ったアカリの熱意に絆《ほだ》された自分と、アカリの思いに口元が緩んでしまう。

午後から来るエリーナを出迎えるために、ボクはタシテ君が用意してくれた資料を読み込むことした。

資料にはエリーナ・シルディ・ボーク・アレシダスという人物について書かれていた。

現在の王族は、エリーナの上に、第一王子のユーシュン。第二王子のムーノ。

優秀で全てが完璧なユーシュン王子と、剣術や戦闘を好むムーノ王子。

そして、第一王女であり、魔法に長けており、アイリス姉さんに負けない美貌を持つエリーナ。

他にも妹と弟がいるようだが、表舞台には出ていない。

新年を迎えた王城は人の出入りが多く、王族はプライベートルームから出ていない。

王様と、ユーシュン王子が、挨拶に来る者たちの相手をしている程度だ。

現在の王様は、それほど優秀な人物ではなく、よく言えば平凡。悪く言えば無能な王だ。

世の人々は、《凡王》と呼んでいる。

貴族たちが好き勝手していても、手を出すことも出来ない。

王族の尊厳が失われると分かっていても、動ける人物ではない。

王妃は優秀な人だったため、王に代わって働き過ぎて早死にしてしまった。

ユーシュン王子が王を継承すれば、多少はマシになるかもしれないが、その地盤を固められるだけの時間が残されていない。

資料を踏まえると、この地盤を固める時間稼ぎのためにエリーナが、ボクへ嫁ぐことで良好な関係を一時的にでも形成しようという考えなのだろう。

本来は、アイリス姉さんとユーシュン王子の結婚話が出ていたようだが、対立が強くなりその話は流れてしまったようだ。

デスクストス公爵家から正式に断りを入れて、貴族派と王権派の亀裂は決定的になった。エリーナが来る前に読み終えた資料をテーブルに投げ捨てる。

王族の今後が短いことが窺える。

ユーシュン王子はテスタ兄上と、マーシャル公爵家のガッツ殿と友好な交流を結んでいるがいつまで効果があるのか。

エリーナは、マーシャル公爵家のガッツ殿との婚姻が噂されていたが、そちらも上手くいっていないようだ。

代わりにムーノ王子がマーシャル騎士団に近づいて友好を深めているようだな。

エリーナとしては、デスクストス公爵家に取り入る道しかないのだろうな。

ボクはますます面倒だと感じながら、午後の時間になってやってきたエリーナを出迎える。

「こちらへ」

「いらっしゃい。よく来たね」

入ってきたエリーナは、学園にいる時よりも着飾っており、美しさに磨きをかけてきた。

共に連れてきたのは、こちらも同じ学園に通うアンナというエリーナのメイドだ。

エリーナは様々な思考を巡らせた顔をしているが、一呼吸おいて話し始める。

「この度はお会いいただきありがとうございます」

エリーナから緊張が伝わってくる。

学園生活で、エリーナと交流を持つことはなく話したことも数回程度だ。

入学時に敵対行動を取られ、その後もあまり良い印象は持っていない。

「ああ、今の状況を理解してこの場に来たということは随分と度胸があるんだね」

言葉を選ぶように、エリーナからはボクへ対する恐怖に近い畏怖を感じる。

それほど怖いと思っている相手の元へ来るってことは、自分の意思で来たのではないんだろう。

「だからやってきました」

「だから？」

「はい。単刀直入に申し上げます。私と結婚してほしいのです」

覚悟を決めたというよりも、言わなくてはいけないことをやっと言ったような雰囲気だ。

エリーナは、アイリス姉さんに負けないほどの美貌の持ち主だ。

貴族たちの中には、エリーナと結婚したい男は山のようにいるだろう。

だけど、ボクには全く必要ない。

「普通に断るけど」

うーん、エリーナの顔が般若《はんにゃ》のように歪《ゆが》む。

そんな顔を見せるとは、少しだけ面白い。

「ボクには婚約者であるカリビアン令嬢がいるからね」

まさか断られると思っていなかったのか、エリーナがボクを睨みつけてくる。

「物凄く自信があったんだね……ごめんね」

ボクはこれ以上話しても仕方ないと立ち上がる。

部屋から出ようと一歩踏み出すと。

「待ちなさい！」

「何？　話は終わりでしょ？」

「何がダメなのですか？　私は男性が好む美しい見た目をしていると思います。あなたの横に居たとしても負けぬほどに。それに王族として血も高貴で、魔力量も多いのですよ」

エリーナが話せば話すほどに、興味が失われて感情が抜け落ちてしまう。

「君はつまらないね。見た目も、高貴な血も、魔力量も、君の魅力だろうね。だけど、それだけが君の価値なの？　これ以上、君と話したいと思えないよ。失礼するね。シロップ、お客様のお帰りだ」

「はっ！」

ボクは本気で話す意味がないと思って部屋を出た。

エリーナは、しばらく怒りで震えていたようだが、屋敷を後にした。

◇

エリーナ・シルディ・ボーク・アレシダスとの会合を終えたボクは気分の悪さを感じていた。

午前中にアカリから熱烈な告白を受けた後だったので、余計にエリーナがつまらない人間に見えて、彼女に冷たく当たってしまった。

彼女なりに今の情勢を打開したいと思ってきたのはわかるが、そこに彼女の心があるようには思えなかった。

「リューク様にゃ。どうかしたのかにゃ？」

ボクがバルに乗って自室に戻る途中で、清掃をしていたルビーが話しかけてくる。

「ああ、ちょっとイヤな気分になってな」

「そうにゃ……にゃら、撫でるかにゃ？」

そう言われて頭を突き出すルビーに自然に手を伸ばす。

柔らかな髪の間にある耳が気持ちいい。獣人はいい。モフモフは癒やされる。

「ふにゃ～、気持ちいいにゃ～」

ボクが癒やされていると、ルビーも気持ちよさそうな声を出して、尻尾が嬉しそうに揺れている。

「ルビーはどうしてメイドになったんだ？　ミリルはボクに恩義があると聞いてはいるけど、ルビーの理由を聞いていなかったな」

初めてクラス内チームを組んだときから、ルビーの好感度は高かった。

本来のゲーム仕様であれば、ルビーは冒険者として強者を求めている。

そこで学園剣帝杯でダンと戦って負けることで、ダンを強者として認めて仲間になるという流れだ。だが、ボクはルビーと戦っていない。

チームを組んだ最初から好感度が高かった。

学園剣帝杯では、ボクと戦うことを避けて降参まで宣言していた。

「リューク様が……一番恐いからにゃ」

「恐い？」

今まで恐いと言われたことはない。

それはボクには似合わないような言葉だった。

「そうにゃ。あっ、別に悪い意味じゃないにゃ！　なんて言えばいいかわからにゃいけど、そうにゃ！　寝てて夢を見ているときに、夢の中でどうしようもないほどの絶望を味わうとするにゃ。いくら起きたくても起きられなくて、地面もなくなって、自分は終わってしまうって思う夢を見ているようにゃ！」

全然わからない。

説明が下手なのか、言いたいことがまとまっていないのか……、まったくわからん。

「とにかく、ルビーはボクが恐いから側にいるの？」

「そうであってそうじゃないにゃ？」

「そうであってそうじゃない？」

「そうにゃ！　私のここが、リュークこそが番《つがい》の相手だと言っているにゃ」

そういって、小振りながらも自己主張をしている胸元を叩いて。ルビーは自信満々に宣言をした。

「番？」

「そうにゃ。私はリューク様の子が産みたいにゃ。そんでお母さんとお父さんも助けてほしいにゃ！」

「子供に両親ね……、よくわからん」

「今はいいにゃ！　私は、自分で強くなって助けにいくつもりにゃ。もしも、そのとき一緒に来てくれたら嬉しいにゃ！」

「両親は大丈夫なのか？」

「絶対大丈夫にゃ！　大丈夫じゃなくても、二人は一緒に死ねるなら本望にゃ。そのときは一緒に埋めてあげるのにゃ」

何を言っているのかは全然わからない。

わからないけど……ルビーは自分の中に信念があって、ボクの助けを求めているようで、助けを得られなくても自分で成しとげる意思の強さを持っている。

「そうか。もしもルビーがボクに力を貸してほしいと思うなら、手伝ってやる」

「いいのかにゃ？」

撫でていた手を払いのける勢いで立ち上がったルビーは、そのままの勢いでボクの上に倒れてくる。

「ふにゃ！　ごめんにゃ」

そういって胸に顔を乗せて、上目遣いに見上げてくる顔は可愛い。

「ふにゃ〜、リューク様は良い匂いがするにゃ〜」

ボクの胸に鼻を近づけて、匂いを嗅ぎ出すルビーは幸せそうな顔をしている。

手を伸ばして顎を撫でてやると、グルグルと喉を鳴らして気持ちよさそうにしていた。

猫耳メイドを可愛がる時間は、ボクを癒やしてくれる。

「あ～！　ルビーちゃんだけズルい！」

そういってやってきたのはミリルだった。

「ミリルもリューク様に撫でてもらうにゃ？」

悪気なく問いかけるルビーの言葉に、ミリルの顔が真っ赤に染まる。

「そっそんなこと～！　でもっ、いっ、いいのでしょうか？」

うるうるとした瞳で見上げてくるミリル。

「別にいいけど」

「あっ、ありがとうございます！」

何故か美少女二人に挟まれて頭を撫でさせられている。

今日は女難の相でも出ているのかな？

アカリに始まり、エリーナ、ルビー、ミリルまで。ダン！　お前のヒロインたちが集まってるぞ！　ハァ、バルに揺られてゆっくり寝たい。

「そうだ。リューク様。今晩はカリン様がパーティーをするって言ってましたよ」

「パーティー？」

「はい。先ほどコバトちゃんがカリン様から言伝を預かったって言って、教えてくれました」

「なんのパーティー？」

「なんでも、リューク様に承諾を取り付けたからとか」

アカリが報告したのかな？　メイド隊設立パーティーか？

「みんな綺麗にしておくようにって言ってました」

「そうか、ミリルもまたドレスを着てくれるのかい？」

「はい！　頑張ります！」

「ルビーも着るにゃ！」

二人ともそろそろ撫でるの止めて良いかな？　ボク部屋に帰りたいんだけど……。

◇

メイド隊設立パーティーかと思っていたら、年明けのパーティーとクリスマスパーティーが複合したものだとカリンに伝えられた。

屋敷の中でも広いリビングには緑色の大きな木に飾り付けが為されて、暖炉《だんろ》の火が部屋を暖めている。

船上パーティーで着ていたタキシードをシロップママに手伝ってもらって着替え。

本日のシロップママは、トナカイの衣装に身を包み、犬耳に角がハマっている。

あれはあれで可愛い。

リビングのテーブルには、カリンが作ってくれた料理が並び、どれも美味しそうだ。

メインは山盛りチキンかな？　ピザ、グラタンもあってサラダが山盛りになっている。

今日はジャンクフードが多いのは様式美かな？

「さぁご主人様、長らくお待たせしました。本日のメインイベントのお時間です。ご主人様を喜ばせるために、見目麗しい美女、美少女の登場です！」

シロップママは凄く楽しそうだ。

何故か、バルまで連れて行かれてしまったので、ボクは大きなリビングのソファーに腰を下ろしている。

「それでは美しい娘たちよ。ご主人様を喜ばせるのです！」

シロップママが指を鳴らすと、部屋の明かりが消えて、スポットライトが扉に当てられる。

ライトの操作はコバトちゃんがしてくれているようだ。

黒子の役目のために衣装まで着ている。

「エントリーナンバー一番、二番！　可愛い美少女コンビの登場だ！　ルビー&ミリル」

そう言って入ってきた二人は真っ赤なドレスに可愛いリボンを着けたワンピース姿のサンタコスを着ている。

いつもよりも小悪魔チックなメイクで可愛さをグレードアップさせてきた。

「キュートな猫耳娘と薄幸の美少女によるロリロリコンビ！　これは主様もメロメロ間違いなしだ！」

え～シロップママ、キャラ崩壊しているよ。

「二人は主様の左右へ」

「「はい」にゃ」

可愛い衣装を着た二人はボクの隣に来て頭を差し出してくる。

これさっきもしたよね。まだ撫でられたりないの？　二人がメイド服とは違った衣装で可愛いのはわかるけど……。ハァ〜まぁ撫でるけど……。

「続いては、エントリーナンバー三番！　美少女コンビと同い年とは思えない！　そのボディーはまさに凶器！　セクシーダイナマイトサンタ〜〜〜アカリ！」

うん、もうね。なんとなくわかってたよ。さすがは大人向けゲームだね。

こういう演出は必ずするよね。メッチャエロいと思うよ。

「ダーリン！　どない!?」

うん。もうそれ水着だよね。コスプレですらないよね。

赤いずきんは必要なの？　大事なところしか隠せてないよ。

「主様の正面へ。目の保養をさせてあげなさい！」

「了解や！」

いや、うん。可愛いよ。セクシーだと思うよ。

でも、いつ突っ込めばいいんだろう？　あっ、エッチな意味じゃないからね。

ツッコミをしたいってことね。

「飛び入り参加の眼鏡っ子エントリーナンバー四番！　サンタ、リベラ！」

清楚な赤いドレスを着たリベラはアカリとの対比が凄い。

「リューク様！　年明けおめでとうございます。メリークリスマスです！」

めっちゃ普通だ！　一番まともだよリベラ！

「エントリーナンバー五番！　大人の魅力で他の追随を許すな！　娘よ、ガンバレ！　シロップ」

メッチャヒイキした！　シロップママ、娘大好きだな。

「ごっご主人様。いかがですか？」

うん、最高です。サンタのエプロンに犬耳と尻尾って破壊力凄いね。

身長がモデルさんぐらい高いから、もうね……最高です。

後ろ向いたら全部見えてるよ！　いいのそれ？　君も水着なんだね。

「さぁ～、我らが主の奥様にして、本日の主催者の登場だ！　エントリーナンバー六番カリン様！」

大きなケーキが一人で歩いてくる。

なんで、カリンはサンタコスじゃないんだろう。

「リューク！　召し上がれ！」

全員が可愛かったり、セクシーな衣装の中で何故にケーキの着ぐるみ？

「リューク様。どうぞ、下の紐を引っ張ってください」

シロップママ……良い仕事しているなぁ～。

ボクは言われるがままに紐を引くと、ケーキ衣装がはじけ飛んだ。

「ジャーン！　どうですか？　リューク」

赤いミニスカートに赤いエプロン姿で現れた。

その腕には紫の髪をした美少女が抱かれている。

「今日はバルちゃんもサンタさんです」

「(^^)/」

カリンに抱かれたバルが、片手を上げて返事をする。

カリンの子供に見えてしまうのは何故だろうか？

「もうツッコむのも疲れたよ」

ボクは美少女や美女たちに囲まれてソファーに深々と身を預ける。

「ご主人様！　まだです。エントリーナンバーがついているということは順位をお願いします！」

「え～、それ必要？」

「もちろんです！　皆、ご主人様に選ばれるために頑張ったのです！」

ボクは深々と息を吐いて順番に指さした。

正直考えるのもめんどうなので……教えないよ！

「ふふ、楽しいですね。リューク」

「カリンも悪ふざけしすぎじゃない？」

「そうですか？　喜んでもらえると思いましたよ」

「まぁ、みんな可愛かったよ」

「でしょ。まだまだこれからです！　リュークのことは私が幸せにしますからね！　覚悟してください」

ハァ〜カリンのバイタリティーは凄いね。

だけど、今日はボクも準備をしていたんだ。

サプライズぐらいはボクにも出来るんだからね。

ボクはカリンの前で膝を突く。

「えっ？」

「あと二年だけど、これはボクから君へのプレゼントだ」

そう言ってカリンの指へミスリルで作った指輪を嵌める。

バルを作る際に余ったミスリルとボクの付与魔法を込めている。

「リューク！」

「指輪はカリンだけの特別だよ」

一番多くの付与魔法を込めた。

「みんなにも」

シロップに首輪。

アカリに髪飾り。

リベラにイヤリング。

ルビーにアンクレット。

ミリルにブレスレット。

「ボクの付与魔法を込めておいたから、何かあったときは君たちを守ってくれるはずだ」

ボクからのサプライズに全員が驚いた顔をして……突撃をかけられた！

「「「ありがとうございます！　主様、ダーリン、リューク様」」」にゃ」

六人の女子たちに押し倒されるのはもうね……。

わけがわからないけど、幸せなのかな？

幕間一　マーシャル家の年越し

《Side ダン》

学園剣帝杯の準決勝で敗北した俺は王都中の笑い物になった。

俺自身はどんな戦いをしたのか記憶にない。

ただ、気づいたときには腹をアイリスに向けて「ワン」と吠えていた。

審判は俺の状態を見て敗北を宣言した。

それからは学園でも、王都を歩いていても笑われることがある。

姫様とは学園に入ってから疎遠になりがちで、学園剣帝杯以降はお互いにあまり話をしていない。

それは俺の敗北だけじゃなく、姫様が戦ったアクージをリュークが倒したことにも原因があるように思えた。

俺はムーノ王子戦で傷つき、治療を受けていたので姫様の戦いを見ていない。

壮絶な戦いだったということは噂で聞いている。

姫様はあの戦いを語りたがらないので、こちらも聞こうとはしなかった。

ただ、噂で聞いた話では、一時は姫様がアクージの首に剣を当てて勝利したかに見えた。しかし、アクージがそこから逆転をしたという。

どんな戦いだったのか俺も見たかった。

学園剣帝杯が終わったことで、各自が実家に帰ったり、ダンジョンで修行に向かう者がいる中で、俺は王都にあるマーシャル家の屋敷にいた。

マーシャル家の騎士見習いとして帰還したのだ。

年越しを迎える貴族は、年を越すと王様への謁見があるため王都に集まってくる。

マーシャル家の人々も王都へ来ていた。

姫様が家族で集まっている間に、俺は客人の案内をしていた。

今回は、俺と姫様を鍛えるために、アーサー師匠が同行してくれたのだ。

姫様が、アーサー師匠も一緒にどうかと声をかけたため、アーサー師匠は姫様の申し出を快く受けた。

ちなみに俺の敗北を見ていた師匠は「ブハハハッハ、ポチ、ワン！　だってよ」と笑い転げていた。一時期は俺の顔を見るたびに笑っていた。

シーラス先生からは「精神魔法に対しての強化もしていかなければなりませんね」と冷静に今後の課題を言い渡された。

二人の師は俺の敗北をそれほど気にした様子はなく、これからだと言ってくれた。

今回の同行者で意外だったのは、学園剣帝杯で友になったムーノ王子だ。

ムーノ王子がマーシャル家の年越しを一緒にしたいとやってきた。

「私も剣帝アーサー殿、不動のガッツ殿、激震のガウェイン殿に剣を習いたいのだ」

そう姫様に熱弁したことで、同行を許された。

ソファーに座ってお茶を飲むムーノ王子は、さすがは王子様という様子で落ち着いていた。

「おいおい、王子様は優雅かよ。こんなデカい屋敷だと落ちつかねぇな。こちとら自由人で家無し子だっつうのに」

「アーサー様には、王国から剣帝として家の提供があったはずですが？」

ムーノ王子の言葉にアーサー師匠が手を大きく振る。

「うん？　ああ、そんなもん要らねぇって言って金だけもらった。俺は自由だからな、縛られるのは性に合わん」

師匠は相変わらずな人だ。


——コンコン。


扉が叩かれ中へ入ってきた人物を見て、俺は膝を突いた。

「ガウェイン様！　ガッツ様、ご機嫌麗しゅうございます」

俺以外の二人は様子を見ながら立ち上がっただけだった。

ムーノ王子は元々位が上であり、剣帝の称号は王以外に礼を尽くす必要がないため、二人ともそれが許された人物たちだ。

「よいよい、ワシとダンの仲ではないか。お前のことは息子のように思っておるのだ」

「ありがとうございます！」

「それで、そちらが剣帝アーサー殿とお見受けするが？」

「如何にも、俺がアーサーだ」

「ほう、私はマーシャル領を預かるガウェイン・ソード・マーシャルと申す。娘と息子同然のダンがお世話になっておる」

ガウェイン様が俺のために頭を下げてくれる。

感動して胸が締め付けられるぐらい嬉しい。

「いいさ。俺も凡才が天才を超えるところを見たいからな。まぁ、まだまだだけどな。ポチ」

「ポチはやめてくださいよ！　師匠！」

俺は情けない声を出してしまう。

自分は覚えていないと言っても、王都中に見られていたと思うと恥ずかしい敗北を味わった。

魔法はやっぱり奥が深い。

アイリス嬢が放ったチャームに対して、俺は抵抗するための魔法障壁を張っていた。

しかし、アイリス嬢の魔力量の方が多くて、あっさりと精神支配を受けてしまった。

「ふふふ、あの負け方は……私も笑ってしまったな」

「ムーノもやめてくれよ」

「コラ、ムーノ王子にタメ口で話すなど」

ガッツ兄様に叱られてしまう。

「いや、ガッツ殿。気にしないでください。私が望んでタメ口で話してくれと言ったのだ」

ムーノ王子が庇ってくれたので、ガッツ兄様は何も言わなくなった。

ただ、弁えるようにと苦言を呈された。

「ふむ。ここには男が五人おる。それも騎士や武芸者ばかりじゃ。ここは互いを知る上でも手合わせといかんんか？」

ガウェイン様は無類の戦闘好きだ。

強い者がいるとすぐに手合わせをしたがる。

師匠はやれやれと言った様子で、ガウェイン様の言葉に応じた。

「仕方ねぇから付き合ってやるよ。ダン、今日は手加減なしだからな」

「えー！」

師匠とは、ほぼ毎日組み手をするが、明らかに手加減をしてもらっている。

それでも、太刀打ちできていない。

それが今日は手加減なしとなると、後で医務室か、回復薬のお世話になるのが決定した。

訓練所に来た五人で総当たりを行った。

さすがは元師閣下というほかない。

ガウェイン様は師匠と互角に打ち合っている。

剣帝アーサーと呼ばれるだけあり師匠は強い。

「見ているだけで勉強になるね。やっぱりダンについてきてよかったよ」

隣ではムーノ王子が汗を拭う。

ガッツ兄様にムーノ王子が敗北したところだ。

結局、俺とムーノ王子は互角の引き分け、それ以外には惨敗だった。

体中に傷ができて痛い。

「うむ。ここまでにしておこう。私の敗北だ」

決勝戦とでも言うべき、剣帝アーサー対元帥閣下の戦いは、ガウェイン様が敗北を宣言して決着をつけた。

ただ、どちらも傷らしい傷はなく、魔力も闘気も充実しているように見えた。

「ハァ〜、マジでこの国は化け物が多すぎるだろ」

師匠は疲れたように溜息を吐いて愚痴《ぐち》を呟いた。

「ワシなどまだまだ可愛い者よ。王国には名も知らぬ強者がまだまだ存在するぞ」

強さには果ては無いのか……。

「おや、こんなにも雪が積もっていたんだね」

ムーノ王子の声で外を見れば、確かに雪が積もっていた。

「ふむ。ならば二回戦は外で行うとしよう」

「なんだよ。まだやるのかよ」

ガウェイン様は思いついたように鎧を脱ぎだした。

「今度は、剣も鎧も無しじゃ！　男ならば裸一貫で拳で示せ」

そう言って上半身裸になった、ガウェイン様にガッツ兄様が付き従う。

「え～！　こんな寒いのに？」

ムーノ王子は躊躇っていたが、俺は二人に倣って鎧と上着を脱いだ。

「バカばっかじゃねぇか。あ～、もうやってやるよ」

アーサー師匠も後に続いて、ムーノ王子が最後に「仕方ないなぁ～」と言いながら裸になって出てくる。

そこからは雪で寒いはずなのに、総当たりで裸で殴りあった。

動くたびに熱くなる体から血しぶきが飛び、生きていることを実感できる。

そのまま、「酒を飲みにいくぞ～」というガウェイン様の言葉で飲み会が始まった。

いつの間にかマーシャル家の騎士たちも集まってきて、みんなで宴会という流れになり、裸の漢たちによる喧嘩大会が始まっていた。

あ～、やっぱり楽しいな。

強さを求めることも、男同士でバカな話をするのも、本当に楽しい！

だけど、いつか強くなってリュークを倒す。

「おい、見ろよ！　ポチがいるぞ！」

騎士の一人が悪ふざけで俺をポチと呼ぶ。

だから、俺は腹を向けて言ってやった。

「ワン！」

「「「ガハハハハハ！」」」

情けない俺も俺だ。

みんなに笑い飛ばしてもらえばいい。

◇

《Ｓｉｄｅリンシャン・ソード・マーシャル》

学園剣帝杯を終えた私は、ダンと共に王都にあるマーシャル家の屋敷に戻ってきていた。

久しぶりに顔を合わせる家族を見て安心してしまう。

「父上、兄上、母上、お久しぶりです」

家族がこうして顔を合わせられることは幸せなことだ。

マーシャル領は、いつ魔物の行進が起きてもおかしくない。

さすがに前回の行進から数年が経ち、学んだこともある。

各地に国境門を造って、魔物の行進する時間を稼げるようにした。

見張り台も建てたため、ダンケルクさんのような一人にかかる負担は減り、被害を出すことは抑えられている。

「うむ、リンシャンよ。息災であったか？」

「はい、元気にしておりました」

「少し強くなったようだな」

「兄上も、また背中が遠くなったような気がします」

父上と兄上は騎士として、マーシャル領と王都を行き来している。

最近、兄上は王国軍の第一部隊隊長に任命された。

元帥である父上の跡を継ぐために力をつけておられる。

「リン、あなた女性らしさが出てきたんじゃない？　まさか、ダン君と」

「なっ！　何を言われるのですか、母上！　ダンとは別に何もありません」

母上はいつも恋愛話をしたがる。

騎士の家系で育った私は、周りに女性がいないため色恋話をする相手などいなかった。

家の中では母上だけがそういう話をしたがるので、少し苦手なのだ。

「ガハハハ、リンシャンにそれはないだろう。色恋よりも剣を好むのだからな」

「そうだな。リンシャンに恋は似合わんな！」

父上と兄上がデリカシー無く笑っている。

だが、二人の言う通りだ。

自分でも恋などわからない。

ずっとダンと結婚するのだと思ってきた。

ダンは戦友だ。

背中を預け合える友として最適な相手だと今でも思っている。

私だって……、ふぅ……。

自分は何を考えているのだろうか……。

どうしてリュークの顔が浮かぶんだろう。

「ふ～ん。ねぇ、あなた」

「なんだ？」

「ダン君たちも帰ってきているのでしょ？　会ってきたらどう？　夕食までは時間もあるし、彼とも久しぶりでしょ？」

母上が父上にダンと会いに行くように促す。

どうしたのだろうか？

まだまだ話したいことはいっぱいあるのに……。

「うん？　しかし、今は家族の時間を」

「いいから！　ガッツも、ダン君たちと稽古をつけてきてくれないかしら？　剣帝アーサー様も一緒に来られているそうよ。お手合わせを願ってみればいいんじゃないかしら？」

「えっ？　母上、背中を押さないでいただけますか？」

母上が、父上と兄上を追いやるように部屋から出してしまう。

「ふぅ～、男って嫌ね」

母上は苦笑いを浮かべて私を抱きしめた。

「母上？」

「あなた……、恋をしたのね」

「なっ！」

私よりも身長が低いはずの母上が、抱きしめられると凄く大きく感じてしまう。

言われた言葉に私は顔が熱くなるのを感じた。

「それも……ダン君じゃないのね」

「私は！」

「ううん、言わなくてもいいわ。結局あなたは貴族の娘です。父親の言う相手と結婚しなくちゃいけない時もある。だけどね、リン。恋はするもんじゃないの、落ちるものなのよ」

「落ちるもの？」

何故だろう……、母上の言葉が否定できない。

「ええ。しようと思って出来るわけじゃなくて……。いつの間にか……その人を好きになってしまうのよ」

母上の言葉がスッと腑に落ちてしまう。

私は、いつの間にか奴のことを……。

「あなたが誰を好きになったのかはわからないけれど、その恋は叶わないかもしれない。だけど、本当にあなたが道を決めるなら、私はあなたの味方でいるつもりです」

「母上！」

それは貴族の夫人が言って良い言葉ではないように思えた。

「だって、我が家はマーシャル家ですよ。いつ魔物の脅威によって死んでしまうのか分からないんだもん。そんな命をかけて生きているのですから、命をかけた恋ぐらい自由にしたいじゃない。バカな男達は戦うことしか考えていないようだけど、あなたは女なのです。男とは違う生き物なのですよ」

今まで、私は母上が苦手だった。

身体を鍛え、剣の腕を磨き、戦いに身を投じようとする私に対して恋の話をする。

女性らしさを説いてくる。

それは聞きたくないと思う話ばかりで耳をふさいできた。

だけど、今の母上から聞かされる話に、私の心は揺れ動いてしまう。

「あらら、まさかあなたがそんな顔をする日が来るなんて思わなかったわ。その顔をさせるのはダン君だと思っていたけど」

私はいったいどんな顔をしていたのだろう。

「その気持ちを大切にしてね。これから三年後に王国は激動の時代に入るから」

「どういうことですか？」

「デスクストス公爵家のテスタが、貴族派と婚姻を結んだわ。アクージ家のビアンカ、ブフ家のサンドラと結婚を発表したの」

「えっ！」

テスタはデスクストス公爵家の次期当主であり、デスクストス公爵家は自分の陣営を強化するために結婚を行ったことになる。

それは、いよいよ王族に対して異を唱える準備を整えつつあるということだ。

「次男のリュークもカリビアン家の婿養子になることが、情報として出回っているわ。デスクストス公爵家がいよいよ動き出そうとしている。多分、あなたたちが卒業して、リューク・ヒュガロ・デスクストスが、カリビアン伯爵令嬢との結婚を発表することで、最後のピースが揃うんじゃないかしら？」

母上の言葉に私は地面が無くなっていくように感じた。

リュークが結婚……？

デスクストス公爵家が反乱する。

マーシャル家の立場は？

リュークが敵になる？

リュークをデスクストス公爵家から切り離すために事前に取り押さえたくても、きっと私にはできない。

リュークを切り離す理由もなければ、デスクストス公爵家は狡猾《こうかつ》で、こちらからつけいるスキを与えてはくれない。

「リン！」

母上が私の頬を優しく打つ。

「しっかりしなさい。女は度胸です！　惚れた相手がいるなら、そのときは覚悟を決めなさい！　たとえ、マーシャル家を敵に回すことになったとしても！」

「母上？」

「ふふ、私はガッツとリンの母よ。なんとなくわかってしまうのです。あなたが誰を好きになったのか。名は言いませんが、私は教えました。あとはあなたが覚悟を示すだけです」

私は母上の偉大さを理解してしまう。

その覚悟はまさしくマーシャル家の女性のものだった。

幕間二　第一王女として

《Ｓｉｄｅエリーナ・シルディ・ボーク・アレシダス》

私の名前はエリーナ・シルディ・ボーク・アレシダスと申します。

アレシダス王国第一王女として、この度アレシダス王立学園に入学することになりました。王族として最高の教育を受けてきたこともあり、首席合格を果たしたと学園側から連絡を頂きました。

「エリーナ王女よ。入学おめでとう」

「ありがとうございます」

王国の学園長をされている叔父様に挨拶に参った私はお茶を共にすることになりました。

「さて、今後の学園生活ではあるが、なかなかに優秀な者が集まった」

「どういうことでしょうか？」

「ふむ。エリーナには教えてあげよう。今回、君はどの教科でも一位を取れてはいないんだ」

「えっ？」

首席合格と聞いていた私は、三学科のどれかで一位を取ったのだと思っておりました。

「実技試験一位は、冒険者ルビー君じゃ」

実技試験は、さすがに一位は無理だと思っていました。

私には昔なじみであるリンシャン・ソード・マーシャルがいるからです。

猪《イノシシ》武者《ムシャ》と言えば彼女は怒るでしょうが、騎士の家系に生まれた彼女は幼い頃から、自身を鍛えていたため、魔法を使わない実技のみにおいて私では彼女に勝てません。

ですが、そんな彼女を超える逸材がいたことに驚いてしまいます。

「学科一位は平民出身のミリル君じゃな。平民ということもあり、今回は特待生として受け入れておる」

名も聞かない平民の子に負けたことに、私はスカートの裾を掴んで悔やみました。

「フォフォフォ、悔しいと思うことはいいことじゃ。伸びる可能性を秘めておるということじゃよ。最後に魔法試験の一位はリベラ・グリコ君じゃ。魔法省に父を持つ子じゃよ」

三人とも同性だと聞いて、負けた悔しさが強まりました。

必ず学園で雪辱は晴らさせてもらう楽しみが出来ました。

「エリーナは、実技三位。学科三位。魔法三位じゃ。十分に優秀であり首席合格じゃよ。これからのエリーナには期待しておるよ」

学園長先生の部屋を退出した私は奥歯を噛みしめました。

王族である以上、他者から侮られるわけにはいきません。

「必ず、首席は譲りません」

入学式で首席合格者として挨拶するように言われ、壇上に立ちました。

自分に集まる注目は王族として、慣れ親しんだものであり緊張はしませんでした。

「首席合格を果たしましたエリーナ・シルディ・ボーク・アレシダスです。それぞれの試験では一位にはなれなかったと連絡を受けております。そんな私がここで話をさせてもらうことは申し訳ありませんが、選ばれた限りは全力で務めさせていただきます」

自分で伝えることで、アレシダス王立学園のレベルの高さを生徒達に伝えます。

話をしている間、私から生徒の姿が一人一人見えています。

その中で、高位貴族に用意された座席で居眠りをする一人の男子生徒が目に入りました。

今回、男性で高位貴族として入学してくる最高位はデスクストス公爵家の者です。

そんな高位貴族が王族の話を聞かずに居眠りをしている行為に、怒りを通り越して呆れと失意がわいてきました。

あのような者が公爵家に属しているなど、アレシダス王国も貴族を見直すときがきたのかもしれません。

話を終えた私が壇上を降りて、学園長先生が入学式を締めくくりました。

入学式を終えると教室でオリエンテーションが行われるため、零クラスの教室に入り、先生の説明を聞くことになります。

ランキング戦の話をしている途中で、リンシャンの騎士が挙手して立ち上がりました。

リンシャンの騎士と、リューク・ヒュガロ・デスクストスの争いを止めれるのは、私しかいないと思ったので立ち上がります。

「実技成績上位者のダンさんと、魔法成績上位者のデスクストスさんのランキング戦は誰もが見たいところです。デスクストスさん。学園のルールに従い個人成績下位の者が上位の者に挑む形でのみ成立します。拒否権は上位者にないと思います。また、貴族の義務として民を導く者であるべしという言葉もあります。貴族として拒否することは許されませんよ」

彼の逃げ場を奪う発言をして、拒否できないようにしてしまう。

「わかりました。アレシダス様のおっしゃられるがままに」

物凄い溜息と嫌そうな顔を私に向けて同意を示しました。

この私に向かって、あのような態度を取る人は初めてです！

なんと無礼な男なのでしょうか！

相当に弱くて負けるのが嫌なのでしょう。

私は、彼が負ける姿を想像して笑ってやろうと決めました。

「開始」

先生が開始の合図をした瞬間。

デスクストスは、素晴らしい体術を以て騎士を圧倒してみせました。

それはダンスを踊るように美しく、戦いに見惚れてしまうほど強かったのです。

マーシャル家お抱えの騎士の動きも悪くありません。

悪くはありませんが、大人と子供が戦うほどの技量差があるように感じられます。

「終わりだ」

彼が終わりを告げると、騎士は意識を失ってしまいました。

決着かと思っていると、デスクストスは意識を失った騎士を、何かしらの魔法で闘技場の天井近くまで浮き上がらせます。

もしものことを考えて、私は魔法を放つ準備をします。

「いいですよ」

デスクストスは一切ためらうことなく、魔法を解除しました。

リンシャンの騎士が落下していく。

「キャー」

魔法を発動させようと魔力を流し始めて、別の魔法がリンシャンの騎士が落ちる地点に仕掛けられていることに気づきました。

先に仕掛けることのできた人物がいるとすれば、それはデスクストス自身です。

どうやらパフォーマンスだったようです。

私はそれに気づいて魔法を止めました。

しかし、魔法は発動されることなく、先生が空中でリンシャンの騎士を受け止めました。

「なっ、何をする！　この卑怯者！　ダンは意識を失っていたんだぞ」

リンシャンは魔法に気づいていないようです。

正式なランキング戦を行った後の出来事で、デスクストスを罵る行為は些か品位に欠けています。

「ボクにランキング戦を挑んだのだろう？　それくらいの覚悟は持ってもらわないと困るが？」

デスクストスはランキング戦を見ていた私たちへ視線を向けました。

「他の者たちも腕に自信があるなら、ランキング戦を受けてやる。サービスだ！」

今、戦ってデスクストスに勝てると思う者はいないでしょう。

私は視線こそ外しませんでしたが、奥歯を噛みしめました。

「なんだ？　誰もいないのか？　戦闘を行って疲れているかもしれないぞ？」

デスクストスは興味を失ったように大きな息を吐いて顔を上げました。

その後のセリフは、私の胸に刻まれ、リンシャンの言葉に応じることなく。

デスクストスは闘技場を去り、クラスメート達は一斉に息を吐いた。

呼吸することも忘れるほどの圧倒的な強さを彼は示した。

あまりにも鮮やかで、相手を傷つけることなく圧倒した実力。

敵を残忍に傷つける容赦の無さ。

動きに無駄がなく、彼がどれだけ鍛錬を積んできたのか一目で分かってしまう。

負ける姿を笑おうと思っていた自分を戒め、彼の元へ向かった。

「少し、良いかしら？」

これまでの私の態度も悪かったと思うが、彼から向けられる視線は凄く嫌そうだった。

「なんですか？　王女様」

「王女様ですか……、エリーナで結構よ」

「そうですか。じゃあ、ボクもリュークで結構。それで？　何か？」

「王族である私にそこまで鬱陶《うっとう》しそうな顔をする人はあなたぐらいよ」

やる気がない。

プライドもない。

鍛錬を重ねた者だけが使える体術を披露する実力があり。

魔法の才能は私以上。

彼の態度には、実力が伴っていた。

「あなたの実力、見せてもらったわ。ちゃんと努力しているのですね。見直したわ」

「それはどうも」

「ユーシュンお兄様からテスタ様の話は聞いていたけど、デスクストス家にはあなたもいることを認識させてもらったわ。素晴らしい戦いを見せていただきありがとうございます。それだけを言いに来たの」

ユーシュンお兄様は、デスクストス公爵家のテスタ様とマーシャル家のガッツ様が優秀だと言っていた。

だけど、同い年にもいるじゃない。

リューク・ヒュガロ・デスクストス、覚えておきましょう。

◇

学園剣帝杯をベストエイトで終えて学園を後にします。

新年は、多くの貴族が王城内を出入りするので、王族と従者だけが出入り出来るプライベートルームに引きこもり、嵐が過ぎ去るのを待つばかりでした。

ムーノ下兄様のようにリンシャンの元へ遊びに行けばよかったと思ってしまう。

ユーシュン上兄様は雑務に追われている。

他の弟妹たちも、それぞれ動きがあるようだが、私は自分の部屋を出て、お父様からの呼び出しに向かわなければならない。

外を見れば新年を祝う街並みが見下ろせる。

白い息を吐いて、扉の前へと到着した。

「エリーナ、参りました」

「入れ」

謁見を終えたお父様は、疲労が色濃く出た表情で私を迎え入れました。

「よく来てくれた。エリーナ」

「はっ。お呼びに応じ参りました」

「うむ。娘よ。……すまん」

疲労しているお父様は、娘の私に深々と頭を下げた。

お父様。王は、優秀な人ではない。

凡王と、そう呼ばれている人だ。

貴族たちが好き勝手していても、手を出すことも出来ない。

王族の尊厳が失われると分かっていても、動ける人ではない。

だからこそ、お母様はお父様の代わりに働き過ぎて亡くなってしまった。

ユーシュン上兄様が王へ代われば、多少はマシになるかもしれないが、その地盤を固められるだけの時間が残されていない。

せめて、デスクストス公爵家のアイリス嬢とユーシュン上兄様の結婚が成立していれば、状況はもう少しマシになっていたはずだった。

それもデスクストス公爵家から正式に断られてしまった。

「いえ、王が仰せのままに」

「すまぬ」

ただ、謝罪を口にするだけの王。

すでに、王国の崩壊は始まっているのだ。

私たちが生まれたときから、貴族派の力が強く。

王族はお飾りとして生かされているだけだった。

ユーシュン上兄様は生まれながらに優秀であったため、デスクストス公爵家のテスタ、マーシャル公爵家のガッツ、二人と交流を持つようにして、友人関係を築いた。

ムーノ下兄様はあまり頭が良くはなかったが、武芸が好きだった。

学園剣帝杯を機にマーシャル家の騎士見習いダンと交流を持つようになり、年越しをマーシャル家で過ごせるまで仲を深めた。

王族とは卑しく生き長らえる方法を模索する。

ただ、高貴な血を残すため。

兄たちがそれぞれの陣営と仲良くして祭り上げられる存在になったとき、アレシダスの血を残す第三の方法は何か？

その答えを模索した結果を父は私に謝罪しているのだ。

◇

「こちらへ」

私は現在、第三勢力として注目を集めている人物の元へ訪れた。

それはお父様である王からの願いであり、私自身が選んだ答えだ。

「いらっしゃい。よく来たね」

そう言って私を出迎えたのは、王国一の美しい顔をした男性であり、私と同い年の同級生リューク・ヒュガロ・デスクストスだ。

デスクストスを名乗りながらも、家族と共に行動することはなく。

家族から認められていない者。

然れど存在を誰も無視できない者。

第三勢力として外部からも、内部からも注目を集める者。

それが現在のリューク・ヒュガロ・デスクストスという人物だ。

彼がどう動くのか、貴族だけでなく、王族や市民にまで注目を集めている。

学園剣帝杯、あの大会は様々な思惑が絡み合ったものだった。

武力だけで勝ち上がった者。

裏工作を使って、力を示した貴族。

そして、どちらも使って勝ち上がった存在。

リューク・ヒュガロ・デスクストスは裏工作で準決勝まで上りつめ、貴族としての力を示した。

そして、武力を示したアクージ家の者を、己の実力で圧倒して見せた。

相手が話せなくなったことで、準決勝敗退を宣言したが、実力は疑うことはできない。

むしろ、一目おいた貴族は増えたことだろう。

それは力ある貴族達ならば意味を理解出来る行為であり、またデスクストス公爵家への配慮もなされており、己の力を侮る者はどうなるのか、裏からも、表からも示したことになる。

「この度はお会いいただきありがとうございます」

私は自分でも思っていた以上に緊張していた。

学園生活で、リューク・ヒュガロ・デスクストスと交流をほとんどもってこなかった。

入学時に取った自分の行動は、リュークへの敵対行動に近いため、悪い印象を持たれているだろう。

声をかけた時も不満そうだった。

唯一の思い出がそれだけ、思い出らしい思い出もない。

「ああ、今の状況を理解して、この場に来たということは随分と度胸があるんだね」

まるで、自分の喉元に剣が向けられているような恐怖。

得体の知れない相手を前にして、私はどうすればいいのか思案していた。

様々な貴族から注目を集めるカリスマ性。

見た目は、男性とは思えないほどの美しさ。

魔法は私でも理解できない属性魔法を使う圧倒的な魔力量。

「だからやってきました」

「だから？」

「はい。単刀直入に申し上げます。私と結婚してほしいのです」

私は覚悟を決めてプロポーズを口にしました。

それは彼の意表をつけたようです。

ふふ、私でも驚いています。

まさか、王女である私が男性にプロポーズする日がくるなど。

ですが、これも王国を。

いえ、アレシダスの血を絶やさないために。

「普通に断るけど」

はっ？

「ボクには婚約者であるカリビアン令嬢がいるからね」

今まで多くの貴族たちが私を手に入れたいと告白してきました。

家柄、地位、見た目、権力、様々なステータスを私に示して求婚してきました。

その中には他国の王族もおりました。

アイリス・ヒュガロ・デスクストス公爵令嬢と並ぶ美しさであると言われ、王国の華と言われる私の告白ですよ。

それも王族が告白するなどありえないことです。

「物凄く自信があったんだね。ごめんね」

リューク・ヒュガロ・デスクストスは立ち上がって、話は終わりだと言わんばかりの態度で部屋から出て行こうとする。

「待ちなさい！」

「何？　話は終わりでしょ？」

「何がダメなのですか？　私は男性が好む美しい見た目をしていると思います。あなたの横に居たとしても負けぬほどに。それに王族として血も高貴で、魔力量も多いのですよ！」

私が話せば話すほどに、リューク・ヒュガロ・デスクストスから熱が失われていく。

感情が抜け落ち、その表情は無表情になっていた。

「君はつまらないね。見た目も、高貴な血も、魔力量も、君の魅力だろうね。だけど、それだけが君自身の価値なの？　これ以上、君と話したいと思えないよ。失礼するね。シロップ、お客様のお帰りだ」

「はっ！」

本当に彼は私の話を断って部屋を出て行ってしまった。

何が？　何がいけないのですか？　私はこれまで王族として勉学に、魔法に、政治に、励んで来ました。

私自身の価値？　見た目、血、魔力以外に何があるというのですか？　男性は私の能力や見た目に興味を持つのでしょ？

それ以外など私にはわからない。

第二章

獣人への想い

Only Lazy,
Villainous Aristocrats

第四話　魔法の研究

我が家にタシテ君が資料を持って夜遅くに現れた。

それはアレシダス王立学園からの帰り道に、タシテ君と見た光景に対して調べ上げた物だった。

「この内容に相違はないんだな」

「我がネズール家が調べたことに間違いはございません。それらの資料に書かれたことは、本当に行われたことであると情報元から確認も取れています」

「そうか」

ボクは資料の一ページ目に書かれた名前に顔を顰めてしまう。

シータゲ・ドスーベ・ブフ伯爵。

この男について、ボクはタシテ君に調べるように命令を出した。

その結果を見て後悔せずにはいられない。

簡単にシータゲ・ドスーベ・ブフ伯爵について語るとすれば、富と権力、そして色欲にまみれた化け物だ。

百八十センチを超える高身長は二百キロ近い体重をしており、両手の指にはいくつもの宝石をつけている。

富によって、あらゆるモノを手に入れてきた男だ。

趣向を凝らした至高《しこう》の高級食材を食べて太った体。

派手な装飾がなされた服。

魔導具や移動手段など便利な道具。

そして、奴隷や信者といった人すら。

ほしいと思えば富を積み上げれば手に入れてしまう。

だが、シータゲ・ドスーベ・ブフはそれだけでは飽きたらず、自分が手に入れたいと思った物への執着が異常に強い。

それはどれだけ望んでも、手に入らないモノほど価値があると思っているようだ。

シータゲ・ドスーベ・ブフが、手に入れたくても手に入らない物。


それは人だ。


シータゲ・ドスーベ・ブフが狙う人物は二人。

一人目は、マイド大商店に来ていた理由であり、ボクへアカリが必死に求婚した理由。

アカリ・マイドだ。彼女の才能と魔法に目をつけたシータゲ・ドスーベ・ブフはアカリを自分の物にするために十二歳の時から求婚を続けているという。

当時のシータゲ・ドスーベ・ブフは五十歳を超えていた。

五十を超えた醜いデブ親父に、十二歳の少女が求婚を受けたのだ。

いくら貴族社会でも相当な関係性がなければありえないことだ。

だが、平民と貴族となれば話は違う。

貴族が本気で欲すれば、平民は生活を脅かされる恐れすらある。

気持ち悪さと、シータゲ・ドスーベ・ブフの異常な性癖が窺える話だ。

さらに、趣味嗜好だけでなく、アカリに求めることは強欲も含まれる。

シータゲ・ドスーベ・ブフの思考は、常に金貨と共にあり、この世の真理は富にあるとすら発言をしている。

欲しい物を手に入れるためならば、いくらでも金貨を積み上げ。

更なる富をつくり出して自らを傲慢に肥え太らせる。

通人至上主義教会のトップという地位が、さらに信頼と金貨を引き寄せる。

人々は宗教と富、二つの顔を持つシータゲ・ドスーベ・ブフの甘い言葉に耳を傾けてしまう。

囁《ささや》かれた者は、己を救ってくれるのだと勝手に想像して富を差し出すのだ
シータゲ・ドスーベ・ブフは、善良な人間を導く慈善《じぜん》者の顔をしながら、孤児院という名で集めた、幼き奴隷たちを売り買いするための奴隷商人としての顔を持っていた
表と裏、二つの顔を持つシータゲ。

表向きは、親たちの生活が困窮していることにつけ込んで、孤児院に預かるという名目で金品を渡して買い取っているのだ。

親によって売られた子は、貴族や商人など、シータゲが高く売って富を得る。

シータゲの言い分としては、富ある方の下で働かせてもらえる子供たちは救われる。

「貧しい家で育つよりも、富ある家でたっぷりの愛情を注いでいただけるのです」

子供たちは教育を受け、賃金が払われ、幸せを手に入れられるというのだ。

だが、本当にその通りになっているのか？　実情は違う。

生きていることが辛いと思えるほどの思いを奴隷たちはさせられることになる。

売られる奴隷はほとんどが獣人だ。

通人至上主義教会が権力を持つ王都では、獣人は最下層の扱いを受けている。

その獣人を大切にする貴族がどこにいる？

あの日、アレシダス王立学園の帰り道で見た光景は一部にすぎない。

買われた子は、もしかしたらもう死んでいるかもしれない。

死んだ子たちは、獣人を表す部位を失ってみつかる子も居る。

シータゲ・ドスーベ・ブフにとっては、売った奴隷のことなどどうでもいいことなのだ。

どうしてここまでの富にこだわるのか？

この男が何を欲するのか、明確な目的が書かれていた。

今もっとも手に入れたい人物。

シータゲ・ドスーベ・ブフよりも優れた富を持つデスクストス公爵家の令嬢だ。

アイリス・ヒュガロ・デスクストスの名が記されていた。

アイリス姉さんのファンは多い。

シータゲ・ドスーベ・ブフもその一人だったのだ。

だが、アイリス姉さんを手に入れることは極めて困難と言える。

アカリのような平民であれば、貴族の力を使えば強引に手に入れることもできたかもしれない。

だが、アイリス姉さんを手に入れるためには、姉さん自身を誘拐するか、デスクストス家を潰すかのどちらかになる。

つまりは、デスクストス家を潰すことが最終的なシータゲの目的なのかもしれない。

シータゲは、富を得るために宗教や奴隷だけでなく、人材派遣という概念も持ち合わせている。

娘のサンドラをデスクストス家に差し出したこともその一つだ。

サンドラがデスクストス公爵家のテスタに惚れていたことを利用して、嫁がせる段取りを何年もかけて整えた。

テスタとサンドラの間に子が出来れば、自分は義父として、権力を手に入れる。

デスクストス家がテスタの代になれば、シータゲはデスクストス家の力を手に入れられる可能性を待っているのだ。

それまでに富を築かなければならないとも。

これまでにシータゲは、九十八人の妻《めと》を娶って、子供をつくり、様々な場所へと潜り込ませてきた。九十九人目の妻として、アカリを手に入れて、さらに富を増やそうと企んでいるということだ。

最終的な目的である、アイリス姉さんを手に入れるために、奴隷の子供たちを虐げ、妻たちに子供を産ませ、アカリを利用しようとしている。

幸いだったのは、アカリがアレシダス王立学園に入学が決まっていたことだ。

三年という期間、手を出すことが難しくなった。

アレシダス王立学園の中にも、シータゲに命令されてアカリを監視している生徒もいるようだ。

アカリが優秀だったこともあり、零クラスと呼ばれる王族や上位貴族が在籍する一流の中に紛れ込んだ。そこでボクと出会って一目惚れしたというわけだ。

シータゲの目や耳になっていた者は、零クラスにはいないと調査報告に書かれていた。

学園に入学してからも諦めていないシータゲは、アカリがマイド大商店に帰ってきたことを知って、ボクらが訪れた日に求婚に来ていたというわけだ。

マイド大商店内に潜入している、タシテ君の手の者によれば。

「私の妃になれば、どんな贅沢も許しましょう。ですから、私のマイスイートハニーになっていただきたい。今日こそ良い返事を聞かせてください」

ダメ押しをしている際に、ボクが来店して妨害したというわけだ。

ボクがデスクストス家であったことが、シータゲを止める抑止力になるとアカリは判断した。

デスクストス公爵家のテスタとブフ家のサンドラの結婚が決まっていたからだ。

シータゲはボクの名前を聞くと、その場は引き下がった。

資料を読み終えたボクは、もしもの時のことを考えて準備をするため。

タシテ君にも指示を出しておく。

「奴隷を買った全ての貴族を洗い出してくれ。それと孤児院の場所と数もだ」

ボクが指示を出すと、珍しくタシテ君がじっと見た。

「どうかしたのかい？」

「いえ、少し疑問に思いました。よろしいのですが？　どうして、リューク様がそこまで獣人の奴隷に対して執着しているのでしょうか？」

なるほど、タシテ君はボクが動く理由を知りたいということだな。

「君なら、ボクのことを調べているのだろう。ボクにとって、この家で家族と呼べる人はシロップだけだ」

「それは存じています。ですが、それは家族を大切にする気持ちということで理解できるのですが、他の獣人まで気に掛ける理由になるとは思えませんでした」

ボクはソファーに深々と座り直した。

「……あの日、獣人の奴隷が売られている姿を見たよね」

「はい」

「ボクは売られる獣人の少女がシロップと重なって見えたんだ。通人至上主義教会のせいで獣人は虐げられ、シロップも辛い思いをたくさんしてきた。だけど、シロップはそれを知りながらもボクに対して最大級の愛情を注ぎ、いつもボクを怠惰に過ごさせてくれたんだ」

「つまりは、恩返しをしたいと？」

「それもあるかもしれないね。それにタイミングが良かったんだ」

「タイミングですか？」

ボクは目を閉じて、獣人の少女たちがメイド服を着て、怠惰なボクの世話をしてくれるのを思い浮かべる。

彼女たちがいれば、シロップやカリンももっと楽になって、ボクのそばにいてくれるかもしれない。

「カリンやアカリがボクのためにメイド隊をつくろうとしてくれているんだ。それはボクをより怠惰にしてくれるためだ。どうせなら可愛い獣人たちのメイド隊が見たいじゃないか。だから、ちょっとだけ手伝いをしようと思ってね」

「なるほど、全ては自らの望みを叶えるために……、納得できました」

タシテ君も貴族なのだ。

自分の欲望に忠実なほど理由としては納得できるのだろう。

「全ては怠惰のためにだよ」

「リューク様が望むがままに。ただ、宗教関連に関わると厄介なことになりますよ。そちらはどうされますか？」

「その辺の手は打つつもりだ」

「代替え案ということですか？」

「ああ、奴が根を張った闇はあまりにも深い。だが、深いが故に恨みや憎しみも募る」

「なるほど。もう一つ。テスタ様が黙っていないのでは？」

「そっちも問題ないと思う。むしろ、喜んでくれるかもな」

「それは一体どういう？」

「そうだな。口が臭くて醜いデブのオッサンと。従順でいうことを聞く女性なら。タシテ君はどっちが好みだ？」

「それはもちろん従順でいうことを聞いてくれる女性です」

「そういうことだよ」

「えっ？」

ボクは思いついたことがあり、楽しそうな笑みを作った。

「ひっ！」

なぜかタシテ君からは怖がられてしまったけど。

◇

タシテ君から得た情報で、ボクは一つ気になっていた。

資料に書かれていた獣人たちの状態だ。

四肢を失い、獣人を象徴する部位を失って見つかった者もいるという。

そこで、パーティーの後から泊まっていたリベラに協力してもらって、ボクは新たな魔法の研究をすることにした。

バルを作った後から、ボクは何かに没頭することが好きなのだと知った。

ただただ寝ているだけなのは幸せだけど、楽しいことだけをしている時間も幸福だ。

元々は、バルは怠惰のために必要だから作った。

だけど大切な人たちが増えていくに連れて、ボク以外の人間が怪我をした時に、回復魔法だけでは治せないケガがあることを知った。

家に帰ってきたからには、いつも通り本を読んでのんびりするつもりだった。

だけど、カリンやシロップ、それにアカリを嫁として迎えるなら、彼女たちに何かあった時の助けになれる魔法を作っておきたい。

「それで？　今回はどのような魔法の研究をされるのですか？」

「今回は再生魔法の研究をしたいと思うんだ」

「再生魔法ですか？」

回復魔法は確かに怪我や病気を治してはくれる。

だけど、もしも大きな怪我をした時、例えば腕を切り落とされたり、足が動かなくなったら回復魔法では治せない。

もっと医療的な発展を遂げられたらいいけど、科学の進歩は一日にしてならずだ。

魔物がいて、貴族同士の争いが日々行われている世界なんだ。

突然、命を狙われることもある。

それがボクであればまだいいけど、ボクの大切な人に害が及んだ時。

ボクはそれを治してあげられる力を持っていたい。

「ああ、バルを作っている際に、副産物として手に入れた魔力吸収はかなり優秀だと思うんだよね。大量に魔力があるなら、魔力を消費しても大丈夫な魔法を作ってみようかなって」

「ふふ、リューク様らしいですね。そんなことは普通の人にはできないので考えもつかないです。ですが、発想が面白いと思います」

魔法狂いのリベラだからこそ、理解してくれると思っていた。

だが、落ち着いて魔法吸収に専念すれば魔力の回復が行える。

リベラは魔法を行使しながら、魔力回復はできない。

これも訓練だと思うけど、魔力が尽きないということは相当なアドバンテージになる。

「あっ、あの。私も協力させてほしいです！」

「ミリル？」

ボクとリベラが図書室で話をしていると、整理をしてくれていたミリルが自分も協力したいと立候補してきた。

「はい。私も将来は医療関係に進みたいと思っています。今は回復魔法の勉強を頑張っていますが、再生魔法を知ることができれば、多くの人を救えると思うのです」

ミリルは、リベラよりもさらに魔力吸収が上手くない。

幼い頃から魔法に触れてきたリベラだからこそ、ボクの原理を理解してくれた。

魔力吸収の感覚を掴むのも早かった。

だけど、ミリルはこれまで魔法に触れる機会が少なく、魔力吸収の感覚を掴めていない。

今後レベルが上がれば可能性はあるが、今の段階では原理だけを知ることになる。

それでも共に学びたいというミリルを拒むつもりはない。

「う～ん、ミリルは頭がいいから、原理さえ理解していれば将来的に使えるようになるかもね。よし、ボクは自分のためだけど、それをどう使うのか決めるのはミリルの自由だ。一緒にやろうか？」

「ありがとうございます」

いつもおどおどしているミリルだけど、研究や勉強のことに関しては熱心なので、人それぞれ興味って違うものだね。

「うん。ミリルは医療的な観点から、リベラは魔法的な観点から再生魔法の研究をしてくれる？ボクは実際に回復魔法を使って、模索してみるよ」

「はい！」

こうして、ボクたちはそれぞれの研究を分担するようにして、再生魔法の研究を開始した。


まず最初にボクが取り掛かったのは、実践治療だ。

シロップとルビーを連れて、ボクはスラム街や孤児院などを回って病気や四肢が失われた者、失明した者や耳が聞こえない者などに実際に会って、回復魔法をかけてみた。

だが、結果として、失明や耳が聞こえないことを治すことはできなかった。

「怪我や病気は治せる。だけど、失われた四肢や視力などは治すことができなかった」

ボクの報告に、二人の顔は暗く沈んでしまう。

「とにかく取り掛かったばかりだ。二人はどうだった？」

ミリルには、ボクが保有する図書室の鍵を預けて勉強をしてもらった。

他にもシロップママに頼んで高い医学書なども取り寄せさせた。

「医学的な観点から言えば、私の気づいたことは人の体について細かく分類されていることだと思います」

「細かく分類されている？」

「はい。リューク様は人を回復する際にイメージが大切だとおっしゃられていました」

ボクは魔法の訓練のために孤児院で回復魔法を練習していたことがある。

その際にミリルの弟を救い、そのような話をしたそうだ。

「ああ、怪我なら治るように、病気ならそれを排除するようにかな」

「はい。ですが、人の体は複雑なのだと思います。筋肉、神経、血管、骨、内臓、脳。それらを知ることで医療的には、原因を突き止めるのだと思いました」

「そうだね。言われてみれば、ボクもそれらを詳しく知らないかな？」

「それらをご理解いただくために絵を描いてきました！」

そう言って絵を披露する。意外な特技だが、ミリルは絵が得意だった。

リアルな心臓の絵や、腕の断面図のような絵を見せながら説明してくれる。

話自体はミリルがしてくれるのでいいんだけど、勉強のようで少し眠くて辛かった。

「というわけなんです！」

全身の絵を見せながら、二時間ぐらいの講義をしてもらった。

正直なところで言えば、内臓の再生は無理だ。いや、厳密には内臓だけを再生するのはできるが、血管や他の筋肉に植え付けるという考え方が無理だ。

「ミリルの講義は流石ですね。医療分野は畑違いですが、私でも人の体について理解できました」

一緒に話を聞いていたリベラは、ミリルの話に感心していた。

ミリルはリベラに褒められて顔を赤くして照れている。

ミリルが研究を発表してくれたことで、ボクは医療的な観点では再生魔法には無理があるという結論に至った。

再生魔法は、その名の通り欠損された部位を再生させる魔法だ。

医療的な結びつきは、あまりに膨大な細かい理解が必要になる。

それに対して、回復魔法は、自己治癒力を高め、傷を塞いだり、逆にイメージを強めることで、病魔を撃退することができた。

「魔法の観点から、再生魔法を私は考えました」

ミリルとは別の視点で、図書室や、魔法実験場を使ってリベラは様々な研究結果を報告してくれた。

「元々、回復魔法は無属性の魔法です。属性魔法を応用すればより強力になると言われています。特にミリルが持つ《光》や、聖女様が放つ《聖》属性の魔法には回復の効果があると言われています」

リベラは、どうすれば再生魔法が実現可能なのか？

その観点から、回復魔法の原理をもう一度解明することから始めてくれた。

属性魔法は、魔力に属性を乗せることでより強力な事象を起こすことができる。

それに対して無属性魔法は、属性魔法のような特色は持たない代わりに、魔力を注ぐことで自由な魔法の発想ができる。

「では、再生魔法は欠損部位の修復を行います。ですが普通の魔法にはそんなことはできません。なぜできないのか？　私が思ったことは出力の問題だと思いました」

「出力？」

「はい。回復魔法は、他者に魔力を送ることで自己治癒力を高めます。では、なぜそんなことができるのか？」

「なぜか、ミリルはわかるか？」

「えっ？　そうですね。医療的な話でなら、治す側が体を理解して治すように魔力を流し込むからですか？」

ミリルの回答にリベラが首を横に振る。

「先ほどの出力がヒントになるなら、回復するように魔力を送るからか？」

「まさしくです！　さすがはリューク様ですね」

リベラが大袈裟に褒めてくれて、ミリルが拍手をしてくれる。

「つまりは、魔法は魔力量を増やすことで、叶えたい事象を叶えてくれるのだと思います。もちろん方法や確立するべき理論は存在します。それはバルの時に行ったレアメタルへの魔法陣を重ねるように、成功するための方法が大切です」

ボクが欠損部位がある人たちにかけたのはあくまで回復魔法だった。

それは傷ついた体を治すことはできるが、失われた部位は理論上回復しない物として、自分が認識してしまっているということになる。

回復魔法は、なぜ自己治癒力を高められるのか？　簡単なことだったんだ。

魔力を注がれ魔法によって傷口を治すというイメージを再現しているからだ。

では、なぜ再生魔法を完成させた者がいないのか？

ボクの出した結論は単純明快だ。

「魔力量が誰も足りなかったんだな」

「まさしくそうだと思います」

魔法はただ、再生しろと命令を下すだけでも成功させることができる。

だが、ミリルが言うように正確なイメージと、リベラが言う出力を合わせなければ、魔力を注いだとしても腕が生えてくることはないということだ。

機能をしっかりと取り戻し、それを再生させるに足る魔力が必要なのだ。

二人が調べてくれた情報を基礎として、ボクはボクの方法で、再生魔法をイメージすることにした。

再生魔法の方程式と理論を組み上げた。

ボクは早速実験を行うために、耳が聞こえない修道女の元を訪れた。

「これは！　奇跡！　奇跡ですね！」

孤児たちの世話をして、献身的に生きてきた。

だが、世界とは残酷なものだ。

彼女は川に落ちた子供を救うために、川に飛び込んだ。

その際の事故で、耳が聞こえなくなったという。

ボクは再生魔法によって、聞こえない耳を再生させることに成功した。

さらにもう一人、片腕を失った男がいた。

彼は冒険者という職業について魔物と戦っていた。

その際に片腕を失って、仕事を失い。

今では、掃除屋としてなんとか生計を立てている。

彼の腕を再生することで、少しでも生活が楽になるように、傷も癒してあげることにした。

さすがに年齢が行きすぎており、冒険者に戻ることはできなかったが、冒険者ギルドの職員として再就職ができることが決まったそうだ。

「リューク様の行いが、神様の使いのようだと話題になっていますよ」

ミリルの報告にボクは、面倒ごとに巻き込まれそうだと思い始めていたので、一つの噂を流すことにした。

「奇跡だ！　あなた様は？」

子供の腕を治してあげた際に、その両親に問いかけられる。

「ボク？　ボクはデスクストス家の使いの者です。全てはデスクストス家長女であるアイリス様の命令なんだ」

「アイリス様の？」

「ああ、まるで聖人君子のようなお方なんだよ」

「確かにそうだ。通人至上主義教会などよりも、よっぽど聖人様のような働きだ」

そう、ボクは名乗る際に、自分の名前を告げるのではなく。

あえて、アイリス姉さんの名前を使うことにした。

なぜ、アイリス姉さんかと言えば、アイリス姉さんはプライドが高くて、美しいことが大好きだ。

自分が聖人などと呼ばれたら嬉しく感じる人だとボクは知っている。

「つまりは、手柄は全てアイリス様のものにすると？」

リベラの問いかけに、ボクは大きく頷いた。

「うん。アイリス姉さんって不思議なんだけど、物凄くポジティブな人なんだよね。たとえば、今回の一件で多くの人に聖人と言われれば、当たり前だと認めるし。ボクの仕業だとわかっても自分のためにやったと解釈するような人なんだ」

アイリス姉さんのポジティブさが、今回はボクを助けてくれる。

「まぁ、リューク様がご自身の功績を讃えないのであれば、私たちに言うことはありません。この魔法を共に研究させていただいただけで、私は満足です」

リベラは魔法狂いとして、魔法の研究ができただけで満足だったようだ。

「私も、医療の発展に大きく貢献したと思います。いつか私も使えるように努力します」

ミリルは知識とイメージ、それにレベルをあげて魔力吸収を覚え、自分ができるように努力するという。

リベラも、ミリルも努力家で良い子たちだね。

ボクは十分な成果を出すことができたから、後はのんびりとした冬休みを迎えようと思う。

第五話　誘拐

朝早くに扉が叩かれて、屋敷に来客が来たことを告げる。

モーニングルーティンをするボクの元に、シロップが慌てた様子で駆け込んできた。

「主様！　マイド様がいらっしゃいました」

「マイド？　アカリか？　こんなに朝早く？」

「いえ、アカリ様のお父上様です」

「モースキー・マイドが？」

「はい」

ボクはバルに休息を伝えて、シャワーを浴びてからマイドの元へ向かった。

汗だくで行くのも悪いということもあったが、急いで来たマイドにお茶を飲む時間を与えるためだ。

「すまないな。待たせて」

「いえ、こんな朝早い時間にお邪魔してしまい……すんません」

落ち着く時間を与えたはずなのに、マイドの顔色は青白い。

「何があった？」

「娘が……、アカリが攫われました！」

落胆した様子で声を漏らしたマイドに、ボクは深々とソファーに座り込む。

シロップは顔を青白くして、口元に手を当てている。

「そうか……」

「なんでや！　なんでそないに冷静でおれんねん！」

ボクの態度を見たマイドが立ち上がって怒鳴った。

先ほどまでの青白い顔よりも、幾分マシになった顔でこちらを睨みつけていた。

商人として、普段であれば冷静でいる男も、娘のことになると冷静さを失うのだな。

「あんたはウチの娘を嫁にもろてくれるんやろ！　なんでそないに冷静でいられるんや！　ワシは、ここに来るまで気が気やなかった。一晩経ってない言うても、今頃どんなヒドイ目に遭わされてるかわからへんねんやで！　アカリはあんたなら、リューク様なら助けてくれる。そう思っとるはずや」

怒鳴るような熱量で叫び続けるマイドにボクは深々と息を吐いて、魔力を確認する。

「大丈夫だ」

「はっ？　何がや！　何が大丈夫って言うんや！」

うるさい。というか説明がめんどうだ。

「マイド、黙れ」

めんどうなので、ボクは魔力を込めて威圧した。

「ひっ！　あっ、すっ、すんません。アカリのことになると……、せやかて、ホンマに何が大丈夫って言うんですか？」

やっと大人しくなったマイドは、この部屋に入った時と同じように顔色が青白くなって、恐る恐るボクのご機嫌を窺う。

「アカリに何かあればボクに分かるからだ」

「へっ？」

「アカリは髪飾りを着けていただろ？」

「……ああ、確かに最近お気に入りの髪飾りを着けとったと思います」

マイドの言葉に、誘拐された時にも身に着けていたことがわかって、安心する。

「それが起動していない限り、大丈夫だ」

「すっ、すいません。もう少し詳しく説明してもらえへんやろか？」

ボクがクリスマスプレゼントとして、アカリには髪飾りを渡してある。

それはミスリルでできている髪飾りであり、バルを作る際に様々な魔法陣を研究した応用として、付与した魔法陣が描き込まれている。

アカリが本当に拒否をしているなら、髪飾りがその身を守ってくれるようになっているんだ。

誘拐が成功したということは、アカリが誰かの身代わりとして、自ら捕まったのか、己の意思で歩いて誘拐されたのかのどっちかということになる。

そして、誘拐された先で危機に直面しているなら、髪飾りが起動しているはずだ。

なにもないということは現在、アカリには何も起きていない。

「なるほど！　アカリのことそこまで思ってくれてはったとは！　このモースキー・マイド。一生の不覚。どれだけリューク様を見誤っていたのか、アカリにも劣るとは情けない」

マイドは、ソファーから立ち上がって、絨毯《じゅうたん》に頭を擦り付けた。

土下座の姿勢で謝罪を口にする。

「すんません。そんなリューク様の気持ちを知らんと。ワシは一人で慌ててもうて情けない。決めた！　ワシは決めましたで！」

マイドが立ち上がってボクを見て宣言をする。

「うん？」

青白い顔は高揚して、生き生きとしたマイドの瞳には決意が込められていた。

「今までは、アカリがなんぼリューク様のことを好きでも、ワシは商人として負け戦には乗らんと決めとった」

うん？　なんだか変なことを言い出したぞ。

負け戦？　ボクは誰とも戦っていないぞ。勝ちも負けもない。

「せやけど、ワシは全身全霊をかけてリューク様をお支えさせていただきます！」

「いらん」

ボクは即答で断った。

完全な面倒事を持ち込んできているような気がしたからだ。

「ニシシシ。アカリに聞いとった通りや。リューク様、あなたは欲深い貴族社会で欲が薄い」

欲が薄いというよりも、ドロドロした貴族社会で生きていたいと思っていない。

それにボクはカリンの婿養子になって、悠々自適な怠惰生活を送るのを目標にしているんだ。貴族のしがらみになんて捕まりたくない。

「本来の貴族様やったら、ワシのような平民が貴族様の屋敷に明け方に頼み事にきてもうたら、代償を払う覚悟を持って来るんが普通ですわ」

貴族への頼み事は大商人であっても、その財を擲つ覚悟を持って行わなければならない。

それは、どうしようもない貴族と平民という身分の違いがあるからだ。

「リューク・ヒュガロ・デスクストス様！」

テーブルを叩く勢いで手をついたマイドがボクの名前を呼ぶ。

「なんだ？」

「あなた様は、我が娘を受け入れてくれた。それだけでなく、自らの才覚を以て娘を守る手立てを与えてくださっていた。その最上の扱いに、このモースキー・マイドは感服いたしました」

うん。なんだか凄く勘違いされている気がする。

カリンに作るついでに作っただけなんだよ。

しかも、カリンに付与するのを失敗しないように練習としてね。

ハァ〜、成功はしているからちゃんとした物ではあるんだけど、マイドの態度を見ていると罪悪感が生まれるよね。

「モースキー・マイドの名において、私はリューク・ヒュガロ・デスクストス様に全幅の信頼と忠誠をここに誓います。たとえあなたが政敵に敗れることがあろうと、共に果てる道を選びましょう」

重い！　全幅の信頼とか、忠誠ってマジでいらないんだけど。

政敵ってなんだよ？　敗れるも何も勝ちたいって思ってないよ！

責任とか背負いたくないいって。てか、さっき断ったよね？

「ボクは」

「みなまで言わなくても結構！」

芝居がかったように、マイドは大きな手でボクの言葉を遮った。

それも無礼だと思うよ。

「もうワシの気持ちは決まりましたよって。リューク様の気持ち一つですわ！」

いや、だから何度も断っているよね？

しかも、なんとなく一人で納得して、腕を組んで頷いているぞ。

「アカリのことはお頼み申します。ワシの力を存分に使ってくださいませ。道具でも、資金でも、人でも、全てご用意してご覧に入れましょう！」

うん。アカリの父親だよ。

啖呵も、人の話を聞かないとこも、強引さもそっくりだ。

ハァ〜、まぁ嫌いじゃないけどね。

「なら用意してほしいものがあるんだ」

勝手に話を進めるなら、ボクにも考えがある。

とことん使える者は使うのが信条だからね。

だってそうしないとボク自身が怠惰に過ごせないからね。

怠惰っていうのは、自分がしなければいけないことをやらないで、他人に押し付けることが大事だからね。

「なんなりと」

「少しばかり綺麗で便利な道具。それと誘拐犯はシータゲ・ドスーベ・ブフ伯爵だろう。彼の支援者を集めてくれる？　宗教関連だけでなく、貴族としての繋がりや、孤児までだよ。出来るだけ多くお願い。それとカリンが用意してくれている施設は知っているかな？」

タシテ君から得ている情報を、マイドに提示して、シータゲの駒をマイドと共有する。

「これは！　すでにシータゲの情報まで揃えておられるとは！　我々よりも素晴らしい情報機関をお持ちだったんですね！」

「ちょっと訳ありでね。調べさせていたんだ」

「これも因果というわけですやん！」

マイドはボクが渡した資料を基に信者や支援者を集めてくれるだろう。

「ここまで素晴らしい情報書類をご提出いただけるとは、委細承知いたしました。大役を頂き、これ以上無い誉《ほま》れにございます」

貴族に礼を尽くすように片膝をついて、片腕を胸の前に、王国らしい敬礼のポーズだ。

「全てはリューク様の掌の中で起きたことだったのですね」

マイドはこれまでの不安を払拭した様子で感心している。

「全てではないけど、準備を始めてはいたかな。これからは実際に動かないといけないようだ。手伝ってもらうよ」

「かしこまりました！」

清々《すがすが》しいほどに、ボクの話を全て受け入れてくれたマイドの変貌ぶりに苦笑いになる。

◇

やっと冷静になったマイド、事件の状況を聞くために誘拐当時について話してもらう。

アカリと二人で夕食をとっている際に、ボクが妾として受け入れた事を話していたそうだ。マイドから見ても、アカリは喜んでいた。

いつも以上に上機嫌で、いつもなら食後も発明に集中する時間になっても、話を止めないで食事を二人で楽しんだ。

「なぁ、オトン。カアさんと結婚したときは幸せやったん？」

「なんや藪から棒に、そんなん幸せに決まっとるやん！」

「そうやろな。ウチ、メッチャ幸せな気分やねん」

「そうか……、ホンマによかったんか？」

マイドがボクの下へ嫁ぐことへの不安を口にしても、アカリの表情は崩れなかった。

「なんやねん。何が心配なんや？」

「お前もわかっとるやろ。お前には、ずっとシータゲ・ドスーベ・ブフ伯爵様が求婚してたやろ？」

アカリは表情を曇らせて大袈裟に首を横に振った。

「あの巨漢の伯爵様は、生理的に無理やねん。別に見た目が嫌とか……、やっぱりそれも嫌やわ。見た目が嫌なんもあるけど、なんやろな信用できひん言うか、気持ち悪いって言うか、近づきたくないねん」

アカリの答えに、マイドも笑ってしまった。

「それはようわかるわ」

「そやろ。それにな、ウチはダーリンが好きやねんもん。ダーリンの妾になれて、メッチャ幸せなんやで」

心から幸せな顔をするアカリに、これ以上話をしても無駄だと思ったマイドは覚悟を決めた。

「ハァ〜、ワシもお前をリューク様と何事もなく結婚させてやりたい。幸せなお前を見てれば分かる。だからこそ、今の情勢の中でリューク様派に付く決心もした。だがな、ワシらは商売人や！勝ち馬には乗るが、尻尾を巻くのも早ないとあかん」

これはマイドにとって、譲れない言葉だったようだ。

マイドは商売人として大成功した人だ。

だからこそ決めていることもあるのだろう。

だが、先ほどの決心はその逃げる準備もしないといけないと示唆したように思う。

そんなマイドの言葉にアカリも覚悟を決めた瞳でマイドを見た。

「わかっとる。だから情報は集めといてや」

「任せとき！　情報こそが商売人の武器やで！」

マイドたちはアカリやボク達がアレシダス王立学園を卒業する機を狙っていた。

ボクがカリンと結婚の正式発表を行う際にアカリも一緒に結婚する。

そこまではシータゲに邪魔されるわけにはいかないのだ。

「それまではカリン様と協力して、商売や発明をバンバン成功させるんや。そしたら、ダーリンのために最高の環境をつくれるはずや」

娘が夢を語る姿が眩しくて、マイドはホンマに嫁に出すのだと思うと切なくなってしまった。マイドは、その時のことを思い出して、少しばかり涙ぐんでいた。

「それにしてもリューク様は罪な男ですわ」

「ボクが罪な男？」

「そや、女子も羨む綺麗な顔しとって、大勢の美女や美少女をはべらしとる」

それは皮肉や嫌みではなく、むしろ楽しそうな笑みを浮かべてマイドが告げる。

そんなマイドの思いにアカリは答えを返した。

「それがなぁ～、ダーリン本人は、優しいだけやねん。優しいのに締めるところは締める。結構エゲツないとこもあるねん。エリーナ様の話は聞いたやろ？」

どうやらエリーナの話を二人は知っているようだ。

さすがは商人というところだろう。

どこから、その情報を知り得たのか知りたいが。

大方、アカリが妾候補になったことで、ミリルやルビーと仲良く話しながら聞き出したのだろう。

それぐらいを咎《とが》めるボクじゃない。

アカリが午前中、午後にはエリーナが来て求婚をしてきた。

だが、両者には正反対の答えを返した。

「そやな。まさか王女様の告白を断るとはな」

マイドの言葉にアカリは自分も一度は断られたことを告げて、熱意を伝えることで受け入れてもらえたと話した。

「ダーリンは、見た目や血筋では動かへん。ウチのときも恥ずかしい告白してもうたしな」

アカリはその時のことを思い出して顔を赤くしていたそうだ。

「そやな。ホンマにリューク様は貴族様やのに変わったお人やで」

マイドの言葉にアカリは満面の笑みを浮かべた。

「そこがええねんやん」

「惚気《のろけ》かいな」

二人は互いに笑い合った。

「オトンとこうやって、毎日家族として話すのも、あと二年やと思うと寂しくなるわ。まぁいつでも帰ってこれるやろけど、ウチは絶対に幸せになったる」

「おう。なれなれ！」

マイドはアカリを応援しながらも寂しさを感じていた。

「子供が巣立つんは、幸せなことで、悲しいことやと思いました」

ただ、そんな幸せをぶち壊す出来事が起きた。

マイドとアカリは親子の会話を終えて、それぞれの部屋へと戻ることにした。

「そろそろ寝よか」

「そやね」

アカリが食堂を出て、しばらくするとガラスの割れる音がした。

「なんや？」

マイドは慌てて、ガラスが割れた場所へと走った。

そこにはアカリを取り囲むように、数名の黒装束どもが勝手に侵入していた。

「貴様がアカリ・マイドだな」

「あんたら何やねん！　人の家に勝手に上がり込んで迷惑やんか、帰ってんか？　ウチがアレシダス王立学園のアカリ・マイドと知って襲っとんのか？」

マイドたちは商売人で、戦闘が得意ではない。

突撃してきた者たちは明らかにプロだ。

起死回生の一手があるとすれば、アカリの発明品ということになる。

だが、マイドが目配せをアカリに送っても、アカリは首を横に振った。

手持ちに発明品がないと言っているのだ。

ここまで来たということは外の護衛も倒されている。

「我々はプロだ。抵抗をせずに付いてきてくれるなら、誰も傷つけないと約束しよう」

リーダーらしき男の声が、近くにおった屋敷や使用人に向けられる。

「なんじゃ貴様ら！　誰の家に押し入っとんのや！」

このままではアカリは黒装束の言うことを聞いてしまう。

そう思ったマイドは怒声をあげて、数名の侵入者を吹き飛ばした。

商売人をする前のマイドは、冒険者としてレベルをあげていた。

多少の抵抗はやれる自信はあった。

娘を奪われるぐらいなら犠牲が出ることを選ぶ。

「オトン！」

「アカリ！　やってまえや」

「オトン、やめ」

だが、そんなマイドを止めたのはアカリだった。

「なんでや？」

「こいつらの狙いはウチや。従業員は家族やからな。ケガさせたら、アカン」

黒装束を殴り飛ばしたマイドに、アカリは真剣な目で訴えた。

「お前！」

「ウチが付いていけばええねんやろ？」

「そうだ」

「なら、そうし。だから誰も傷つけな」

アカリの啖呵に、従業員たちが涙しながら、逃げ出していく。

マイドもリーダー格の男を見て、戦っても勝てないと判断した。

「ありがとうな。オトン。リューク様に一時の夢を見させてもらったわ」

アカリの言葉にマイドは涙が止まらなくなって、歪んだ景色の先でアカリは気丈に振る舞っていた。

「あんたらブフ家のもんやろ」

アカリの問いかけに、黒装束の数名がビクっと反応を示した。

どうしてアカリがそんな問いかけをしたのか、マイドは考えた。

「それは言えないな」

リーダー格の男の言葉にアカリは、それ以上質問をしなかった。

「そうか……ほな、行こか」

「失礼」

「やめ！　痛いのは嫌や。付いていくさかい」

魔法か、薬かわからんけど、アカリは眠らされて連れ去られた。

「眠っていてもらうぞ」

マイドがアカリの名前を呼ぶが、黒装束のリーダーに抱き上げられた。

「アカリ！」

ブフ家の者であることがわかれば、助けられる人間は一人しかおらへん。

アカリやマイドが抵抗していれば怪我人が増えていたことだろう。

「……わかった」

◇

「以上がワシが見た最後のアカリの姿です」

「なるほどな。アカリが自ら誘拐されたから、ボクの魔導具は発動しなかったのか」

「そうやと思います」

浅はかとしか言えない。

シータゲ・ドスーベ・ブフの行動にどう対処すべきか思考を巡らせた。

タシテ君から得た情報にある、シータゲの獣人たちへの悪逆無道。

ボクとしては、我慢の限界が来ていた。

だが、仮にも王国の国教である通人至上主義教の最高責任者を失脚させなければいけないとなれば、それ相応の覚悟と労力を必要とする。

それに他の貴族や王族、さらにはデスクストス家にとっては、テスタ兄上の後ろ盾と言ってもいい。

様々な場所へ根を張るシータゲを潰すためには、多くの準備と短い期間での決着が必要になる。

「手始めに用意してほしいものがいくつかある」

「何なりとお申し付けください」

「ああ、今回の一件はただの誘拐では終わらせない。必ず、シータゲに報いを受けさせる」

「そこまでやるんやな」

ボクの言葉にマイドが驚いた顔を見せる。

「そうだ。そのための準備を抜かるわけにはいかない。アカリの身はボクの魔導具が守る。そのリミットは超えないと約束しよう」

「かしこまりました」

必要な物を口頭で伝え、マイドはすぐに行動を開始した。

ボクはその間に、タシテ君にも使いを出して、調べてもらいたい人物のピックアップと協力を要請する。

「主様、私にお手伝いできることはございますか？」

シロップが、ボクのことを心配して声をかけてくれる。

カリンには頼みたいことがあったので、マイドに言伝を頼んだ。

だが、シロップには明確な指示を与えていなかった。

「シロップは、ボクの剣だろ？」

「えっ？　はい。もちろんです！」

「なら、ボクの側にいて、ボクが動くときに守ってね」

「もちろんです！」

尻尾をブンブンと振りながら喜ぶシロップはやっぱり可愛い。

それだけでアカリが誘拐されて、イライラしていた心を冷静に戻してくれる。

第六話　交渉と工作

アカリの誘拐が確認されて半日が経とうとしていた。

すでに、タシテ君とマイドには、それぞれ指示を出して動いてもらっている。

ミリルやルビー、リベラにもアカリの誘拐は告げており、ボクの準備を手伝ってもらっていた。

そして、ボクは最も大事な交渉を行うべき相手の元へと向かう。

ボクはモースキー・マイドに用意してもらったプレゼントを持って、アイリス姉さんの部屋へとやってきた。

シロップに事前にアポを取ってもらっていると言っても、アイリス姉さんにこうして正式に会いに行くのは初めてなので緊張してしまう。

同じ敷地内に屋敷はあるけれど、ほとんど顔を合わせることはない。

カリンがアイリス姉さんの友人としてお茶を飲むのを迎えにいった時ぐらいだ。

基本的にボクは家族との交流を持っていない。

アレシダス王立学園に通うようになって、アイリス姉さんが常識的で優しい一面を持っていることは知ったけど。

自分から関わろうとは思わない。

カリンがいるからこそだと考えている。

ただ、今回の作戦にはどうしてもアイリス姉さんの力が必要になる。

だからこそ、頼み事をするために来たのでプレゼントを持参した。

「あら、リューク。本当に来たんですの」

アイリス姉さんの屋敷は、同じ敷地内にありながらも庭園は色とりどりの花が飾られ、装飾品も豪華でキラキラとしている。

美しい物が大好きなアイリス姉さんらしい造りや、飾り付けだと納得してしまう。

屋敷の前で、ボクを出迎えたのは、アイリス姉さん専属メイドであるレイだった。

黄色い髪に狐のような尻尾を持つ女性で、美しいがどこかボクに対しては棘のあるような視線を向けてくる。

案内してもらっている間も無言で、アイリス姉さんが待つ部屋へと通された。

廊下を歩いている間もフローラルな香りがするのは、廊下の端々に花瓶が置かれているからだろう。

扉を開かれて、アイリス姉さんの部屋へと入っていく。

部屋に入るのは初めてだ。

ピンクや赤といった色合いに白を混ぜることで派手なだけでなく上品な印象を受ける部屋の色合いはセンスが良い。

アイリス姉さんは、王国の至宝と言われるほど美しい。

姉弟でなければ、ボクの初恋の人だったかもしれない。

だけど、ボクの周りにはシロップがいて、カリンと出会えたことで、アイリス姉さんへの禁断の愛に目覚めることはなかった。

白を織り交ぜられた部屋の窓際には、綺麗な花が飾られている。

花を好きなことが窺える家だと思えた。

「アイリス姉さん。今日は会っていただきありがとうございます。これはささやかですが、プレゼントです」

様々な貴族や商人から、毎日のようにプレゼントが届くアイリス姉さんは、プレゼントという言葉に嫌気がさしているかもしれない。

宝石や花々、装飾品や調度品、それらを贈る者たちは、アイリス姉さんの気を引きたくて自分の実績を披露したいのだろう。

ボクは結婚してほしいわけでも、付き合ってほしいわけでもない。

だからこそ、アイリス姉さんが気に入りそうで、高くない物をプレゼントできる。

「何ですの？」

「それは後で説明します。今日はアイリス姉さんに相談があって来たんです」

「あなたの妾のことですの？」

「知っておられたのですか？」

「同じ敷地なんですの。多少はわかってしまいますの」

やはりこの家の人間は侮れない。

ボクへの興味がなさそうな顔をして、しっかりと情報は仕入れている。

このまま話を進めても、ボクの思い通りにいかないだろう。

「アイリス姉さん、少しだけよろしいですか？」

ボクは話をする前にご機嫌を取ることにした。

レイにお願いして、商人たちが来た際に、靴を見るための足置き場を持ってきてもらった。

アイリス姉さんが座れるように、椅子も用意して、足場の前に置く。

さらに、その前に小さな腰を下ろす用の折りたたみ椅子を取り出して用意した。

最後に用意した椅子へ、アイリス姉さんをエスコートする。

「何をするつもりですの？」

ボクは片膝をついて、手を差し出す。

「よろしければお手をお借りしてもよろしいですか？」

「まっ、まぁいいですの」

アイリス姉さんは少しだけ顔を赤くして、ボクの手を取ってくれる。

優しく立ち上がらせて、用意した椅子へと誘導する。

「こちらの台座に片足を乗せてもらえますか？」

乗せられた足からヒールを脱がしていく。

「なっ、何をしますの？」

「ボクに身を任せてください」

この日のために用意したタオルをマジックバッグから取り出して、アイリス姉さんの足を綺麗に拭いていく。

別に汚れているわけではないけれど、これも一つの準備だ。

「温かいですわ」

タオルは事前に、温めたお湯の中につけた物と乾燥させてフワフワにしてある物をいくつも用意した。

綺麗に足を拭き終わったボクは、軽くアイリス姉さんの足をマッサージする。

「本当に何をするつもりですの？　あなたは妾を助ける手助けを求めて、私にお願いに来たのではないんですの？」

ボクの行動があまりにも、救援を求めに来た者のすることではないとアイリス姉さんが怪訝《けげん》な顔になる。

「いえいえ、少し違うのです。それにせっかくプレゼントを持ってきたので、まずは堪能していただければと思いまして」

冷たかったアイリス姉さんの足をほぐして、温かい蒸しタオルを足へと巻いていく。

「気持ちいいですの」

温かさが抜ける前に、ボクはお香をたいて、アイリス姉さんが嗅いだことないであろう匂いがアイリス姉さんの気持ちをリラックスさせる。

「いい匂いがしますの」

「アロマキャンドルっていうんだ。今度、マイド大商店で売ってもらうつもりなんだよ」

「まぁ、これはリュークが考えましたの？」

「うん。眠る時に少しでも気持ちよく寝たいからね。良い匂いってそれだけで癒されるから」

「わかりますの。私も匂いにはこだわっていますの」

屋敷に来た時から、花々が飾られて良い匂いがしていた。

匂いを好きなことはなんとなく予想できた。

「うん。アイリス姉さん自身もだけど、この屋敷全体が良い匂いがするもんね」

ボクが褒めるとアイリス姉さんは、嬉しそうな顔をボクに向けた。

「ふふ、そうでしょうそうでしょう。自慢のお屋敷ですの」

随分とアイリス姉さんの気持ちがほぐれてきたようだ。

「あなたは昔からそうですの。何を考えているのかまったくわかりませんの。本当にあなたはリュークですの？」

アイリス姉さんは鋭い人だ。

五歳のまだ人格形成が曖昧な時期に入れ替わっていなければ、アイリス姉さんには気付かれていたかもしれない。

「失礼します」

台座に乗せられた片足の前で膝を突いて蒸しタオルを外した。

細くて白い綺麗な足が現れる。

「何をするんですの？」

タオルで温めても、まだ冷たい。

「《ホット》」

ボクは魔法で自分の手を温めて、アイリス姉さんの足をギュッと握った。

「アイリス姉さんの足は冷たいね」

「すぐに冷たくなりますの。しっ、仕方ないんですの」

まだ年が明けたばかりで、やっぱり外も部屋の中も寒い。

アイリス姉さんはスタイルが良いけど、細いから寒いのかもね。

いつも自信に満ち溢れた顔が、指摘したことで恥ずかしそうな顔をするのは珍しい。

「カリンから、健康食品が贈られているはずだよね？」

ボクが前世の知識で知っていた情報をカリンに伝え。

タンパク質、脂質、食物繊維が取りやすい健康食品を開発してもらった。

アイリス姉さんには、カリンからプレゼントとして贈られてきているはずだ。

綺麗になるためのプロテインと言った感じだ。

「あれは、味は美味しいのだけど、物足りませんの」

ちゃんと健康食品は食べてくれているようだ。

ただ、それを食べていても鉄分が足りていないように感じる。

血液が十分に身体全体を循環していないせいで、冷たくなってしまっているんだ。

それに女性はホルモンバランスも大事だからね。

体を冷やしたり、ストレスを抱えているとどうしてもホルモンバランスに体調が左右されてしまう。

「さっきから人の足を持って考え事はやめてほしいですの。もう十分温まりましたの」

「あっ、ごめんなさい。じゃあ本番だね」

アイリス姉さんはヒールを履くことが多い。

貴族女子たちは、ほとんどが自らを綺麗に見せるために化粧をして、ドレスを着て、ヒールを履いて、スタイルをよく見せる。

今回はヒールを履くデメリットとして、二つの問題を解決したいと思って用意した。

一つは冷えてしまうこと。

これに関しては、ボク自身が診察をして、状況把握することが大事だ。

そしてもう一つは……。

「あら！」

冬場で血流が上手く足まで届かない肌は、乾燥してカサカサになってしまっている。

ボクは古い角質を取り除き、綺麗な肌を再生していく。

そうすることで、ツルツルで綺麗な足が戻ってくる。

さらに、綺麗に切り揃えられている爪を専用の摩擦器で削りながら形を整えて、さらには爪ヤスリを使って滑らかにしてから、さらにテカリを出して健康的な爪を作り出す。

ここまでは全て準備にすぎない。

「リューク、あなたにこのような特技があったなんて知りませんでした」

「たまにカリンやシロップにしてあげるんだ。だけど、ここまで丁寧にしたのは、アイリス姉さんが初めてだよ」

「わたくしは特別ということですの？」

「うん。アイリス姉さんは特別だよ」

だって、そうしないと満足しないでしょ。

「良い心がけですの」

アイリス姉さんも大人向け恋愛戦略シミュレーションゲームのキャラの一人として。

心を掴んでしまえば、ちょろインだよね。

「さぁ、仕上げだよ」

ボクはプレゼントの箱をレイに開けてもらう。

アイリス姉さんへのプレゼントだから、安全面の確認をしてもらう必要があるのだ。

「なんですのこれは？」

「それはマニキュアだよ。足の爪に塗るから、ペディキュアかな？」

「ペディキュア？」

実際にやってみる方が早いと思ったボクはマニキュアを受け取って、アイリス姉さんの爪の根元の中央に液を落とす。

「姉さんは嫌な視線を感じないの？」

ボクが塗ったペディキュアを見ているアイリス姉さんに気を逸らさせるように質問を投げかける。

「そんなもの、いつものことですの。いちいち気にしていられませんの」

爪の中央に真っ赤なペディキュアが塗られて一本の線が引かれる。

「ブフ家からも？　視線を感じる？」

「！　あいつはしつこいですの」

アイリス姉さんは、シータゲから受けたこれまでの行いを愚痴り始めた。

船上パーティーで感じたイヤらしい視線。

「おぞましいほど気持ち悪かったですの！」

高価だが、気持ち悪い装飾品の数々が贈られてきたりしている。

アイリス姉さんは、すぐさま不要だと捨てるか、使用人にあげてしまうそうだ。

「ボクはね。あいつの全てを奪いたいって思っているんだ」

本来のゲームでは、ブフ家はアイリス姉さんの手下として登場する。

ブフ家とアイリス姉さんの間に縁が結ばれ、テスタ兄上とアイリス姉さんに媚をうるシータゲはカリビアン家と共にブフ家がアイリス姉さんの後ろ盾となる。

ブフ家が取り扱う奴隷たちを、ボクのメイド隊にする。

彼らを解放することを目的に現れたダンによって、アイリス姉さんは戦う。

「何をするつもりですの？」

内側のサイドに赤いペディキュアを塗っていく。

「まずは、奴の信者をアイリス姉さんの虜《とりこ》にしてほしい」

外側のサイドを塗って親指のペディキュアが完成する。

綺麗に見えるように二度塗りも忘れない。

「国の最高司祭を失脚させるというんですの？」

「そうだよ」

「ちゃんと考えがあるということですの？」

「ああ、ちょっと我慢の限界に達してしまってね」

ボクはタシテ君に話した理由を述べるのではなく、感情的な話だと伝える。

アイリス姉さんは、しばらく沈黙してから次の言葉を発した。

「失脚させて、私に信者を押し付け、その後はどうしますの？」

「その後は、ボクが決着をつけるつもりだよ」

「面倒事を私におしつけるんですの？」

片足を塗り終えて、もう片方の足からタオルを外していく。

塗ったばかりの足は乾燥が必要なので、新しいホットタオルを出して、爪以外の部分を包んで温める。

「《ホット》。いいや、めんどうな子供はこちらで預かるつもりだよ」

蒸しタオルが冷えてしまっていたので、アイリス姉さんの足を温め直して、軽くマッサージをする。

「カリンが、ボクのために施設を造ってくれるらしくてね。そこに送ろうと思っているんだ」

「……テスタ兄様に反逆することになりますの？」

ボクのことを心配するようなアイリス姉さんの言葉に、ボクはペディキュアを塗り始める。両足のペディキュアを塗りおえて顔を上げた。

「反逆するつもりはないよ。テスタ兄さんがボクに手を出さなければね」

「そう……、面白いですわね」

アイリス姉さんの思考はボクにはわからない。

だけど、アイリス姉さんも、ボクと同じように家族を愛していないように見える。

「リュークがわたくしに跪《ひざまず》いて、わたくしの足を綺麗にするなんて」

サディスティックな笑みを浮かべるアイリス姉さんの表情はとても綺麗だ。

「ふふ、気分が良いですの。いいでしょう、リュークの願いを一度だけ、叶えてあげますの」

ゲームに登場するアイリス・ヒュガロ・デスクストは、快楽主義者という設定があった。

それと同時に美しい物に目がない強欲さを母親から受け継いでいる。

「ありがとうございます。アイリス姉さん」

ボクは交渉を成功させたことに安堵する。

「但しですの」

ただ、一筋縄ではいかない。

やはり、アイリス姉さんもデスクストス家の人間だ。

甘くはない。ボクが礼を述べると、アイリス姉さんが深々と椅子に座り直して足を組む。

綺麗な足がドレスからさらけ出される姿は妖艶で、綺麗に塗られた真っ赤なペディキュアがアイリス姉さんによく似合っていた。

「たまに私の足にマニキュアを塗りに来ることが条件ですの」

「え〜めんどう」

意外にも可愛らしい条件に拍子抜けするが、ボクが労力をかけなければいけない時点で、最も過酷な条件とも言える。

「なら、断ってもいいんですの?」

不敵な笑みを浮かべるアイリス姉さんは主導権を握って満足そうな顔をしている。

「む〜、本当に、たまにならね。普段はレイにしてもらってね。赤以外の色もプレゼントしたから」

渋々ではあるけれど、ボクは交渉を成功させた。

下準備の第一段階を終えることができたので、ヨシとするしかない。

◇

一つ目の準備を終えたボクは、次にブフ家の収入源について考えだしていた。

「必要だと思って参りました」

タシテ君がやってきた。うん。なんだろう。

君は何にも言わなくても分かると思っていたよ。

優秀すぎだよね。

「どこから情報を集めているんだろうね。まったく」

公爵家の屋敷なのに、情報漏洩が半端ないね。

「どこにでも人はおります。ただ、貴族は誰もが、情報こそが大切だということを理解しているわけではないのですよ。それが使用人になれば余計に。それでは私が知り得る情報をお伝えしたいと思います」

タシテ君は、新たに揃えた資料をテーブルに広げていく。

「ブフ家は教会と関連深い家なのです。王都中に広がる通人至上主義教会こそ、ブフ家が広めたものと言われてます。亜人を蔑むことで、人々に階級制度を浸透させて、亜人は奴隷というイメージを植え付けました」

タシテ君の解説を聞いているうちに、ついついソファーを一つダメにしてしまった。

「もっ、申し訳ありません」

「タシテ君は何も悪くないよ」

「続けます。そのため教会が運営する孤児院や、教会への寄付などが資金源になっています」

本当にブフ家はめんどうだね。

国と教会は深い関係がある。

誰もが手を出しにくいところで、教会自体を破壊するわけにもいかない。

考え方自体は少しずつ変更していけばいいが、今更教会が悪いと言っても通じない。

それほどまでに王国に住む人々の中に教会の教えが浸透している。

教会が悪いんじゃなくて、それを悪用するブフ家が悪いだけなんだから。

排除する方法を考えなければならない。

「本当に厄介だね」

「はい。教会の信者たちからすれば、ブフ家のシータゲ・ドスーベ・ブフは猊下《げいか》様と呼ばれているほど慕われています」

「あの巨漢が慕われるか。まぁ、人は自分の見たい物しか見ないものだ。それに全てが悪にならないようにシステムを組んでいるんだろうね」

「はい。シータゲ・ドスーベ・ブフは慈善事業として、教会を利用して人々に救いを与えています。貧しき者には子供を差し出すことで金品を与え、富ある者には寄付を募り……望みを叶えているようです」

タシテ君が差し出した資料に目を通して頭が痛くなる。

「潰さないといけない家や施設がいくつかあるね」

「はい。シータゲ・ドスーベ・ブフに与する者達です。リューク様がお望みのままに」

本来であればダンが卒業して騎士になるまでは、どの家も動かないはずだった。

どうして、思い通りにならないのかな？

ボクがアカリを妾にしたからか？

だけど、ブフ家がアカリを狙っているなどゲームの設定では存在しなかった。

アイリス姉さんが快楽主義者となり狂乱する中で、ブフ家が奴隷の美しい男達をアイリス姉さんに差し出していた。

ブフ家は奴隷の売り買いをしているのを、ダンによって阻止されて、アイリス姉さんもブフ家の黒幕として……。

シータゲ・ドスーベ・ブフがどうなったのか？　ダンによって倒されて終わりだ。

アカリを誘拐なんて事件は起きない。

「歪みが生まれ始めている。ボクのせいだろうけど。ハァ〜、めんどうだ」

歪みなど……どうでもいい。

ただ、シータゲはボクの大切な人に手を出したんだ。

覚悟はしてもらう。

「リューク様、私は感動しております。襲撃の際は是非、このタシテ・パーク・ネズールをお供にお使いください」

うん。暑苦しい。

マイドにしても、タシテ君にしてもマジで暑苦しい。

「ダメ。君には違う仕事をしてもらうつもりだから」

「そっ、そんな！」

驚愕するように、両膝と手をついて項垂れる。

リアクションが大きいね。

君、そんなキャラだった？

「はいはい。襲撃よりも重要な任務を与えるつもりだよ」

「アカリ様の居場所でしょうか？」

「ううん。それはもうわかったから」

「えっ！　私でも知り得ていない情報を！　さすがはリューク様です！」

「別に大したことじゃないよ。ボクの魔力を込めた装備をアカリが持っていただけだ」

丸一日が経って、やっとアカリの魔導具に反応があった。

あとは、ボクの魔導具から発せられる魔力を追いかけるだけで、アカリの居場所に辿り着ける。

「すぐに効果を失ったけど場所はわかったからね。たぶん、相手はボクの魔力に阻まれたから、すぐに手を引いたようだ」

破壊していたなら、今すぐ向かおうと思ったけど、その心配はまだ無さそうだ。

そのときはシロップとバル、それにボクの二人と一体で行こうと思っている。

「重要な任務とは、なんでしょうか？」

「孤児院や奴隷として売られた子の回収だ」

「奴隷たちにはシータゲ・ドスーベ・ブフの属性魔法がかけられています」

「属性魔法?」

「はい。《奴隷》魔法と言われています」

なるほどね。異世界ファンタジーにありがちな魔法だね。

「魔法に関しては、ボクの方でなんとかするよ。だから、奴隷たちの回収は急いでね」

「かしこまりました」

ボクは再生魔法を生み出す際に得た知識で、奴隷魔法に対抗できる手段はないかと模索する。その中で一つ、魔法解除をする魔法があったことを思い出す。

契約や魔法陣の場合は永続的に、魔法が使われている。

また、それは契約という制約の中で力を強くしていることが多い。

無理に解除すれば契約違反として、奴隷を殺してしまう恐れまであるのだ。

「後は、シータゲ・ドスーベ・ブフへ多額の寄付金をしている奴以外の善良な信者さんたちを集めてくれ。マイドにもやらせているから一緒に指揮をとってね」

「集めた者達はどうするのですか?」

「それを聞いてどうするの?」

ボクは別に威圧を込めたわけじゃない。

ただ、真っ直ぐにタシテ君を見た。

「もっ、申し訳ありません。リューク様のお望みのままに!」

君は暗躍は得意だし、物事の本質を見極めるのも上手い。

ただ、なんでも知りたがる情報魔なところはたまに危ない状況を生み出すかもね。

「深くボクを覗かない方がいいよ」

「えっ？」

「ボクもまた君を見ているから」

タシテ君が唾を呑み込む音が室内に響く。

「さぁ、仕事に取りかかろう。今日一日で全てを終わらせるよ」

「はっ！」

タシテ君が部屋から出て行って、シロップが代わりに入ってくる。

「主様……大丈夫ですか？」

心から心配そうにボクを見るシロップ。

そっとボクが手を伸ばすとシロップがボクの前に立つ。

メイドのスカートの裾からフサフサで気持ちの良い尻尾に手を伸ばす。

「んん」

顔を朱に染めるシロップ。

やっぱりモフモフはいいね。

ただ、綺麗になったシロップの尻尾を触るためにスカートの中に手を入れるのは凄く背徳的な気分になるのはボクだけかな？

「主様」

切ない顔でボクを見るシロップ。

「ダメだよ、シロップ。待てだ」

ボクは立ち上がってシロップのフワフワの耳に囓《かじ》りつく。

痛くないように甘噛みをすると、シロップは崩れ落ちた。

「ハァハァハァ、もっ、申し訳ございません」

「別にいいさ。さて、さっさと終わらせてたっぷり寝ようかな」

シロップの頭を撫でてバルに乗り込んだ。

◇

シータゲ・ドスーベ・ブフは狡猾な男だ。

必ず保険をいくつもかけていて、自分に被害が及ばないようにしている。

では、どうやって保険をつくり出しているのか？

ボクは、シータゲがこれだけ表舞台で活躍できるカラクリについて、タシテ君に調べてもらった。

資金繰りと、実働部隊。

その両面から調べた結果、資金繰りについては理解した。

では、実働部隊は誰なのか？

それは細かく分ければ多く存在するが、大きく分ければ二人の人物が浮かんできた。

「アカリを誘拐したのは、こいつだな」

タシテ君が持ってきてくれた情報の中で、武闘派と宗教派が存在する。

アカリを誘拐するために動いたのは、武闘派の実働部隊ということになる。

そして、宗教派を取り仕切っている人物の名前にボクは違和感を覚えた。

「チューシン・ドスーベ・ブフ」

ボクはゲームの世界でこの男の名前を知っている。

チューシンは、ダンの味方をする仲間の名前なのだ。

確かに宗教家ではあったが、心優しく、見た目は美しく、ダンと共に奴隷を解放する時に手を貸してくれる。その際に仲間になる人物の名前だ。

「なるほど、シータゲの息子だったのか」

大人向け恋愛戦略シミュレーションゲームの中では、チューシンという名前しか出てこなかった。

それは、息子としての関係性を取り払うためだったのかもしれない。

「どうやらこいつとも会う必要がありそうだ」

ボクはシロップに御者をしてもらって、ミリルをお供にチューシンが管理する教会へと足を運んだ。

教会は、シータゲを中心に回っているように感じていたが、末端はシータゲの指示よりもチューシンの指示に従う傾向が強いようだ。

「チューシン様は、お祈りの時間になります。しばらくお待ちください」

教会の中に入るのは初めてだけど、厳かな雰囲気に、神聖さを感じるのは魔力を色濃く感じるからなのだろう。

教会内部に入る際に、シロップやルビーを供にしなかったのは、ここは通人至上主義教会だからだ。シロップたちの気分を悪くさせるようなことをわざわざする必要もない。

「お待たせしました。リューク・ヒュガロ・デスクストス様に拝謁申し上げます」

息を切らせて、慌てた様子で現れたチューシンは、シータゲとは似ても似つかない。

白いローブに、白い肌。長く金色に輝く髪は、エルフのような美しさを秘めている。

顔もイケメンで、ミリルなどは惚けてしまうんじゃないかと顔を見るが、ミリルは普通の顔をしていた。

「ああ、君が？」

「はっ！　通人至上主義教会管理局長をしております。チューシン・ドスーベ・ブフにございます」

所作に優雅さを感じるチューシンは、ゲーム通りの人物であるならば、ボクの味方になってくれるかもしれない。

「そうか。話したいことがある。人払いはできるか？」

「それではこちらへ」

教会の奥へと通されて、教会内部に入り込む。

教会内は人が少なく、すれ違う司祭やシスターは、誰もが見目麗しい者たちばかりだった。

「こちらへ」

応接間に通されて、お茶とお菓子を提供される。

「それで？　どういったお話でしょうか？」

「単刀直入に申し上げる。シータゲ・ドスーベ・ブフがボクの逆鱗《げきりん》に触れた」

「それは！　どのような内容なのでしょうか？」

やはりチューシンは把握していないようだ。

まずは、それを確かめられたことに、一応の安堵を得る。

「我が妻になる女性を誘拐して、監禁している」

「……その、証拠はあるのでしょうか？」

どうやらボクの言葉を疑っているようだ。

「証拠というものを見せることはできない。今から話すことを信じるか信じないのか、判断してほしい」

「わかりました」

深刻な顔をしたチューシンに、ボクはマイドから聞いた誘拐の話をする。

そして、その場に現れた誘拐犯のリーダー名を伝えた。

ボクの魔導具によって、居場所と管理している人物も特定できている。

「なるほど……、状況証拠は揃っているようですね」

「ああ、チューシン・ドスーベ・ブフに問う」

「はい！」

「ボクは、今回の出来事でシータゲ・ドスーベ・ブフに敵対することを決めた」

「それは！　危険ではありませんか？」

「わかっている。そこでお前の力を借りたい」

「私の力？」

頼りない男に見えるが、シータゲが教会を任せる人物に間違いはない。

若く、年齢的にはテスタ兄上と同じ程度だ。

「お前はどうする？」

シータゲに対して、思うところがあるはずなのだ。

「私はどうするか？　とは何を求められているのでしょうか？」

「シータゲにつくのか？　ボクにつくのか、今ここで決めろ」

「はっ？」

ボクの意見が意外だった様子でチューシンの顔色が悪くなる。

「わっ、私に父を裏切れとおっしゃるのですか？」

ダンが活躍するのは、あと二年も後のことだ。

その頃には、シータゲの悪事は今よりも明るみに出て、悪事を隠そうともしていない。

だが、現段階では、シータゲの悪事を知っていても、手を出せない状況だとチューシンは思っているのかもしれない。

「ちょっ、ちょっと、考える時間をいただけませんか？」

「ダメだ。アカリは誘拐され、一刻の猶予もない」

次に魔導具が発動した時、それはシータゲがアカリが持っている魔導具を破壊する道具を持ってきたことを意味する。

「十分で良いのです。自分の気持ちを問う時間をいただきたい」

「わかった。ここまで話したのだ。逃しはしないぞ」

最初からチューシンが認めなくても、この男を確保するつもりで全てを話した。

シータゲ・ドスーベ・ブフを失った伯爵家をこの男に継がせる。

それがボクにとっての一手になる。

「……わかりました。脅されて認めたようで不本意ではありますが、リューク様の申し出を受けたいと思います」

「良いのだな？」

「はっ、自らの意思で応じたと、それだけは私の意思を含ませていただきます」

チューシンがシータゲへの反発心を持っていたことに安堵する。

これが、ゲームの設定などを細かく覚えていないボクの弊害だが。

もしも、何かのイベントを消化しなければ、チューシンを仲間にできないとかであれば、遠回りを考えなければいけないところだった。

「わかった。ならば、そのようにしよう」

「ありがとうございます」

ボクはチューシンの元から去る際に質問を受けた。

「私からも一つよろしいでしょうか？」

「なんだ？」

「どうして私の元へ来ていただけたのでしょうか？」

チューシンという人物を知っていたからとは言えない。

「私以外にも通人至上主義教会に属する兄弟姉妹はおりました。確かに私は長男ではありますが、それ故にもっともシータゲに、父に近しい者だと思われる方が多いのです」

チューシンとサンドラは、異母兄妹だ。

九十八人の妻を持つシータゲには多くの子がいる。

その子供たちは、同年代で固まっており、現在の王国の中枢に入り込み始めている。

その中でチューシンを選んだ理由はゲームキャラ以外に、もう一つ存在する。

「お前が、私と同じで美容男子だからだ」

「はっ？」

「その美貌を保つために、毎日努力を重ねているのだろう？　ボクも毎朝のルーティンを大切にしている。洗顔、クレンジング、体操、日光に当たるなどを欠かしたことはない」

「まっ、まさか、あのカリン様が出されたダイエット本の発案者は？」

「ボクだ」

「神よ！　私はあなたに一生の忠誠を誓います。私は長年、太りやすい体質で悩んでおりました。父を見てあの醜い姿になりたくないと研究を重ねていた際に、カリン様のダイエット本を読んで天啓を得たのです。私にとっての神はリューク様、あなただったのですね」

そう、ボクが知っている情報で、見た目が美しいということもあるが。

キモデブガマガエルとしての未来と持つボクと同じ悩みを持つ同志なのだ。

「神と呼ばなくてもいい。これからは友だ。協力してもらうぞ」

「もちろんです。神の思し召しに違いありません」

変な奴ではあるが、信用できる人物であることに間違いない。

教会を出るまで、何度も祈られたのは勘弁してほしい。

◇

その日、王都の中央にある広場には大勢の人が集められていた。

平民、職人、冒険者、商人、スラム、下級貴族など、それはタシテ君やマイドによって集められた人々であり、王都に古くから浸透する教会を信仰する者たちであった。

教会からの教えを正しく守る純粋な信者たちであり。

その中にはシータゲ・ドスーベ・ブフ家所縁の者もいた。

チューシン・ドスーベ・ブフを含む、今回の事件に関与していない人物たちだ。

「おい、何が始まるんだ?」

「さぁ？　でも、通人至上主義教会から集まるように言われたらしいぞ」

「誰か偉い人が話をするのか？」

「さぁな？」

ほとんどの者達にとって、教会から教えられたことが日々の習慣になっている。

教会という大きな存在に習ったことは、日々の生き方になっていくのだ。

それは教会の偉い人が誰かなど関係ない。

いや、完全に関係がないわけではないが、誰が為ったとしても教えが変わるわけではない。

ただ、教会からそう教えられたから守る。

そうすれば幸せな明日が来るのだと信じているから。

「皆の者！　よく集まってくれた。本日は、王都に新たな聖女様が降臨されたことを宣言させてもらう」

司祭の服を着たチューシンが現れて、舞台に上がり民衆に向かって話を始めた。

顔を知っている者も、知らぬ者も、司祭の服を着ており、綺麗な顔をしたチューシンの言葉に目と耳を奪われる。

さらに、モースキー・マイドとタシテ君の手の者が、号外を配っていく。

文字が読めない者も理解が出来るように描かれていた。

醜悪に描かれたシータゲが、か弱い少女を誘拐して悪さをしようとしている姿だ。

そして、文字が読める者たちに対しては、シータゲ・ドスーベ・ブフがこれまで行ってきた悪事を事細かに誇張して書かせてある。

ただ、重要な点は、それは教会とは関係ない出来事であり。

私利私欲に走ったシータゲ・ドスーベ・ブフ個人が、教会の名を騙って行っていたことだという真実と、教会は通人至上主義を唱えていないという新事実の二点が書かれていた。

「我々は今まで騙されてきたんだ！　悪しき者に罰を！　我らに真の導き手を！」

民衆に紛れ込んでいたマイドが雇った役者が、人々を扇動するように煽《あお》る言葉をかければ、人々が熱狂していく。

注目が集まり、透明なバルによってアイリス姉さんが空から舞い降りた。

「ふぇ！　空から天女様が降りてきたぞ！」

「人が空を飛んでいるだと！」

「おい！　俺はあの方を見たことがあるぞ」

「俺もだ！」

「あれはアイリス様よ！　私、学園剣帝杯で見たもの！」

昨年の学園剣帝杯優勝者であり、デスクストス公爵家の令嬢。王国の至宝と呼ばれる美女。

さらに近年では、慈愛の精神に目覚め、苦しむ人々の病を治し、四肢欠損を再生した奇跡までアイリス・ヒュガロ・デスクストス様の功績であると噂が流れていた。

ここまでの要素を併せ持つ、アイリス・ヒュガロ・デスクストスを知らない王都民はいないと言ってもいい。

それが通人至上主義教会の信者であれば、より奇跡に対して敏感であり。

それを起こしたのが、教会の聖女として認定されたアイリスであるというのであれば、通人至上主義教会の株は更に上がっていく。

「皆の者よ！　今日より真の指導者である聖女アイリス様が我々を導いてくださる！　さぁ祈るのだ！」

チューシンの声に人々は疑う事をしない。

ただただ、教えに従って祈るポーズを取っていく。

彼らに向かって、アイリス姉さんが手を広げる。

桃色の輝きが溢れ出して、魔力が人々へ注がれていく。

アイリス姉さんの属性魔法《誘惑》だ。

集まった人々へ注ぎ込まれる《誘惑》は、アイリス姉さんのことをもっと好きになってしまう。

全員へ行き渡るほどの魔力量がなかったとしても、人々は思うことだろう。

聖女アイリス様は美しく、我々の良き指導者だと。

集まった半分以上の人間に《誘惑》が作用して、アイリス姉さんを支持する。

「聖女アイリス様！　我らの新しい導き手になってください！」

一人が声を上げれば、それが大きな波を生み出していく。

半信半疑であった民衆も、声を上げた者に従っていく。

小さな声は大きなうねりになって、波が押し寄せるのだ。

共感意識、人は近くにいる人と気持ちを共感、共鳴してしまう。

あくびを見た人が、自分もあくびをしてしまうように、脳が大多数の意見に共感して、無意識に共有してしまう。

大半がアイリス姉さんを聖女と思い込めば……。

「「「聖女アイリス様万歳！　アイリス様万歳！　我らの新たな導き手に万歳!!」」」

人の意識は共感して共有されていく。

「「「聖女アイリス様万歳！　アイリス様万歳！　我らの新たな導き手に万歳!!」」」

これは一時的なものでも問題はない。

「「「聖女アイリス様万歳！　アイリス様万歳！　我らの新たな導き手に万歳!!」」」

その場のノリであろうと、すでにここにいる大多数はアイリス姉さんを聖女として認識したことになる。

貴族が支配していると言っても、数では民衆の方が圧倒的に多い。

それを抑えつけることができるのは、権力と法律、それに思想に他ならない。

王族や貴族は権力を使って、民衆を従える。

ただ、そんな王や貴族も法の前に屈することがある。

だが、そんな法を変えようと民衆の思想が変われば、革命が起きる。

これはある意味で革命だ。

古い、シータゲ・ドスーベ・ブフという宗教家がつくり出した、通人至上主義教会を使った差別を増長させる思想を破壊するための革命にすぎない。

人は何事も平等であり、権力、法律、思想のもとでバランスが取られているのだ。

行き過ぎた権力に対して、法が動かないのであれば、大勢の思想を以て変えなければいけない。

貴族や権力者がシータゲに弱みを握られて動けないなら、何も弱みがない人間を使えばいい。民衆は動いた。

「後は、ボクが決着をつけるだけだね」

ボクは民衆の歓声を聞きながら、その場を離れた。

第七話　シータゲ・ドスーベ・ブフの末路

交渉や、裏工作に時間を費やした。

全ての人物との交渉を終えたボクは、タシテ君によって準備がなされた作戦へ移行するために場所を移動していた。

それはタシテ君が最初にボクの元へ資料を持ってきた時の話だ。

世界は残酷で平等なんて存在しない。

それを思い知らされる。

ある一人の女の子の物語。

彼女は鳥の獣人で、翼を持って生まれた。

その翼は天使のように美しい物ではなかったが、成長すればいつか空も飛べるはずだった。しかし、彼女の両親は、良い人間ではなかった。

幼い彼女は常に腹を空かしていたそうだ。

いつもお腹いっぱいにご飯を食べたいというのが彼女の願いだった。

彼女が少し大きくなった時、両親によって孤児院に売り飛ばされた。

シータゲ・ドスーベ・ブフが買い取ったのだ。

彼女は両親に迎えにきてほしいと泣いたそうだ。

だが、彼女の両親は、彼女を売り払うとお金を受け取って喜んだ顔で立ち去っていった。

「ぶひひ、今回も大量ですね。まぁそれもいいでしょう。さぁ皆さんついてきなさい」

シータゲ・ドスーベ・ブフは子供たちの前に姿を現して、他にも集められた奴隷の獣人たちを部屋へと連れていき話をした。

「あなた方は貧しい両親から解放されたのです。これからは富ある者の下へ行って幸せに暮らすのですよ」

彼女と一緒に連れてこられた子供たちは、シータゲの言うことを聞いて喜んでいた。

それからは汚いのはダメだと言って、お風呂に入れてもらい。

自分の翼が凄く汚かったことを彼女は知った。

両親との最後の思い出である服は捨てられて、綺麗な布で作られたワンピースに袖を通した。男の子も、女の子も同じ白いワンピースを着て、初めてお腹いっぱいパンとスープを食べさせてもらう。

感動した彼女は夢にまで見たお腹いっぱいの食事を味わうことができた。

いつの間にか他の子たちと同じように、彼女は幸せになれるのだと思っていた。

「さて、あなたたちの買い手が見つかりましたよ」

孤児院でしばらく過ごしていると、更なる幸せをくれる両親の下へ行けるのだと喜んだ。

だが、そこで始まったのは地獄だった。

美味しいご飯なんてもらえない。

奴隷は働かなければ食事をもらえない。

仕事はしんどいことばかりで、満足にご飯がもらえなくて、屋根があるところで寝ることすら許してもらえなくて、家にいたときよりも過酷な環境に追いやられた。

奴隷は逃げることも出来なくて、ずっとこんな日々が続くのだと彼女は絶望した。

苦しい、いっそ死んでしまいたい。

彼女よりも大きな奴隷の男の子が反抗して殺されている姿を見た。

もうダメだ。きっと私も殺される。

彼女が終わりを迎えたのは、羽をむしり取られて、獣人の姿を全て失った後だった。

新しくやってきた自分の後輩である兎の獣人に少しでもマシな生活をさせてあげたい。

そんな思いを抱く暇もなく、自分は死んでしまう。

ただ、最期に願うのは、自分と同じ人間をこれ以上つくらないでほしいということだった。

◇

雨が降りしきる屋敷の前で彼女を発見したのは事切れた後だった。

鳥人族と呼ばれる羽を持つ亜人の少女は、かつてタシテ君と一緒に売られるのを見た兎の獣人を守ってくれたのだ。

「まだ、こんなところに居ましたか」

シロップが発見したのは、兎人族の少女だった。

こちらは耳を切られて、痛々しい姿をしている。

女の子は、シロップを見つめて驚いた顔をしていた。

「その子で最後だね。屋敷に連れて帰って」

「かしこまりました」

タシテ君、モースキーに協力してもらって、シータゲに協力していた悪意に満ちた貴族は潰した。

家族などで獣人に対して害を与えた者や、それに協力した者も全てボクの指示で始末をつけた。

後始末は、全てモースキーとタシテ君、そしてチューシンに丸投げした。

そんなことまでボクは働きたくないからね。

「あなたたちはもう大丈夫ですよ」

シロップの優しい声が聞こえてくる。

屋敷の中には、虚ろになった家主と、集められた奴隷の子供たちがいた。

涙を溢れさせて「殺さないで」と何度も叫んでいる光景に、ボクは胸を締め付けられる。

こんな光景を見て、人は何も思わなくなるのだろうか？

「ボクは怠惰なんだ。こんな仕事は、もう二度としたくないね」

「天使様？」

先ほど、シロップに連れてこられた耳を失った兎人族の子がボクを見て天使と問う。

皮肉なものだな。

虚ろにしたものには悪魔に見えて、助け出した獣人の女の子には天使と言われる。

ボクは魔力を彼女たちに注ぎ込む。

傷は全て癒えて、泣いていた者たちは、涙が止まって眠りに落ちた。

「君たちには怠惰すらもったいないね。ただ眠りをあげる」

「綺麗な光、暖かい」

兎人族の子は眠る前にそんな言葉を発した。


ボクはシータゲが施した、奴隷魔法を解除するために、一人一人の奴隷紋と呼ばれる魔法陣の一種を消すための作業を行なった。

アカリを助けるのを優先しなければいけないので、限られた者だけだが、自分で助けた子供たちだけでもやろうと思った。

「まだ、奴隷の子がいるならボクの前に連れてきて」

「主様、どうやら扉の前に誰かいたようです。足音が遠ざかっていきます」

「あ～、なんか誤解させたかな？」

「そうかもしれませんね」

奴隷の何人かは、また売られるのが怖いと逃げ出す子もいた。

今回も同じような感じだろう。

後一人だけ、奴隷紋の解除は終わりということで、逃げた奴隷が特定できた。

ボクはバルに乗ってその子を追いかけた。

暗い屋敷の庭の中で、彼女を見つけた。

「奴隷は君で最後だね」

「天使様！　私を迎えに来たんですか？」

「天使？　ハハ、ボクは天使じゃないよ。ボクは悪者だよ」

紫の光が二人を包み込んで空へと舞い上がる。

「君の名は？」

「クウ……です」

「ふむ。兎の獣人だよね？　毛並みがシロップやルビーとは違うね。でも、耳が」

耳を切られて失ってしまっている。ボクの指摘に涙を浮かべるクウ。

「これは解放される君への祝いだよ」

ボクがたくさんの魔力を注ぎ込むと、耳が再生され、奴隷紋が消えていく。

「再生魔法と奴隷魔法解除は、同時に使うときついな。魔力よりも頭が疲れる」

クウは驚いた顔をする。

ボクは再生された耳に触れる彼女を見て微笑んだ。

「君が最後だったんだ。奴隷紋を破壊したよ」

言葉が理解できないのか、ただただ呆然とボクを見ていた。

「さぁ君は自由だ。メイドをするなり、どこかに働きに行くなり選べばいいよ。あとはシロップに聞いてね」

「あっ、あの！　てんし……いえ、あなた様がご主人様なのですか？」

「うん？　《今は》そうだよ」

「なら、私をご主人様の下で働かせてください！　誠心誠意お勤めします。もうどこにも行きたくありません」

ゆっくりと降りていく中で、クウに宣言されてしまう。

その声は大きくて、庭中に響き渡る。

「シロップ」

「主様が悪いです」

シロップがジト目でボクを見ている。

「ハァ〜好きにすればいいよ」

「はい！」

ボクに新しい獣人のメイドができた。

◇

ボクは歓声を上げる民衆の輪から外れて路地裏にいた。

アイリス姉さんを聖女にする芝居は、どうやら上手く行ったようだ。

交渉によって、アイリス姉さんを民衆の前に出すカリスマ作戦。

それらの脇を固める商人の財力。貴族の情報。宗教家の後継。

一見バラバラなパズルも組み合わせると面白い答えを導き出す。

シータゲ、ドスーベ・ブフを調べている際に、ボクはどうやれば奴を失脚させられるか考えた。

ただ、失脚させるだけでは、王都に混乱を生む恐れがある。

そして、我が家であるデスクストス家を今の段階で敵に回すこともできない。

そこで、アイリス姉さんを矢面に立たせ、チューシン・ドスーベ・ブフに伯爵家を継がせることで、家ごとデスクストス家の配下にして仕舞えば、デスクストス家に対する敵対にはならない。

むしろ、デスクストス家の後ろ盾がより強固になるというものだ。

「さて、シロップ。ボクらも行こうか」

「はい。主様」

遠隔から、アイリス姉さんを会場に下ろして、椅子に座らせる。

その作業が終わったことで、透明なバルを消滅させた。

ボクの腕には紫のクマのヌイグルミになったバルが抱かれている。

ここでのボクの役目は全て終わりを迎えた。

ここからは、チューシンを含めたタシテ君とマイドにアイリス姉さんのことを任せた。

三人の男性にサポートされて、アイリス姉さんは聖女としてのカリスマ性を手に入れることになる。

奴隷を奪われ、シータゲを信じていた信者もいなくなった。

残っているのは、シータゲ・ドスーベ・ブフが躾《しつ》けた狂信者たちだけということになる。

リベラ、ルビー、ミリルには、屋敷の護衛を頼んだ。

さすがにデスクストス公爵家に押し入るバカはいないと思うが、最悪は彼女たちに逃げるように告げている。

ボクらが目的地に近づくにつれて、広場の騒ぎが遠くなり。

黒装束を着た者たちがだんだんと増えていく。

ここまでシータゲ・ドスーベ・ブフが頼る富を一つ一つ奪っていった。
・シータゲ・ドスーベ・ブフが管理する孤児院を破壊して、子供たちを連れ去った。
・シータゲ・ドスーベ・ブフが手を組んだ富裕層の貴族たちを堕落させて、奴隷の子供を連れ去った。
・シータゲ・ドスーベ・ブフが手を組んでいる教会関係者には秘密裏に消えてもらった。
全て正義の味方がやるような所業では終わらせてはいない。

その中には多くの貴族派や王権派が交じり合っていたが、ボクには一切関係ない。

誰がこの世界にとって悪役なのか、他の貴族に教える必要があるだけだ。

やるのなら徹底的に思い知らせる。

リューク・ヒュガロ・デスクストスを敵に回せばどうなるのか、他の貴族たちにも知らしめるために全力で力を振るってやる。

ボクがしたことはダンとのチュートリアル戦闘と何も変わらない。

ここまで手を回すのにネズール一家は情報提供だけでなく、大いに暗躍してくれた。

彼らが居なかったら、ボクはもっと苦労していただろう。

マイドは、アカリのため、自らの財を擲って人を集めた。

準備を進めていたこともあり、シータゲ・ドスーベ・ブフを追い詰めるのに二日で全てを奪うほど時間を短縮させた。

終わったら、タシテ君とモースキー・マイドにはお礼をしなくちゃね。

教会関係者は、心から教会のことを思う者（ボクのいうことを聞いてくれる人）はチューシンに任せた。

今後はアイリス姉さんを聖女として崇め奉ってもらう。

孤児院にいた子供と奴隷として売られた子供たちは、カリンとアカリが用意してくれたメイド隊、執事隊の教育機関へ移送した。

傷が深い子供たちは屋敷に引き取り。

後々、治療をすることも準備している。

今まで猊下として、シータゲ・ドスーベ・ブフが築いてきた教会での地位は、アイリス姉さんを聖女とすることで信頼と信用も全て奪い取った。

これは絶対に正義の所業じゃない。

ボクは悪役で構わない。

「ひっ！」

目の前では黒装束たちがシロップとバルによって倒されていく。

一番抵抗した男がボクを見上げていた。

「やぁ、君がリーダーだね。名前は？」

「……」

「ああ、死なせないよ。《怠惰》」

簡単に死ぬことなど許さない。

抵抗する気力を奪う
ただ、無気力になればいい。

「もう一度聞くよ。名前は？」

「ガ……ロ……」

「君がボクの大切な人に手を出したのかな？」

「おっ……れは……げい……かに……」

涎をたれ流して、うつろな目をする黒装束のリーダーだったガロ。

「君はボクの宝物に触れたんだ。よかったね。残りの人生を《怠惰》に生きられるんだよ。ボクからのプレゼントだ。羨ましいなぁ～怠惰になれるなんて」

ガロは、アカリを連れ去った実行犯だ。

ボクの前に現れた黒装束たちは、シータゲ・ドスーベ・ブフにとって最後の私兵だった。

残っている兵力は屋敷を警護している者たちぐらいだ。

ただ、シータゲ・ドスーベ・ブフは自身の屋敷にはいない。

だからこそ、奴はこの状況に至って二つのことを考えるはずだ。

ここから逆転するためにはどうすればいいか？

もしくは、自分自身はどうすれば助かるのか？

「シロップ」

「はっ！」

「ここからはバルと二人で行ってくるよ」

「はい」

「来客があると思うから、出迎えておいて」

「温かいお茶を用意して主様の帰りをお待ちしております」

ふふ、シロップは相変わらず忠犬だね。

すぐに終わらせて戻ってくるよ。

ボクは教会が管理する地下ダンジョンへと足を踏み入れた。

教会管理の地下ダンジョンは教会が埋葬した人々が怨霊となって、ゾンビやスケルトンとして歩き回っている。

それは、今まで教会が行うはずだった浄化を怠ってきたことを意味している。

「怠惰な仕事をした結果、生まれたダンジョン。ボク向きだね」

バルに乗って移動するボクには何一つ苦になることはない。

現れたゾンビたちは、クッションバルから伸びた鞭によって駆逐《くちく》されていく。

ボクは手を出すこともない。

「アカリが居るのはここだね」

それは祭壇に似たダンジョンのボス部屋だった。

それほど広いわけではないが、地下ダンジョンは地下三階までの構造になっていて、

一階には弱いゾンビやスケルトンだけ。

二階にはアストラル体と呼ばれる幽霊たちが徘徊する。

三階にはスケルトンナイトや、レイスなど高位の魔物が歩き回る。


全てをバルだけで蹴散らしてしまう。

それなのにボクのレベルも上がっていくのだから、つくづくこの世界のレベルシステムはザルだ

と思う。ボス部屋へと入っていく。

「やぁ、お邪魔するよ」

「ぶひひ、よくここがわかりましたね！」

「ダーリン！」

シータゲ・ドスーベ・ブフは一人だけだった。

奴の横にはベッドに片手を縛られた、アカリ・マイドの姿がある。

青白い松明の光によって、シータゲの醜い顔が映し出される。

「……もう終わりだ。シータゲ・ドスーベ・ブフ」

「終わり？　終わりですと？　おかしなことをおっしゃる。何を言っているのですか？　別に何も終わってはいませんよ。あなたは私から奪った気になっているでしょうが、何一つ私は奪われていないのですからね」

醜い笑みを浮かべるシータゲ・ドスーベ・ブフ。

存在だけでなくこれまでの所行の全てが醜い。

「むしろ、あなたの大切なアカリ嬢は私の手の中にある。ぶひひ、優位なのはこちらなのです。さぁ、跪きなさい！　私に頭を下げるのです。あなたの妻を守るために！」

ボクはシータゲ・ドスーベ・ブフの言葉に口元を押さえて後ろに倒れた。

こいつは面白い。我慢できないよ。

バルが受け止めてくれてプカプカと体が浮いている。

「アハハハッハアハッハハハハハハ！」

「なっ、なんですか？　気でも狂いましたか？」

ボクの態度に戸惑ったような声を出す。

「はぁ～、やってみろよ」

「はっ？」

「だから、やってみろって言ったんだ。お前程度の力でアカリには、傷一つ付けられると思うなよ」

ボクは威圧を込めてシータゲ・ドスーベ・ブフをにらみつける。

「馬鹿にしないでいただきたい。伯爵家の当主の力を！」

シータゲ・ドスーベ・ブフが魔力を込めたナイフでアカリを切りつけた。

アカリの瞳はボクを見ている。

瞳は揺れ動くことなくボクを信じていた。


——キン！


ダンジョン内に響く金属が弾かれる音。

ボクの魔力によって作られた魔力障壁が、奴が魔力で強化したナイフを弾いた音だ。

いくら魔力を込めようと奴程度では、破れないことを意味している。

「なっ、なんだというのですか！　どうして私の魔力が弾かれて」

「簡単やん。あんたの魔力よりもダーリンが、ウチを守るために作ってくれた魔導具の方が上やったってことやろ」

「さぁ、本当に終焉だ。お前にも《怠惰》をプレゼントしてやる」

ボクは自身の体から紫の濃密な魔力を生み出す。

「ぶひっヒヒヒブヒヒヒヒヒヒヒヒヒヒ！」

醜く揺れる肉の塊が、笑い転げていく。

「なっ、なんやこいつ！　キモッ、キモ過ぎるやろ！」

アカリは横で笑うキモい奴に怯えた表情を見せる。

「おっと、失礼ですね。アカリ嬢。ぶひひ、私は頭がおかしくなったわけでも、負けを認めたわけでもありません。王国の伯爵を本当に舐めているのですね。そんな小僧に対して、可笑しくて仕方なかったのですよ」

いつの間にか自信に満ちあふれた顔をしたシータゲ・ドスーベ・ブフの瞳は、どこか虚ろで、大罪魔法を受けた者のような顔をしていた。

「大罪魔法……あなただけが使えると勘違いしているのではないですか？」

ボクはここに来て初めて驚いた顔をしてしまう。

テスタ兄上が大罪魔法を使っている姿は、船上で見る機会があった。

ボク以外にも大罪魔法の使い手がいることは理解していた。

まさかシータゲ・ドスーベ・ブフが大罪魔法を使えるというのか？

「ぶひひ、そうです。私も使えるのですよ。さぁ、見なさい。我が大罪魔法《奴隷》よ。我が前に現れなさい」

シータゲ・ドスーベ・ブフの呼びかけに応じるように、祭壇に青白い火が灯りダンジョン内が振動していく。

「さぁ、見なさい。これが大罪魔法《奴隷》です。魔物すら従える我が力は、このダンジョンのボスである死霊王《シレイオウ》ディアスですら従えるのです！」

黒いローブを纏ったスケルトンメイジは青白い炎の中から生まれ落ちる。

濃密な魔力が死の気配を予感させる。

「どうです？　恐ろしいでしょう？　ダンジョンボスはいくら大罪魔法であろうとも簡単に倒せるものではありません。ですが、私はダンジョンボスを召喚できるのです。召喚できるだけではありません。ディアスよ！　あなたに私の魔力を注いで強化して差し上げるので、あの小僧を殺しなさい！」


『GYAAAAAAAAAAAAA！』

ディアスの叫び声が鼓膜を振動させる。

それに反応したのはボクではなくバルだった。

「行ってこい」

バルはバトルモードへ移行していく。

ミスリルの羽に、レアメタルボディーの人型に変わり、両手に剣を携え、顔だけは可愛いクマの顔を残している。

両手の刃に魔力が込められてディアスを切り刻む。


『GYAAAAAAAAAAAA！』


「はっ？」

空中で悲鳴を上げるディアスは霧散する。

あまりにも呆気ない。

バルがチートなのか、ディアスが弱すぎたのか。

「それで？　貴様の大罪魔法はこれで終わりか？」

「はっ？」

「はぁ〜、お前のは大罪魔法じゃない」

「なっ、何を言うのですか？　あの方が、あの方が私の魔法は大罪魔法の一種だと……馬鹿な！」

こいつは哀れなピエロでしかないのだろう……。

本当の黒幕は別にいる。

「お前に使うのもめんどうになってきたな。だが、お前はこれまで多くの獣人たちを虐げ、ボクの大切な妻に手を出した」

チラリとアカリを見れば、アカリは頬を染めて嬉しそうな顔をしていた。

「おっ、おま、おまちください！　ほんの出来心だったのです。そっ、そうです。私を助けていただければ、どんな者でも奴隷にして従えることができます。富を集めることにも長けております！すぐにリューク様の前に富を築いて見せましょうぞ」

醜い……どこまでも醜い。

「性と富に欲を捧げた亡者よ」

「ひっひい！　おやめください。どうか！　どうかお助けを！」

「お前には《怠惰》をくれてやる。大罪魔法《怠惰》よ」

こいつの心には欲を増長させる傲慢な意思が込められていた。

態度が増長され、元々持っていた欲が増幅されて、醜く形を成した存在。

それがシータゲ・ドスーベ・ブフという男だったのだろう。

「羨ましいよ。お前はもう誰からもシータゲ・ドスーベ・ブフという名で呼ばれることはない。何故かって？　誰もお前を知らないからだよ。このダンジョンで《怠惰》に過ごしていくんだ。たとえ、何も食べずに餓死《がし》しようと、魔物が貴様を殺そうと、ここで朽ち果てたお前は亡者となって、未来永劫ダンジョンで《怠惰》に存在し続ける」

もう物言わぬ虚ろになったシータゲだった物。

「あぁ～うらやましいな。《怠惰》になれて」

シータゲと呼ばれた男は、もういない。

ここに座っているのは、亡者にすぎない。

「このダンジョンが滅ぶそのときまで、ダンジョンによって生き返らされて、永遠の死を経験しろ。死ぬこともできないまま殺され続けるんだ。ああ、安心してくれ。お前にもう一つプレゼントしよう。痛みだけは死んでも残してやるから」

バルにアカリを縛る物を解かせてダンジョンを脱出する。

「ウアァァ」

残されたシータゲ・ドスーベ・ブフの呻《うめ》き声が、ダンジョン内に響いた。

もう誰も奴を知ることはない。

名も知らぬ魔物として《怠惰》に存在するだけだ。

◇

ボクがバルに乗って、アカリを抱き上げるとアカリは涙を流した。

「ホンマはもう会えへんっておもてた。もうダメやって」

アカリは泣きながら、誘拐された後のことを話した。

眠らされて目を覚ました後。

目の前にはシータゲがいた。

覚悟はしていたが、ベッドがあり薄暗い部屋で大嫌いなおっさんと二人きり。

全てが終わったら死のう、そう思っていたそうだ。

だが、シータゲが手を伸ばすとその手は弾かれ、「何をしたのですか？　まさか魔導具を仕込んでいたのか？」と驚いたそうだ。

アカリは自分でも魔導具を作る発明家だ。

ボクが仕込んだ魔導具に気づいたそうだ。

「だから、ダーリンに守られてるってすぐにわかったで。ありがとうな！」

そして、連れてこられてからしばらくの時間が経ち。

ボクが現れた。

もう二度と会えないと思っていたボクがきて、アカリはボクの全てを信じようと思えた。

「はぁ～……、やってみろよ」

シータゲ・ドスーベ・ブフがアカリを人質《ヒトジチ》にしようとした。

それをボクは挑発してやってみろという。

それを聞いたアカリはボクを信じて身を任せる決意をする。

あの時の瞳はそれを物語っていたそうだ。

そして、ダンジョンボスが現れた時、アカリは絶望を感じていた。

いくらボクが強くても、自分が森のダンジョンで戦ったダンジョンボスに勝てなかった。

シーラスが助っ人に来なければ自分たちは危なかった記憶があるからだ。

エリーナ、リベラ、ダン、アカリの四人で戦っても太刀打ちできなかった。

バルが一人で撃破して、秒で決着がついた。

「さて、帰るか」

初めての二人での飛行に、アカリは涙を流しながら言った言葉が。

「もう少しロマンチックな場所で飛びたかったわ」だった。

ボクは面白くて、今度はどこか、違う空の散歩をアカリとしようと思えた。

「お帰りなさいませ。主様」

シロップが入り口で待っていてくれた。

そして、チューシン率いるブフ家の人間が膝をついていた。

「来たね」

「この度は我らが当主……、いえ、家に属するシータゲが行った非礼の数々をお詫びさせていただきます」

「「「「「お詫びさせていただきます！」」」」」

アカリは驚いた顔をしているが、チューシンにはアカリへの謝罪をしない家の者は滅ぼすと伝えてある。

「謝る相手を間違えてない？」

「はっ！　アカリ・マイド様。我々はブフ家の者でございます。今回の件は一切我々は知らぬこととは言え、シータゲの行いは許されるものではありません。本当に申し訳ございませんでした」

上位貴族の人々が平民に頭を下げるのは相当な屈辱であろう。

ボクはニヤニヤとした顔で見てしまう。

だが、アカリは驚いた顔をするばかりで、ボクと一同を何度も見返している。

「我が妻に狼藉《ろうぜき》を働いたんだ。お前たち全員に死罪を言い渡してもいいとボクは考えている」

ボクの発言に一番驚いたのはアカリだった。

「この人たちは悪くないのに全員殺すって……マジなん」

「それも止むなしと判断します」

アカリの問いかけにシロップがボクを肯定する。

「ですが、一つだけ弁明を」

「……言ってみろ」

「現在、ブフ家はここに集まる者以外で血を引くのは、テスタ・ヒュガロ・デスクストス様に嫁いだサンドラしかおりません」

パッと見ただけでも百人以上は集まっている。

その中には、綺麗な女性が多い。

ほとんどが、シータゲ・ドスーベ・ブフの奥様たちだ。

「我らは政治ではなく、長らく教会と関係を結んできました。ですが、シータゲとは違い、清廉潔白であったため、シータゲに遠ざけられた者達です。ブフ家の伯爵位は長男である私、チューシン・ドスーベ・ブフが受け継ぎます」

どうやらボクの思惑通りにことが運んだようだ。

「この命、アカリ・マイド様。延いてはリューク・ヒュガロ・デスクストス様に我がブフ家の力を使っていただきたく存じます！」

最後の発言がチューシンによって言い換えられている。

ボクは物凄く面倒な顔をしてしまった。それを見たアカリが笑いだす。

「めんどうだから、ボクらに迷惑がかからないように教会をまとめてくれればいいよ」

「命はよろしいのですか？」

「別に命なんてもらっても嬉しくないよ。それよりもアイリス姉さんを聖女にしたんだから。責任は君たちが取ってくれるよね？」

「委細承知仕りました。リューク・ヒュガロ・デスクストス様の命により。これよりブフ家はアイリス・ヒュガロ・デスクストス様を聖女として、教会とともにアイリス・ヒュガロ・デスクストス様の後ろ盾となり、お支えしようと思います」

ふぅ、めんどうなことは全てアイリス姉さんに丸投げ完了だね。

「うん。それでいいよ。ボクはもう疲れたからね。話はこれで終わり。あとは頼むね」

「神とリューク様に祈りを！」

「「「「神とリューク様に祈りを！」」」」

祈るのは勝手だからね。後のことは知らない。

◇

ボクは《怠惰》に生きることを目的にしてきたんだ。

だから、最近のボクは少し働き過ぎだと思う。

船上パーティーに始まり、来客多数に、アカリ誘拐事件。

ハァ～、ゆっくりしたい。

「バル、おいで」

ボクはモーニングルーティンを終えて、バルに乗って飛び立った。

シロップやカリンに心配はかけたくはないからね。

しばらく家を空けるとだけ書き置きを残して家を出た。

どこにいくのかなんて決めていない。

ただ、誰もいない場所でのんびり出来れば問題ない。

そんな思いで辿り着いた場所は、秘境と呼ばれる温泉宿だった。

そこはゲーム内では、主人公とヒロインしか訪れられない不思議な宿として、場所を知らなければ来ることもできない秘境だ。

「なのに、どうして君はここにいるのかな？」

王都から少し離れた山の麓《ふもと》、ボクがここを知っているのは、本来エ〇ゲー世界で、ダンが体力を回復するために利用するからだ。

そして、ヒロインと素敵な演出を披露するために訪れる、隠し宿エデン。

「それはこちらのセリフです」

銀髪に白い肌、タオル一枚では隠しきれない美しい裸体は、温泉に入っていることで朱に染まり、大切な場所だけが隠されている。

「ハァ～、興味ないから見ないよ」

同じ温泉の、同じ風呂に王女様と入ることになるとは思いもしなかった。

ここの温泉は、秘境と言われるだけあり、様々な回復を行ってくれる。

それこそ魔力や精神などの見えない物まで回復してくれる優れ物なのだ。

「護衛は……いないのね」

「いるよ」

「どこに？」

ボクが呼ぶと、紫のクマのヌイグルミがプカプカと温泉の中を浮いている。

「バカにしているのかしら？」

「別に……、信じないならいいさ。君に興味がないことも事実だ」

ただ、同じ温泉に入ったよしみでしかない。

エリーナは、少し離れた場所に腰を下ろしてこちらに見えないように身体を隠している。

奥にはエリーナの護衛なのか、普段はメイドのクラスメートの姿が見える。

「王都では、随分と好き勝手しているようね」

「好き勝手？　ボクは何もしていないよ」

「ウソよ！　アイリス・ヒュガロ・デスクストスが聖女なんておかしいじゃない。今まで教会に関係していなかったのに、突然あなたが彼女を聖女にしたのでしょ？」

どうしてボクだと思うのだろう。

普通は、テスタ兄上か？　父上じゃないかな？

「君の推測は的外れだとは思わないの？」

せっかくバルと一緒にのんびりするために温泉に入りに来たはずなのに、どうして邪魔が入るんだろう。

「思わないわ。もしも、テスタ・ヒュガロ・デスクストスがやったなら自分への利益が無さ過ぎるわね。ましてや、デスクストス公爵が動いたなら、それは王やマーシャル公爵が黙っていない」

うむ。消去法でボクがやったと……。

「アイリス・ヒュガロ・デスクストスが動く可能性があるとすれば、あなただけよ」

「ボクのために？　アイリス姉さんが動くことはないよ」

「いいえ。動くわ……だって、小声だったけど、アイリスは私をリュークの獲物かもしれないって言っていたもの」

アイリス姉さんがボクのことを考えている？

それは何故だろう？

「あなたは……私からの申し出は断ったのに、アカリ・マイドの申し出は受けたそうね。それにブフ家を敵に回したとも聞いているわ」

恨みがましい言い方をする、エリーナに意外な感じを受ける。

「別に敵になんてしてないよ。むしろ、円満に仲良くやっているしね」

「そういうことじゃありません！」

エリーナは先ほどまで恥ずかしがっていたことがウソのように、立ち上がって怒りを表す。

「あなたは！　最初から私に対して態度が悪かったじゃありませんか！　私が嫌いだから、私のプロポーズを断ったんでしょ！　あなたに断られた私は王都でも、王宮でも、どこにいても笑い物です」

あ〜なるほど。

だから君は誰もいないこんな秘境の宿に逃げ込んできたのか……。

ハァ〜、これもボクが蒔いた種なのかな。

「君は……いつも自分のことばかりなんだね」

「なっ、何を言っているのですか！　そんなこと当たり前でしょ。私は王族として、皆に見られてきたのです。皆の手本となるために勉強も、魔法も、容姿だって磨いてきました。それの何がいけないって言うんですか?!」

駄々を捏ねる子供のようにわからないことを教えてもらおうと声を荒げる。

「それは君を飾るための装飾品でしかないってことだよ。君の言葉には、君を彩る物が何もない。上辺だけを着飾って、《私綺麗でしょ》と問いかけられても、中身がカラッポのガラス玉に興味はない。《綺麗だね》と褒めてあげるだけで終わる話だ」

ボクはバルを抱き上げて立ち上がった。

ダラダラするためにこの宿を選んだはずなのに、どうしてボクの邪魔をするのかな。

せめて、部屋でゴロゴロしよう。

「待ちなさい！」

「まだ何か？」

「まだ、自分のことばかりという意味を聞いていません」

全て説明しないとわからないのかな？

優秀な王女様はどこにいったのかな？

「君からは誰かを思いやる心を感じない。プライドばかりで、君がつまらない人だとしか思えない。誰かのために尽くしたい。誰かのために頑張りたい。誰かのためにどうしようもない思いをぶつけたい。ボクは《怠惰》なんだ。ボク以上に、ボクのことを思ってくれる人しか受け入れない。君はボクを大切にする気はないだろ？　だから、ボクも君を大切にすることはないよ」

いい加減、話をするのも疲れた。

ボクはコーヒー牛乳を買って、バルと部屋へと戻った。

バルを抱いて眠る布団はなかなかに気持ちよくて、今度はエリーナではなく、カリンと二人で心と身体を休めるために来てもいいかもしれない。

幕間三　ダーリンは最高や

《Sideアカリ・マイド》

ウチの名前はアカリ・マイド言います。

ウチには夢があります。

それは世界一のオリジナル製品だけを置いた店を持つことや。

化粧品から、兵器まで、ウチが作った物だけを取り扱う店を造りたいねん。

それは初めてオトンの下で商売を見た日から思い描いていた夢や。

夢見た日から、めっちゃ色々な物を作ってきた。

今でも、オトンのマイド大商店で販売している物もあるくらい発明には自信があります。

一番売れたんは魔導ドライヤーやな。

多くの貴族様が買ってくれて、研究費に使わせてもろてるねん。

でも、最近はちょっと困ったことがあって悩んでます。

大好きな発明も手に付かんほどで、どうしたらええのかわからへん。

今日も困り事の張本人がやってきはりました。

「ぶひひ、アカリ嬢！　私のマイスイートハニーよ」

目の前で片膝をついて私にプロポーズしてくれているオジ様、シータゲ・ドスーベ・ブフ伯爵という貴族様です。

ウチのことをお嫁さんにしたい言うてはります。

五十歳を超えているオジ様で、別に年はええんやけど見た目があかん。

「私の妃になれば、どんな贅沢も許しましょう。ですから私のマイスイートハニーになっていただきたい。今日こそ良い返事を聞かせてください。ぶひひ、あなたがアレシダス王立学園に行っている間もいつ戻られるのか待ち続けていたのです。そろそろお答えをほしいですな」

アレシダス王立学園に入学する前から、ウチに求婚してくれてるんやけど……そのとき十二歳やで、ロリコンかい！

オトンが出てきて、お引き取りいただこう思いますけど、なかなか帰ってくれへん。

「うん？」

「おっと、誰かいらしたようですね。ぶひひ、それでは私は失礼させていただくとしましょう。どうかお考えくださいませ」

やっと帰ってくれるんや。

でも、誰やろ？

ブフ伯爵がいるときはお客さんらも嫌がって入ってこうへんのに……。

「退けて」

「(^^)/」

「おっ、おっ！　なっなんですか？　私は出るのですよ。押さないでいただきたい」

ブフ伯爵が何かに押されて扉の前から移動させられはった。

「バル」

ブフ伯爵が退くと、綺麗な顔をした美少年が店内に入ってきて。

ハァ〜やっぱ見た目って大事やわ。

ウチ、メンクイやねん。リューク様はゴッツイケメンやわ〜。

「これはこれは、リューク様よくぞおいでくださいました！」

「いつもの頼む」

「はっ！　かしこまりました！」

オトンが面倒ごとに為る前にリューク様を案内しようとしてはる。

「ちょっと待ちなさい！　この私に無礼を働いておいて、なんですその態度は！」

あちゃ〜、めんどうなことになってもうたわ。

あのオジ様プライドはめっちゃ高いし、教会にも伝手があるさかい。

色々と面倒やねん。

「いい加減に！」

「なっ、なんですあなた方は！　獣人？　ふん、下等な亜人が、私に楯突くなど！　ヒッ！」

うわ〜アホか！

デスクストス公爵家のリューク様知らんのか！

この人は獣人の彼女さんがおる人やぞ！

そないなことというたら……。

「ねぇ、今、何か言った？　おい、肉。お前はボクの物に何か言ったのか？」

あかん！　リューク様がマジで怒ってはる。

教会関係者と揉めたら色々と厄介や、何かと難癖つけて、シロップはんにも害が及んでまう。

「りゅっ、リューク様、どうか怒りを静めてください」

「アカリ？」

「どうか、堪忍です。ホンマに洒落にならん思います。お二人とも揉めるのはアカン」

うちが必死に止めるもんやからブフ伯爵の方が怪訝な顔をしおった。

「アカリ嬢……失礼。あなた様は高貴な方とお見受けしますが、どちらのお家のご子息でしょうか？」

「デスクストス公爵家だ」

「もっ、申し訳ございませんでした！」

えぇぇ〜なんなんその態度。

うち、ドン引きやわ。

掌を反すのもええとこやん。

かっこ悪……ないわぁ〜。

「わっ、私はブフ家の者でございます」

「なんだ、父上の部下か？」

「はっ、はい！　まさかデスクストス公爵家のご子息様とは知らず。無礼な口を利いてしまい申し訳ありません」

「なら、訂正しろ？」

「へっ？」

「亜人を下等と言ったな。デブ」

「デブではなくブフです。いえ、もちろん訂正させていただきます！　亜人は友でございます。決して下等ではありません」

うわっ汚なっ！　脂汗めっちゃダラダラ流しとるやん。

マジでキモいわ。

「もういい。次はないと思えよ。ボクの前で亜人を蔑むな」

「はっ！　ブフ家の名に誓って」

なんとかリューク様の機嫌が直ってくれたからＶＩＰ専用の外商ルームへ移動してくれはった。

ホンマ、あのオジ様ろくなことせえへんわ。

「リューク様、本日は不愉快な思いをさせて申し訳ありません！」

オトンが謝って、三人分のドレスをサービスすることでリューク様が許してくれはった。ホンマ、見た目もええけど器もある人やわ。

「リューク様、ホンマにさっきはすいません」

スタッフを呼んで手が空いたうちはリューク様に話しかけた。

「別にいいさ。あれはボクとあいつの問題だろ？」

「それはそうやねんけど。あの人がしつこく居ったんはウチのせいやから」

「ウチのせい？」

「そや。ウチに求婚しに来てん。ウチはまだそんなこと考えてないし、それにあの……伯爵家の人はちょっと」

あれはないわ〜、多分体重二百キログラム近いって言ってたもん。

「ハァ〜、もういいよ。ボクには関係ないことだ」

「関係ないことあらへんよ」

「関係ないことない？」

「そや、リューク様。ウチのこともらってくれへん？」

「うん？」

「ウチ、お金稼ぎ上手いと思うよ！　リューク様の力になれます！　属性魔法かて《金》やから売れるよってどない？　身体もなかなかええと思うねん。優良物件やで」

ちょい恥ずかしいけど、胸寄せて前屈み強調して見せつけたる。

普通の男ならイチコロポーズやで。

ええ〜、なんで溜息吐くん？

「ボクにはカリンがいるからダメ」

「なんでや！　シロップさんに、ミリルちゃん、ルビーちゃんもやろ？」

「シロップはまぁそうだけど。他の二人は違う」

「はっ、は～んわかったで、そういうことやな」

うちはピンと来たわ！　将を射んと欲すれば先ず馬を射よや！

「うん？　なに」

「今日はええよ。気にせんといて、三人のドレスはあんじょう気張らせてもらいます」

うちは同級生の二人に話しかけた。

「なぁ～、二人はどうやってリューク様のメイドになったん？」

二人ともあんまり話したことないけど、同じ零クラスの平民出身やん仲良くしよ。

◇

ウチはダーリンのお嫁さんになったんや。

なんやろな、この気持ちメッチャ嬉しいねん。

ちょっと今日はアカンな。

発明に集中できへんわ。

「なぁ、オトン。カアさんと結婚したときは幸せやったん？」

「なんや藪から棒に、そんなん幸せに決まっとるやん！」

「そうやろな。ウチ、メッチャ幸せな気分やねん」

「そうか……、ホンマによかったんか？」

オトンは心配そうにウチを見る。

せやけど、この気持ちに不安はない。

「なんやねん。何が心配なんや？」

「お前もわかっとるやろ。お前には、ずっとブフ家のシータゲ・ドスーベ・ブフ伯爵様が求婚してたやろ？」

あの巨漢の伯爵様は……生理的に無理やねん。

別に見た目が嫌とか……うん。嫌やわ。

見た目が嫌なんもあるけど、なんやろな信用できひんというか、気持ち悪いって言うか、近づきたくないねん。

「せやかて、ウチはダーリンが好きやねんもん。ダーリンの妾になれて、メッチャ幸せなんやで」

「ハァ～、ワシもお前をリューク様と何事もなく結婚させてやりたい。幸せなお前を見てれば分かる。だからこそ、今の情勢の中でリューク様派に付く決心もした。だがな、ワシらは商売人や！勝ち馬には乗るが、尻尾を巻くのも早ないとあかん」

オトンは商売人として大成功した人や、だから話を聞く価値はある。

だけど、ウチの気持ちはもう止められへん。走り出してしもうたんや。

「わかっとる。だから情報は集めといてや」

「任せとき！　情報こそが商売人の武器やで！」

あと二年。

ダーリンとカリン様の結婚が正式に決まったら、ウチも一緒に結婚する。

それまではカリン様と協力して、商売や発明をバンバン成功させるんや。そしたら、ダーリンのために最高の環境をつくれるはずや。

「それにしてもリューク様は罪な男やな。あんな綺麗な顔しとって、美女や美少女を侍らしとる」

「それがなぁ～、ダーリン本人は、優しいだけやねん。優しいのに締めるところは締める。結構エゲツないとこもあるねん。エリーナ様の話は聞いたやろ？」

「そやな。まさか王女様の告白を断るとはな」

これは極秘情報やけど、人の口に戸は立てられへん。

当人達や立会人が言わんでも、知る術はあるっちゅうことや。それにウチも最初は断られたしな。

「ダーリンは、見た目や血筋では動かへん。ウチのときも恥ずかしい告白してもうたしな」

アカン！　思い出すと恥ずかしくて顔が熱くなるわ。

「そやな。ホンマにリューク様は貴族様やのに変わったお人やで」

「そこがええねんやん」

「惚気かいな」

オトンとこうやって毎日家族として話すのも、あと二年やと思うと寂しくなるわ。

まぁいつでも帰ってこれるやろけど、ウチは絶対に幸せになったる。

「まぁ、そろそろ寝よか」

「そやね」

オトンと弟たちと夕食を食べ終えて、それぞれの部屋に向かう途中で、ガラスの割れる音が屋敷に響いた。

「なんや？」

ウチを囲むように数名の黒装束どもが勝手に上がりこんで来よった。

「貴様がアカリ・マイドだな」

「あんたら何やねん！　人の家に勝手に上がり込んで迷惑や帰ってんか？　ウチがアレシダス王立学園のアカリ・マイドと知って襲っとんのか？」

ヤバいな。うちは魔法はそれほど得意やない。

発明品も家の中やから持ってへん。

ここまで来たということは外の護衛も倒されとるやろ。

「我々はプロだ。抵抗をせずに付いてきてくれるなら、誰も傷つけないと約束しよう」

リーダーらしき男の声が、近くにおった屋敷や使用人をしてくれてるオバチャンを見る。

「やめ！」

「なんじゃ貴様ら！　誰の家に押し入っとんのや！」

オトンの怒声が響いて、数名の侵入者が吹き飛んだ。

昔、冒険者で鳴らしたオトンは強い。

けど、アカン。

「オトン！」

「アカリ！　やってまえや」

「オトン、やめ」

怒りを表すオトンをウチは止めた。

「なんでや？」

「こいつらの狙いはウチや。従業員は家族やからな、ケガさせたらアカン」

「お前！」

「ウチが付いていけばええねんやろ？」

「そうだ」

「なら、そうし。だから誰も傷つけな」

目の前の男はヤバい。啖呵は切ったけど、勝てる気がせえへん。

オトンが強くてもアカン。裏の殺し屋やろな。

なぁダーリン……。

ウチどうなるんやろな……。

「あんたらブフ家のもんやろ」

ウチの言葉は別に侵入者に向けたモノやあらへん。

オトンはウチが何を言いたいかわかってくれたようや。

「それは言えないな」

「そうか、ほな、行こか」

「失礼」

「やめ！　痛いのは嫌や。付いていくさかい」

「……わかった」

ウチはオトンを見た。この後の事はオトンに頼むしかあらへん。

今、ここでうちらが抵抗しても怪我人を増やすだけや。

こいつらがブフ家の者なら、ウチを助けられる人間は一人しかおらへん。

「アカリ！」

ウチは黒装束の男に抱き上げられた。

「眠っていてもらうぞ」

魔法か、薬かわからんけど、ウチはそこで意識を失った。

次に目が覚めたとき、醜い巨漢が私を見下ろしていた。

「ぶひひ、アカリ嬢！　私のマイスイートハニーよ。あなたがあまりにも私を待たせすぎるので迎えに上がりました。さぁ私の九十九番目の妻になっていただきましょう！」

ダーリン……助けて……。

◇

シータゲ・ドスーベ・ブフがウチを誘拐したとき、もうウチはダーリンに会えんくなるかもしれん。

そう思ったんや、こんなところで終わりたない。

でも、やっぱ恐いやん。

死ぬんちゃうか、嫌なことされるんちゃうかって、せやけど離れていてもダーリンはウチのことを守ってくれとった。

もうダメやと思ったとき、見えない壁が現れてシータゲ・ドスーベ・ブフからウチを守ってくれた。

「なっ、なんですかこれは？」

「えっ？」

「何をしたのですか？　まさか魔導具を仕込んでいたのか！」

そう言ってシータゲ・ドスーベ・ブフはウチから離れて行った。

ウチは自分で魔導具を作るからわかる。

今、ウチが着けている物で魔導具として機能するんはダーリンからもらった髪飾りだけや。ウチは縛られてない手で髪飾りを触った。

魔力を発したからか、なんや温かい気がしてダーリンが守ってくれたことが嬉しかった。

連れてこられてからどれくらいの時間やったかわからへんけど。

ダーリンが来てくれた。

いつもやる気なさそうで、ボクの面倒をみろって言うてたのに、こういうときはちゃんと来てくれるんやね。

全然状況はわからへんけど、シータゲ・ドスーベ・ブフの周りに手下がおらんくなったんわ。多分ダーリンが何かしたんや。

「はぁ～、やってみろよ」

シータゲ・ドスーベ・ブフがウチを人質にしようとした。

ダーリンは挑発してやってみろ言うんやで！

ふふ、自信があるんやね。ええよ。

ウチもダーリンの妻や、ダーリンのお荷物になるくらいならこの命捧げたる。

――キン！

ダーリン！　信じとったよ！

シータゲ・ドスーベ・ブフが慌てた様子やったけど、急に態度が豹変した。

大罪魔法？　なんやそれ聞いたことないで。

うちが知ってるのは無属性魔法と属性魔法だけや。

ダーリン。あんたには何か秘密があるんか？

「さぁ、見なさい！　これが大罪魔法《奴隷》魔法です。魔物すら従える我が力は、このダンジョンのボスである死霊王ディアスですら従える！」

そう言ってシータゲ・ドスーベ・ブフが呼び出した魔物はアカンやつや。

あの森ダンジョンで戦ったスライムもヤバい奴やったけど。

こいつは死が隣におるように感じる。

それやのにダーリンは一切恐れていないような顔をすんねん。

ダンジョンボスやねんで！　エリーナ様、リベラ、ダン、ウチが四人で戦っても勝てへんかった
ダンジョンボスやで。

ダーリン一人で、それは呆気ない決着やった。

ダーリンは何もしてへん。バルちゃんが切り刻んで終わり。

あの死の象徴として見えてた魔物が一瞬で消えてもうた。なんやそれ！

「さて、帰るか」

ダーリンはシータゲ・ドスーベ・ブフに何か魔法をかけたようやけど。

あいつは死んでへん。

ほったらかしにしてもええの？　聞きたいことは山ほどあるけど……ウチは安心していつの間に
かダーリンの首に腕を回して泣いてもうた。

ダーリンと一緒に、バルちゃんに乗ってダンジョンを脱出した。

気持ちは落ち着いたけど。

「もう少しロマンチックな場所で飛びたかったわ」

外へたどり着くとシロップ姉さんがまっとった。

「お帰りなさいませ。主様」

「来たね」

ダーリンが声をかけると、大勢の人が膝をついて頭を下げはった。

「この度は我らが当主……、いえ、家に属するシータゲが行った非礼の数々をお詫びさせていただきます」

「「「「「「お詫びさせていただきます！」」」」」」

えええ〜なんやのこれ！

「謝る相手を間違えてない？」

「はっ！　アカリ・マイド様！　我々はブフ家の者でございます。今回の件は一切我々は知らぬこととは言えシータゲの行いは許されるものではありません。本当に申し訳ございませんでした」

上位貴族の人たちが家族総出で、平民のウチに謝ってはる。

こんなん逆にしんどいわ。ダーリン、人が悪いで……。

「我が妻に狼藉を働いたんだ。お前たち全員に死罪を言い渡してもいいとボクは考えている」

えええええ！　ダーリン、なんや物凄いことというてはる。

「この人たちは悪くないのに全員殺すって……マジなん？」

「それも止むなしと判断します」

えええええ！　貴族様って全然わからへん。

なんでそれで納得出来てしまうん。

「ですが、一つだけ弁明を」

「……言ってみろ」

「現在、ブフ家のここに集まる者以外に血を引くのは、テスタ・ヒュガロ・デスクストス様に嫁いだサンドラしかおりません」

ここにって結構な人が集まってはるよ。

パッと見ただけでも百人以上はおるで……うん？　綺麗な女の人が多い気がするんやけど……まさかあれかいな。

この人らシータゲ・ドスーベ・ブフの奥様たち？　確か九十八人おるとか言うてたな。

「我らは政治ではなく、長らく教会と関係を結んできました。ですが、シータゲとは違い清廉潔白であったため、シータゲに遠ざけられた者達です。ブフ家の伯爵位は長男である私、チューシン・ドスーベ・ブフが受け継ぎました」

シータゲからこの落ち着いた雰囲気のお兄さんが生まれたとは思えへんわ。

「この命、アカリ・マイド様。延いてはリューク・ヒュガロ・デスクストス様に我がブフ家の力を使っていただきたく存じます！」

なんなんやこれ、ダーリンはどう思てるん？　ウチがダーリンの顔を見たら。

ダーリンは物凄い、めんどうそうな顔してた。

あっ、やっぱりダーリンやわ。ウチは笑ってしもうた。

「めんどうだから、ボクらに迷惑がかからないように教会をまとめてくれればいいよ」

「命はよろしいのですか？」

「別に命なんてもらっても嬉しくないよ。それよりもアイリス姉さんを聖女にしたんだ。責任は君たちが取ってくれるよね？」

アイリス様が聖女？　メッチャ似合うけど、性格はキツそうやな。

てか、そんなことさせといてダーリンは何もせえへんのかい！

「委細承知仕りました。リューク・ヒュガロ・デスクストス様の命により、これよりブフ家はアイリス・ヒュガロ・デスクストス様を聖女として、教会とともにアイリス・ヒュガロ・デスクストス様の後ろ盾となり、お支えしようと思います」

なんやこれ？　ウチの知らんとこで色々話が進んでるやん。

「うん。それでいいよ。ボクはもう疲れたからね。話はこれで終わり。あとは頼むね」

「神とリューク様に祈りを！」

「「「「神とリューク様に祈りを！」」」」

神様と並んでもうてるやん、ダーリン！

幕間四　メイドの思い

《Ｓｉｄｅクウ》

私はずっと地獄の中にいた。

孤児として、売られたはずなのに奴隷にされて、酷い仕打ちを受けた。

だけど、救いが一つだけあった。

鳥人族のお姉さんがずっと私を庇ってくれた。

だけど、その日はご主人様の機嫌が悪くて。

「くそっ！　デスクストス家がどうして我々を襲うんだ！」

荒れているご主人様は私を処分すると言い出して、大勢の仲間が傷を負いました。

それを庇うように鳥人族のお姉さんが最初に殺されてしまったのです。

私は自分も殺されるのだと思って、死んで地獄が終わるならと思いました。

ですが、ご主人様が剣を振るう前に突然家が崩壊したのです。

そして、目の前で虚ろな瞳をしたご主人様が座っていました。

口からは涎を垂らして、瞳は焦点を定めていません。

その姿の意味はわかりませんでしたが、私たちの生活が終わったのは突然でした。

「あなたたちはもう大丈夫ですよ」

そう言ってくれた獣人の女性はやっぱり綺麗でした。

私以外にも大勢の子供達が屋敷に集められました。

綺麗なお姉さんも奴隷として売られるのかな？　私もまた誰かに売られるのかな？　前よりもヒドイ場所に連れて行かれるのかな？　もう何も信じられない。

涙が溢れてきて「殺さないで」と何度も叫んでいました。

「ボクは怠惰なんだ。こんな仕事は、もう二度としたくないね」

それは天使様？　のように綺麗な人でした。

綺麗な紫の光が私たちへと降り注いで、自然に涙が止まっていました。

「君たちには怠惰すらもったいないね。ただ眠りをあげる」

とても綺麗な光に包まれて、その光は暖かくて、目を覚ましたとき、暖かなベッドにいました。

大きなお部屋には私以外にも大勢の子供たちが寝ていて、一番早く私が目を覚ましたようです。

目が覚めると不安が込み上げてきて、ここにいることが不安で仕方ありませんでした。

どうしよう？　逃げたい。

でもどこに逃げれば良いの？　そう思っていると扉が開きました。

「目が覚めましたか？」

メイド服を着た優しそうなお姉さんが声をかけてくれて、私はいつの間にか抱き締められていました。

「ふふ、弟の幼い頃を思い出しますね。可愛い」

優しいお姉さんは良い匂いがして、他の子達の目が覚めると、一人一人に奴隷から解放されたことを説明してくれました。

これからメイドとして、働くための勉強をするのだと説明してくれました。

メイドになるための勉強の毎日は大変です。

だけど、ご飯を食べさせてくれて、お風呂に入っても良いと言ってくれました。

今度こそ本当かな？　信じても良いのかな？

またどこかに売るために、こんなことをしているのかな？

私の脳裏に、最初に私を買った大きな人を思い出しました。

もしかしたら夢を見させてまた地獄に落とされるのかな？

「まだ、奴隷の子がいるならボクの前に連れてきて」

主様がいるという部屋の前で、私は聞きたくない言葉を耳にしました。

私は聞き間違いであってほしいと思いましたが、聞いてしまった言葉に震えました。

やっぱり私は奴隷として売られてしまうんだ。

前とは違って、縛られていない私は必死に逃げました。

もう、あの地獄に戻りたくない！　嫌だ！　嫌だ！　嫌だ！

必死に逃げてどこかわからなくなって、寒い、恐い、地獄に戻りたくない。

泣きながら走り続けた私の元へ空から天使様が舞い降りました。

羽は生えていないけど空を飛んできた綺麗な男の人。

「奴隷は君で最後だね」

「天使様！　私を迎えに来たんですか？」

「天使？　ハハ、ボクは天使じゃないよ。ボクは悪者だよ」

紫の光が私を包み込んで空へと舞い上がりました。

私が空を飛んでいる。

「君の名は？」

「クウ……です」

「ふむ。兎かな？　毛並みがシロップやルビーとは違うね。でも、耳が」

私は買われた先で耳を切られてしまいました。

それを思い出して涙がまた出てきました。

「これは解放される君への祝いだよ」

天使様がたくさんの魔力を注ぎ込むと、無くしたはずの感覚が、私の耳が戻ってきていました。

天使様は私の耳を取り戻してくれました。

「あとは、君が最後なんだ。奴隷紋を破壊するよ」

天使様は私を奴隷から解放してくださいました。

「さぁ君は自由だ。メイドをするなり、どこかに働きに行くなり選べばいいよ。あとはシロップに聞いてね」

「あっ、あの！　てんし……いえ、あなた様がご主人様なのですか？」

「うん？　《今は》そうだよ」

「なら、私をご主人様の下で働かせてください！　誠心誠意お勤めします。もうどこにも行きたくありません」

ゆっくりと降りていく中で、私が宣言したことが空へ響き渡りました。

「シロップ」

「主様が悪いです」

地面には綺麗な獣人のお姉さん……シロップメイド長がおられました。

「ハァ～好きにすればいいよ」

「はい！」

クウは大きくなったら、ご主人様にこの身を捧げるのです。

◇

《Sideシロップ》

私は主様のことを見誤っておりました。

主様は大きなことを為す方だと思って仕えて参りました。

それはきっと大人になって魔法で成功するようなことなのかな？　そうやって私なりに想像していたのです。

ですが、私の乏しい知能では、主様の為すことを想像するなど到底無理だったのです。

主様は遙かにスケールが大きく、私の想像を遥かに超えていかれました。

それを知るキッカケとなったのは、妾として迎え入れられることが決まっているアカリ様が誘拐されてしまったからです。

私はとても動揺しました。

ですが、主様は慌てることなく、年上であるマイド様に冷静に指示を出しておられました。

それだけではありません。

迅速な行動と的確な判断力によって、二日で敵を殲滅してみせたのです。

そんなことが普通の人にできますか？　もちろん、主様一人の力ではありません。

ですが、主様という大きな一人に引き寄せられた者達が主様に力を示すように動いた結果です。

私も主様に自分の力を見ていただきたいと働きました。

ネズール伯爵家の人々が集めた情報を基に孤児院を調査して、奴隷紋を刻まれた子供たちを確保しました。

傷つき、生死が危ない子がたくさんいました。

見るも無惨で、私は何度涙が溢れてきたのかわかりません。

ですが、主様は奇跡の力というべき回復魔法で、その子達を治してしまわれたのです。

「どうしてそんなことが出来るのですか？」

「うん？　病気は完全に治すのはボクにも出来ないよ。結局は自分たちの自己治癒力でケガを治しただけだ。後は体力をつけるために食事を取らせてあげれば回復するかな」

簡単なことのように言ってしまいますが、その回復魔法ですら、他の者達が使うものとは性質が違うように思います。

主様が回復魔法をかけた者は、傷の治りが速く。

身体の一部を失った者たちまで治してしまったのです。

それはまさに奇跡と呼ばれる力です。

いくら魔法でもそんなことが出来るなど誰も考えません。

「欠損してしまった部位は再生魔法だよ。形成外科のお医者さんたちって、事故や火傷でヒドイ怪我をした人を他の組織や脂肪を使ってある程度まで治すんだよ。それをどうやっているのか考えたんだ。イメージと魔法ってやっぱり万能だよね」

再生魔法？　形成外科？　私にはわからない単語ばかりです。

たくさんの書物を読まれている主様は常に知識を蓄えているのです。

外にも出ないで本ばかり読んでいるだけではないのだと理解させられました。

アカリ様の居場所を誰よりも早く突き止めたのも主様でした。

私は主様の護衛として同行を許されました。主様に降りかかる火の粉を払う役目は、主様と散歩に行っているようで楽しかったです。

王国の地下ダンジョンの入り口で待っているように言われました。

これから訪れるお客人の出迎えを頼まれたので仕方ありません。

「ここにリューク・ヒュガロ・デスクストスが入っていっただろ！」

それはブフ家の残党でした。

私を獣人のメイドとして蔑んだ瞳をしておられましたので、主様の申しつけに従い出迎えることにしました。

「誰のことをおっしゃられているのですか？　様がついておりませんよ」

「何を言っている！　卑しき亜人風情が！」

私はブフ家の残党たちを黙らせることにしました。

うるさく叫んでいた者は、主様に会わせる資格すらありません。

主様は教会の教えの一文から通人至上主義を消し去ってしまったのです。

当たり前だった教えは、すぐに人々の中から消えることはないでしょう。

亜人を蔑むのが当たり前であり、私の世代は悲しい視線を浴び続けることでしょう。

ですが、私の子たちは亜人であっても、蔑まれない国になれるように主様がしてくれたのです。

「あなたたちはブフ家であっても人ではありません」

私が一通り残党を黙らせると、今度は上品な衣装に身を包んだ一人の男性と、見目麗しい女性たちがやってまいりました。

「ここにリューク・ヒュガロ・デスクストス様がおられると……」

「あなたたちはどちら様ですか？」

私の瞳と上品な男性の瞳が合い。彼は膝を折りました。

「リューク様の従者殿とお見受けする。私はブフ家を継ぐ者だ。リューク様に害をなすことはない。どうか謁見の許可を」

リューク様への礼を忘れない者達……。

なるほど、お客様ですね。

「わかりました。許可しましょう」

「ありがたき……」

主様が出てきて彼らと話をしました。

アカリ様が無事で本当によかったです。

それからはしばらく忙しい日々が続きました。

主様は、奴隷として買われた子たちの治療と奴隷紋を消失させていきました。

再生魔法という新しい魔法を一ヶ月で作り上げてしまったのは流石です。

奴隷魔法は呪いのようなもので、魔法をかけた者が死んでも、契約した者同士が死んでも消えることがないそうです。

魔法を消失させる必要があり、主様の頭脳がなければ絶対に彼ら、彼女らが奴隷紋から解放されることも、消すことも、出来なかったでしょう。

救出した子供たちの中から、見込みのある女の子を見つけました。

「クウ、いいですか？　主様は絶対です。何があろうと優先しなければなりません」

「はい、主様は絶対です」

「よろしい。あなたは今年十五歳になるそうですね？」

「……はい。身体は小さいですが」

「それは気にしなくてもいいです。栄養が足りていなかったのです。ご飯をたくさん食べて大きくなりなさい」

「はい！　カリン様のご飯、凄く美味しいです」

可愛いらしい兎人族のクウは、主様に従順で、主様と歳も近いため、私の代わりを務めてもらうために徹底的に教育を施しました。

「よろしい。主様にとっての一番のメイドは私です。ですが、二番はクウがなりなさい」

「はい！　シロップお姉様が一番で、クウが二番になります」

ふふ、クウには任務を与えることにしました。

今までデスクストス公爵家からは得られなかった。

リューク様専属メイドを学園に同行させるのです。

本来であれば私が行きたかったのですが、年齢という制限によって主様を一人で学園へ行かせてしまいました。私は、それを後悔していました。

ですから、私の後悔をクウによって晴らしてもらうのです。

「いいですか？　クウ」

「はい？」

「メイドとしての全ては伝授しました。そして、戦う術も教えました。自分の命よりも主様を優先しなさい」

「かしこまりました！」

「よろしい。それでは行きますよ。クウ」

「はい。シロップお姉様」

私たちは並んで主様の部屋をノックします。

「主様。失礼します」

「失礼します」

私たちは主様が本を読まれる部屋に入って、左右から主様へ近づいて行きます。

主様は本を読む手を止めて、私たちを見ました。

私たちは主様の手が届きやすい高さに頭を合わせます。

そして……主様が二人の頭を撫でてくださいました。

なんと幸福なのでしょうか！　主様が撫でてくれる、これほどの幸せはありません。

クウも幸せそうな顔をしています。

これは一番である私と、二番であるクウがしてもらえるご褒美です。

「シロップもこれをご褒美にするんだね」

主様は呆れた様子で言葉を発しました。

ですが、幸せで、今はこのときを大事にしたいので聞こえません。

◇

《Sideミリル》

私は、リューク様のお側にいられることがとても幸せです。

これ以上など、考えていませんでした。

学園を卒業した後は、医師の先生に弟子入りして医療を学び、リューク様、カリン様のお役に立つ。ただ、それだけでいいと思っていました。

ですが、メイドになって、リューク様のお側に仕えるようになり、少しだけ欲が出てきました。

ルビーちゃんは、リューク様にご褒美をおねだりするのが上手いので、よく頭を撫でられている姿を見ます。

シロップ様も、普段は厳しいのに、リューク様と二人きりでいるときだけは女性らしい振る舞いをしているのを見たことがあります。

アカリさんは凄く素直な性格で、してほしいことをハッキリとリューク様に伝えて甘えてしまいます。

カリン様は、リューク様の婚約者様として、全力でリューク様と愛を育んでおられます。

私だけ……何も出来ないまま……それを見ているだけなのです。

少しだけ、私もリューク様のお側に近づくことはできないでしょうか？

そんな思いを抱える私にアカリさんが声をかけてくれました。

「なぁ、ミリルちゃん。今度うちの店に来うへん？」

「来うへん？」

「ああ、うちの店に来ない？」

「えっ？　マイド大商店にですか？」

「そや。ルビーちゃんも誘ってるから、三人で女子会しよ」

アカリさんは私とは違って積極的な女性です。

見た目もエキゾチック美女という感じで、その強引さでリューク様の妾に為られました。

もう同じ平民のクラスメートという立場ではないのです。

「ミリルちゃん。めっちゃションボリした顔しとるな。ルビーちゃんが言うとったな。ミリルちゃんはたまに自分の世界に入って、表情が百面相でコロコロ変わるって」

アカリさんは何を言っているのでしょう？　私は表情など変えていません。

ただ、アカリさんを見ると自分が何もないように思えるだけで……。

「うわ～、メッチャ落ち込んでもうた。あかん顔やで、それ。ほら、女の子は買い物したら気分が晴れるっていうやろ。だからおいでおいで」

そう言って手を引かれて、アカリさんとルビーちゃん二人と共に、一緒にマイド大商店に来ました。

前に来たときはリューク様に連れてきてもらって、ドレスを買っていただきました。

私のような平民が来て良い場所ではありません。

やっぱり帰った方が良いのではないでしょうか。

「ようこそ。ウチの店に！」

そう言って来客用の個室へ通してくれたアカリさん。

綺麗な部屋の中には、紅茶やお菓子がたくさん用意されていました。

凄く綺麗で場違いな感じしかしません。

「ほな、今日はここはウチの奢りやから、好きにお話をしよ」

「そんな！」

「ええねん。ウチな友達って呼べる女の子の知り合いがおらんねん。発明ばっかりしとってな。大人とはよく話をするけど、同年代の友達が出来て嬉しいんよ。だから、今日は友達の家に来た。そんなつもりで居てほしいんよ」

アカリさんの気持ちは私にも理解できる。

ルビーちゃんと知り合うまでは、私もあまり人と話すことができなくて、リューク様に仕える以外には何も考えていなかった。

「なら、ご馳走になるにゃ！　でも、アカリ。覚えていてほしいにゃ。本当の友達は施しばかりされても嬉しくないにゃ。対等で居られるから友達同士なのにゃ」

ルビーちゃんは、たまにまともなことを言う。

「そうなん？　う～ん、そやね。頼ってくるだけの子は確かに嫌やもんね」

「そうにゃ」

「うん。じゃあ、ルビーって呼んでもええ？」

「もちろん、いいにゃ」

「ミリルちゃんも、ミリルって呼ぶで」

「あっ、はい」

「うん。ウチのことは今からアカリって呼んでや」

ルビーちゃんは、誰とでも仲良くなってしまいます。

アカリさんは凄く明るくて、私は自分だけがダメなような気がして……。

「アカリ、ミリルは頭がいいにゃ」

「そんなん知っとるよ。だって学科の首席やろ?」

「そうにゃ。だから、変なことまで考えすぎる性格にゃ」

「ああ、そういうことかいな」

私が落ち込んでいると、二人が私の話題で納得してしまいました。

「なぁ、ミリル。リューク様のこと好きやろ?」

突然、アカリさんが話題を変えてきて、私は……。

「なっ! 何を言って!」

「メッチャ分かりやすいやん」

「そうにゃ。ミリルは百面相にゃ」

なっ、なんで二人とも私は何も答えていないのに……。

「う〜ん、身分差がとか思とるなこれは」

「そうにゃ。リューク様はそんなこと気にしないにゃ。それなのにミリルは一歩が踏み出せないにゃ」

「なら、今日は丁度ええね」

「そうにゃ! ミリルを変身させるのにゃ」

何やら二人の会話が不穏な方向に向かっているように感じます。

変身? 何を変えるというのでしょうか?

「ええか、ミリル」

「はっ、はい！」

アカリさんは真剣な顔になり、その瞳が真っ直ぐに私を見ています。

「これからダーリンは、どんどん凄い人になっていく。それはダーリンが嫌がっても、周りがそうさせるからや」

リューク様が遠い存在になっていく。それは薄々感じていました。

「だから、リューク様と一緒におるウチらもレベルアップしなあかん」

「レベルアップ？　魔物を倒すのですか？」

「ちゃうちゃう。それもするけど、女子力向上や」

「女子力向上？」

「そや、リューク様は毎日、身体に魔法、美容の鍛錬を子供の頃からしてきはってんて」

リューク様のモーニングルーティンは何度か見たことがあります。

動くのは嫌だと言いながら、リューク様は毎朝鍛錬を欠かしたことがないそうです。

「ウチらは女やけど美容でも、幼い頃から努力しているリューク様に負けとるんや。リューク様に劣る女が横におるって考えてみ」

私は、自分では考えていませんでした。

あの美しいリューク様の隣にいるという恥ずかしさを。

同じぐらい綺麗なシロップ様。

愛らしさがあり、均整の取れたプロポーションをしたカリン様。

二人はリューク様の隣に立っていても恥ずかしくはありません。

もしも、自分が二人の代わりになったらと思うと……。

「許せません」

「せやろ。だから、うちらはリューク様が恥ずかしくないと思う程度に自分を磨いとかないとあかんねん。リューク様が好きなら、側にいたいなら綺麗になる。これは女の戦いや」

アカリさんの言葉に、私は納得しました。

ルビーちゃんは獣人族として、最大限自分を可愛く見せている。

シロップ様は、リューク様の前でだけ女性を出している。

カリン様は、リューク様に愛されるために綺麗になったと言っていた。

私は、何もしてこなかった。

アカリが衣装や化粧で綺麗にしているのも、リューク様の横に並ぶ為に……。

「アカリ！　私、頑張ります。綺麗になる勉強をします」

「そや！　三人で綺麗になってリューク様に愛されるんや」

「にゃははは、ミリル。その意気にゃ」

私は自分の心に芽生えた欲を叶えるため、綺麗になる勉強をします。

待っていてくださいリューク様。

私もあなたのお側にいて恥ずかしくない存在になってみせます。

そのときは……私のことも見てくれますか？

第三章

二年次スタート

Only Lazy,
Villainous Aristocrats

第八話　新学年

いよいよ学園の二年次が始まる登校日。

ボクの前には列を作るメイド達が立ち並んでいる。

一年前にはシロップママに見送られて、シロップが運転する馬車で登校したはずなのに、一年で随分と状況が変わったものだ。

「主様、本日も馬車は私が御者を務めさせていただきます。また、学園での従者としてクウを同行させてくださいませ」

シロップの横に並ぶ小柄な兎メイドが前にでる。

「本日より、リューク様専属メイドを任命されました。クウです。学園でのお世話はお任せください。よろしくお願いします」

元気なのはいいが、ボクは別に専属とかいいのに。

「うん。よろしくね」

「ミリルとルビーは、本日よりメイド隊を脱退して、本来のクラスメートに戻ります。今日は共に登校をさせますがよろしいですか？」

「いいんじゃない」

「リューク様、ありがとうございます」

「ありがとうにゃ」

シロップが御者、クウが横について、ルビーとミリルがボクと共に馬車の中へ乗り込む。

「「「「ご主人様、いってらっしゃいませ」」」」

メイドたちは全て亜人だ。

獣人や精霊族によくわからない種族も交じっているけど、まぁどうでもいいや。

みんなでボクの世話をしてくれるなら、ボクは《怠惰》に過ごせるだろうからね。

「到着しました」

馬車のクッションはバルがフォルムチェンジしているので、一切揺れを感じない。

ルビーとミリルが楽しく話しているのを聞きながら学園に登校するのも悪くない。

「ありがとう」

「ダーリン！」

「リューク様」

馬車を降りると、アカリとリベラが校門前でボクを待っていてくれたようだ。

タシテ君の姿も見えるけど、彼女たちに場所を譲って遠くで頭を下げている。

カリンは登校する日時が違うので姿は見えない。

「主様」

「うん？」

「昨年は、主様をお見送りしたのは私一人でした。そのとき主様は、「ボクを信じて待っていて」と言ってくださいました」

言ったかな？　まぁ言ったんだろうね。

「主様はたった一年で大きく成長され、大勢の人々から慕われるようになって帰ってこられました。今年も信じてお待ちしております。どうかお体をご自愛ください」

「ありがとう。ボクのいない間、家のことは頼むね」

「かしこまりました。お帰りを心からお待ちしております」

皆が見ている前だけど、ボクはシロップを抱き寄せて口づけをした。

「んん……、こんなところで……」

シロップは恥ずかしそうに顔を赤くして、それでも抵抗はしなかった。

「家のことはシロップに任せるよ。冒険に出てもいいけど、ボクがいない間の屋敷の主は君だ」

「……はい」

少し放心状態だったシロップが返事をしてくれたので、ボクは学園に向かって歩き出す。

「行ってらっしゃいませ！」

シロップへ応えるために後ろを振り返る。

ボクの後ろに続いてヒロイン達が付いてきていた。

向かうのは同じ方向なんだからいいけど、タシテ君がボクの方を見て感動している。

瞳を潤ませるタシテ君、君はボクの友達であって老執事とかじゃないよね。

感動するところおかしくない？

「なぁ、ダーリン。さっきのええなぁ〜。メッチャ注目されとるな」

アカリに言われて、辺りを見れば、同学年である二年生だけでなく、入学式を終えて新しく学園に入ってきた一年生もボクを見ていた。

「どうでもいいさ」

そう、人の目なんてどうでもいい。

ただ、学年が二年になったことで様々なことに変化が訪れる。

一年のときは成績によって決められていたチームが、自由に仲間を選択出来るようになる。

最大六人のチームを組めるが、基本は四人。

そして、一年生の中にもヒロインが数名いる。

メインヒロインは同級生たちだが、隠しヒロインとサブヒロインが数名存在する。

そのうち、厄介なサブヒロインが一つ下の学年に入ってくるのだ。

「お待ちになって！」

そう考えていると、めんどうな相手がやってきた。

「あなたがデスクストス公爵家のリューク様ですのね」

縦巻きロールのＴＨＥお嬢様！

三大侯爵家の最後の一家であり、第一王子の婚約者候補第一位セシリア・コーマン・チリスだ。

一応サブヒロインであり、攻略は可能だが、メインルートであるエリーナルートに姉妹のように仲の良い妹分として登場する。

「私のお姉様を悲しませたこと、絶対に許しませんわ！」

宣戦布告のように、もっていたペロペロキャンデーを突きつけてくる。

縦巻きロールのお嬢様は、ロリ要素満載のツルペタさんだ。

しかも好物は飴で、ペロペロキャンデーが一番のお気に入りというから、キャラを盛りすぎだと思う。

「セシリア様、どうやらデスクストス殿は怯んでおられるようです」

「そっ、そうなんですのね！　やりましたわ。これでお姉様の仇をとれましたわ」

セシリアの専属メイドが何やら囁いているが、もうめんどうになってきた。

ボクはリベラに視線を送る。

「チリス侯爵家のセシリア・コーマン・チリス様とお見受けしますが？」

リベラはボクに代わって相手の名前を尋ねる。

「ふぇ？　そっ、そうですわ！」

「ここは学園ですので、礼儀は最低限のものにさせていただいてよろしいでしょうか？」

「かっ、構いませんわ」

「それでは失礼します。ここは学園で、リューク様は上級生です。まずは挨拶をしなさい。そして、あなたは王権派なのでしょ？　貴族派筆頭であるデスクストス家のリューク様に宣戦布告をして、戦争を仕掛けるおつもりですか？」

少し物騒な言い回しだが、この場には様々な派閥の者達が見物しているのだ。

ボク自身はめんどうだと思っているけど、思惑が絡みあっている以上。

黙っているわけにもいかない。

「ふぇ！　せっ、戦争？　そっ、そんなこと考えていませんわ！」

うん。そうだと思ったよ。

見た目と同じくおつむも成長していないように感じるからね。

「でしたら、エリーナ様にご迷惑がかかるとお考えください。慕うのであれば、相手に不利益になることはしてはいけません」

最後の方はリベラも口調を和らげて諭すように言ってあげていた。

今にも泣き出しそうな顔をされるのはズルいよね。

「わっ、私は、エリーナお姉様のことを思って、失礼しますわ！　うわ～」

あっ、最後は泣いた。そしてコケた。

「失礼します……ポッ」

連れのメイドが無表情のまま、ボクを見つめて赤くなって立ち去って行った。

リベラは、ばつが悪そうに息を吐く。

ボクに代わって悪者を演じてくれたのでありがたい。

「お疲れ、リベラ。ありがとう」

「あっ、いえ。リューク様のためであれば」

リベラ以外の子は平民なので、こういう貴族同士で話をするときはリベラが居てくれると助かるね。

◇

学園が始まるまでには少しだけ時間があり、ボクはバルと共に学園の敷地でモーニングルーティンを行うことにした。

側には専属メイドとして、学園にやってきたクウが控えている。

朝から付き合わなくてもいいと言ったのだが、問題ないというのでそれ以上いうことを止めた。

兎耳美少女メイドに見つめられながら、バルといつもの体術から魔法への連携を駆使した戦いをする。

最近は、身体をバルに預けっぱなしにするのではなく、ボク自身でも魔法を発動しながら体術を使うようにしている。

闘気を使うためにはその方が都合がいいからだ。

レアメタルバルを圧倒するのも苦ではなくなってきた。

「リューク!」

早朝にしてはやけにデカい声で、ボクを呼ぶのはダンだ。

休み前に見たときよりも身体が大きくなり、纏う闘気の量も増えている。

「ダンか、なんだ?」

「俺と手合わせしてほしい」

真剣な瞳で木刀を持っているダン、正直めんどうでしかない。

前回、一年次の時に同じような状況で勝負を挑まれた。

剣帝アーサーに指導を受けたダンは闘気を習得していた。

その際に模擬戦をしてやったのは、ボクが闘気を習得するために必要だったからだ。

今回はやるためのメリットが何もない。

前よりも、確かにダンは強くなっている。

だが、戦ったところで得る物がなければやる意味も無い。

「大罪魔法」

「！」

ダンの口から出た単語にボクは反応を示す。

どうしてダンが大罪魔法を知っているのか、ボクは誰にも話していない。

「やっぱり、リュークが関係しているんだな」

「何のことだ？」

こちらの反応を見て、確信を持ったようだ。

ダンにしては珍しく頭を使っている。

「もしも、俺が勝ったら大罪魔法について教えてほしい」

「負けたら？」

「負けたら、二度と大罪魔法についてリュークには聞かない」

「それだけじゃ足りないな。誰からその言葉を聞いたのか教えてもらう」

駆け引きをしてこられたことを面白いと思い、ボクは応じることにした。

「わかった」

「いいだろう。一回だけだ。それも、魔法無しで相手をしてやる」

「それでも俺が不利ってことか？」

「さぁな。お前の努力など知らん」

ボクはバルにも手を出さないように指示を出す。

「これで互いに対等だ」

互いに闘気を纏う。

大罪魔法を口にした以上、どこから仕入れた情報なのか吐かせる必要がある。

本来であれば、立身出世パートで、仲間と成長したダンがデスクストス家の異常な強さに迫ることで大罪魔法を知ることになる。

だが、このタイミングでダンが知ったことに、意味があるのか聞かなければならない。

前回のように不意打ちで眠らせることも、魔法で吹き飛ばすこともできない。

肉体をバルに預けてもいいが、加減が難しい。

相手に情報を聞く必要がある場合の戦いはめんどうだな。

「いくぞ」

「どこからでも来るがいい」

ボクは動くのがめんどうなので、ダンに攻めさせることを選んだ。

剣筋は一年前よりも鋭くなり、闘気を纏った一撃は受ければ痛そうだ。

ただ、直線的で真っ直ぐな剣は、前回と変わっていないので読みやすい。

「ぐっ！」

ダンの木刀が空を切った。

ガラ空きになった足元を崩したが、すぐに立ち上がる。

動きを見て、未だに覚醒前なのを確信した。

ダンには二段階の覚醒が待っている。

一つは、武器による覚醒だ。

ダン専用の武器が、この世界には存在する。

学園のあるイベントで手に入れることになるのだが、それが二年次に起きる。

さらに、もう一つの覚醒は、ヒロインと結ばれた学園編の後だ。

現時点のダンは、覚醒前のひよこであり、大罪魔法に加えて、バルとの訓練で強化したボクには到底及ばない。

大罪魔法を知っていたので、覚醒が起きたのではないかと思ったがそうではないようだ。

やはり色々とズレが起きている。

だが、今のダンのレベルでは大罪魔法を知るには、まだ早い。

「ガハっ！」

腹部に一撃。

痛みで前屈みになった背中へ、カカトを落としてトドメを刺す。

「最後だ」

ボクは首を踏んで決着を口にした。

このまま踏み抜けば殺すこともたやすい。

だが、今後の王国を導く強さを持ってもらう必要がある。

あくまでダンが、この世界の主人公なんだ。

ボクを殺す道は否定するが、ダンが死んだ最悪の未来も起こさせるわけにはいかない。

「どっ、どうして、どうして勝てないんだよ！　俺は修行だってちゃんとした。勉強も、魔法も。今までよりもちゃんとやったんだ。それなのに全然近づけなくて、姫様にも負けて、俺は」

知らない間に、ダンの心は折れかけているのかもしれない。

真っ直ぐで素直が故に突き進んでいる道は、一本道だと信じていたはずだ。

それは壁にぶつかれば容易く進めなくなる。

ハア～、ボクはお人好しだと自分で思う。

闘気をもらい受けたときの礼をしていなかった。

「お前に足りないのは誰かを守りたいと思う心だ」

「えっ？」

ダンは、ヒロインを守りたいと思うことで強くなる。

ヒロインと結ばれることで本来の力を覚醒させる。

だが、今のダンはエリーナと同じで、自分のことばかりで他人を見ていない。

自分だけを鍛えても意味がないのに……。

誰かを思う心、誰かのために動くとき、より強い力を発揮できる。

「それ以上、ヒントはやらん。自分で考えろ」

「ヒント？　考える？」

「ダン、お前はまだまだ強くなれる。だが、今のやり方を続けていても強くはなれない」

「姫様と同じことを」

どうしてここでリンシャンが出てくる。

「姫様が言っていたんだ。大罪魔法を知った。領域を超えなければ動乱を生き残れないって、それは今までのやり方では無理だって」

結局、自分で蒔いた種だったか……。

リンシャンはカリギュラ・グフ・アクージを倒した光景を一番近くで見ていた。

その時に感じとったのだろう。

そして、自分なりに調べたか……。

「聞きたいことは聞いた。後は自分でどうにかするんだな」

ボクはそれ以上、ダンに語ることはないと告げて立ち去った。

クウにタオルと着替えを用意してもらってシャワーを浴びる。

貴族寮を取り仕切る現在の主はアイリス姉さんだ。

他の寮の者を招き入れても、ボクに物申す者はいないので気楽なものだ。

「なぁ、ダーリン。もうすぐ、学園が始まったら例のイベントが始まるやろ？　メンバーはここにいる皆でええんかな？」

アカリの言葉で、ボクは二年次に行われる強制イベントについて思いを馳せる。

めんどうだと考えて深々と息を吐いた。

「……ああ、チームは最大六人までだからな。ボク、アカリ、リベラ、ミリル、ルビー、クウで問題ないだろ」

「よっしゃ、それで申請しとくわ」

一年次ダンジョン探索に続いて、めんどうなイベントが始まるのだな。

◇

二年次の強制イベントは修学旅行だ。

アレシダス王立学園においての修学旅行の目的は、生徒たちの強化にある。

学園に入学した者達のレベルアップを率先して実行するため、王都から離れてより強力なダンジョンに挑戦する。

一年次であれば、森ダンジョンや地下ダンジョン、さらには草原などの魔物を倒すことで、レベルをある程度上昇させることを課題の一環としていた。

だが、二年次になるとレベルが極端に上がりにくくなり、得られる経験値も低級ダンジョンでは難しくなるため、遠方にある中級ダンジョンに赴いてレベルアップと、戦闘に関する実技講習が行われるのだ。

それは進学した者全員に課せられる二年次の強制イベントになる。

二年次では、一年次のときのような強制的なチーム構成は為されることなく、修学旅行に赴くにあたり自分たちでチームを組むことが出来るはずだった。

「却下する」

「なんでや！」

アカリが提出したチーム表が、シーラス先生によって却下された。

抗議の声を上げるアカリが、テーブルを叩いた。

「……今回の修学旅行では、宿に宿泊することになる。男女は別のチームを組むことになっていることは説明済みだろ？　零クラスは女子十二名、男子八名なんだ。それぞれ四人チームを組んでもらうことになる。それと従者は数に入れて提出しなくてもいい」

修学旅行のしおりという冊子には、チーム決めのルールや部屋割などが確かに書かれている。

ただ、貴族が多く在籍するアレシダス王立学園としての配慮から、必ずしも同じ部屋で寝る必要は無い。

向かう場所もわかっているので、個人的に宿をとっても問題はないはずなのだ。

昨年に代わって今年はシーラス先生が担任に任命された。

リサーチ先生が一年生の零クラス担任になったため、融通を利かせてくれないのか?

「だから言うてるやん。部屋は別々にするからチームはこれでええやん」

「それも却下する。チームに関しては、こちらで決めさせてもらう。一年次とは別のチームにするつもりだ」

二年次では、一年の時よりも自主性を取るためにチームも自由に決められるはずなのに、零クラスだけはチームを固定されるという。

「これは学園長先生の判断だ」

シーラス先生の独断かと思われた内容が、学園長の判断と言われてしまえば逆らうことは難しくなる。

「アカリ、もういい」

「ダーリン」

アカリは抗議を続けようとしたが、ボクの声で戻ってきた。

別に誰とチームを組んでも問題はない。

ただ、男子チームはタシテ君ともう一人、派閥の男子がいるので問題ないのだが、あと一人が決まっていない。王権派には五人いるので男子が一人余ってしまう。

「タシテ君」

「わかっております。すでに最高級のスイートルームを予約済みでございます」

そういうことを言いたいんじゃないけど、もう宿の予約してくれてありがとう。

「リューク・ヒュガロ・デスクストス、俺をチームに入れてくれないか？」

そう言ってきたのは、ダン自身だった。

ボクが答えるよりも前に、ヒロインたち四人が前を遮る。

「なんや、ダン。うちのダーリンにケンカ売っといて、仲間に入りたいって言うんか？」

「ダン、何を考えているにゃ？　一番ありえない人選にゃ」

「そうです。リューク様の気分を害するのはやめてください」

「ダン。ここまで空気が読めないとは思いませんでしたよ」

みんな止めてあげて、本来なら君たちダンの攻略ヒロインだから。

ボクを庇ってくれるのは嬉しいけど、ハァ～めんどうだな。

「タシテ君」

「はっ、お望みのままに」

何も言っていないけど、やっぱり君は優秀だね。

「ダン、リューク様が許可された。ただ、宿は勝手に探してくれ。我々は学園が用意した部屋には泊まらない」

さすがは優秀なタシテ君だよ。

キモデブガマガエルリューク時代からの手下気質だね。

リューク至上主義は助かるよ。

「ダーリン！　ええの？」

「いいのかにゃ？」

「大丈夫ですか？」

「お優しいのですから」

四人は心配そうにボクを見てくる。

「チームは強制されるが、修学旅行の間だけだ。それに現地では、またチームも変わるようだからな」

「まぁ、そやな。仕方ないか」

「リュークがいいならいいにゃ」

「リューク様は優しいです」

「仕方ありませんね」

うん。四人は完全にヒロイン候補から外れた気がするよ。

残るヒロインは三人、リンシャン、エリーナ、シーラスだ。

ふと、視線を感じてリンシャンを見れば、彼女もこちらを見ていた。

視線が合うと、すぐに顔を背けられてしまう。

やっぱり嫌われているんだろうな。

キスもしてしまったが、あれから進展もない。

いくら良妻賢母であろうとキスぐらいではさすがに落ちないか。

「ありがとう、リューク。それじゃあ修学旅行ではよろしく頼む」

そう言って離れて行ったダンを見送り、ボクは修学旅行のしおりに目を落とした。

迷宮都市ゴルゴンはゴードン侯爵が領地を管理する。

義母様の実家にあたり、強欲な人々の思惑が交錯する都市だ。

迷宮都市ゴルゴンには、巨大な塔がありダンジョンと化している。

建てられた当初は教会が管理する小さな塔だった。

いつの間にか、塔は勝手に成長を始め、現在は雲に届くまで高く成長していった。

それは塔がダンジョンへ進化を遂げたからだ。

ダンジョンは魔力と、人々の欲が集まった結晶であり、塔からは古代の人々が多くの魔法に関する道具などを集めた痕跡が見られたという。

いったいどれほど前に建てられ、ダンジョンと化したのか今ではわからない。

ただ、ダンジョンからは貴重な鉱物や宝物が多く発見されている。

塔は階を重ねる毎に魔物の強さも増していくので危険が高まり、ダンジョンとしてはレベルが変動する、貴重な変動型ダンジョンとして有名である。


一階〜十階までをレベル三ダンジョン。

十一階〜三十階までをレベル四ダンジョン。

三十一階〜五十階までをレベル五ダンジョン。

五十一階〜七十階までをレベル六ダンジョン。

七十一階〜九十階までをレベル七ダンジョン。

九十一階以上をレベル八ダンジョン。

それ以上は未知の領域とされていた。

何故なら、人が到達出来た最高地点が九十一階であり、それ以上に上って帰ってきた者はいない。

修学旅行と言っても、バスに乗って全員で移動するわけではない。

この世界には草原にも魔物が出現するため、学園としては集団をいくつかに分けて護衛をつける方が守りやすくなる。

騎士だけでは人手不足になってしまうため、冒険者たちにも連絡があり、ボクが乗る馬車にはA級冒険者として、御者兼護衛のシロップが仕事を受けた。

デスクストス公爵家の馬車ではなく、学園が用意した数名が乗ることが出来る大きな馬車だ。

ボクと一緒に乗っているのは……、専属メイドのクウ、ミリル、ルビー、アカリ・マイド、リベラ・グリコ。まぁここまでは問題ない。

だが、何故か、リンシャン・ソード・マーシャルまで乗り込んできた。

「私も、一年次ではチームだったのだ。問題はないだろ？」

捨てられた子犬のような瞳で見つめられてしまえば断りにくい。

マーシャル家の派閥に属した者たちが乗る馬車は、男ばかりで、確かにリンシャンは居心地がよくないかもしれない。

ボクは深々と溜息を吐いて承諾を口にした。

リンシャンはダンと婚約しているはずだ。

こっちに来るのは問題があるんじゃないかとも思うが、本人が希望するなら仕方ない。

タシテ君は、ボクが女子と過ごすのを邪魔するのは悪いと言って、貴族派の者たちが集まった馬車に乗っている。

「凄いな、まったく揺れを感じない」

リンシャンが感心したような声を出して、バルのクッション性を楽しんでいる。

上質なマットのような弾力と、少しだけ宙に浮くことで馬車の揺れを一切感じさせないバルは、優れた能力を発揮している。

壁や天井までバルが馬車内を包み込んでいるので、まったく揺れを感じない。

快適な馬車移動を実現している。

「これはあれやね。馬車の革命になるかもしれんわ。バルちゃんを研究でけへんやろか？」

アカリはバルの感触を確かめながら、馬車のクッションについて考え事を始めてしまう。

「リューク様、よろしければ枕に使われますか？」

そういってボクに膝を差し出すのはリベラだ。

昨年の学園剣帝杯でリンシャンに負けた後に慰めてから色々と尽くしてくれるようになった。

「う〜ん、じゃあ」

この中だとアカリが一番寝心地がいいが、今は研究で頭が一杯みたいだ。

リベラは少しほっそりとしているが、ミリルに比べれば肉付きが良い。

「ウオッホン」

リベラに膝枕をしてもらおうと頭を預けたところで、リンシャンが大きな咳払いをする。

「なんです？　リンシャン様」

ボクは気にすることなく目を閉じてリベラに頭を預けた。

女の子の太ももって柔らかくていいね。

リベラがリンシャンに問いかけるが、リンシャンは顔を背けてしまう。

「別に何もない」

前なら、学園でこんなことをするのは不純だと言って怒っていたが、意外に冷静に終わってしまった。

この馬車に乗ったのは監視のためかな？　まぁ気にしないけど……。

「そう言えば、リンシャン様は随分と魔法に熱心に為られたのですね」

魔法狂いであるリベラは、リンシャンの魔力量が増えていることに気付いているようだ。

それはボクも意外だった。

ダンは闘気が増えていた。

リンシャンも同じように闘気が増える練習をしていると思っていたのに、魔力量が増える練習をしたということは、闘気よりも魔法についての勉強をしたことになる。

「私は、強さを理解していなかったんだ。今は、魔力を高めて限界を超えるために訓練をしている」

ボクは意外な答えが返ってきたことに驚いてしまう。

ゲームに登場するリンシャンは、猪突猛進《ちょとつもうしん》な性格で、武術と剣技に生きているようなキャラだった。

魔法は使えるが、剣の方が得意で、戦い方も脳筋系だったはずだ。

それが、バランス良く魔法も鍛えれば確かに強くはなるがいったいどんな変化があったのか、ダンからリンシャンが大罪魔法について気付いたことは聞いている。

もしも、この修学旅行に向かう途中で話す機会があれば、どんなふうに理解したのか聞いてみようという思惑もあった。

実際、迷宮都市ゴルゴンまでは、一週間の道程が待ち受けているのだ。

整備されていない道を馬車で走るというのはそれだけで遅くなるのだが、そこに魔物の存在やら、馬の疲れ具合もあり、休息が絶対に必要になる。

「そうですか。剣だけでなく、魔法も極められるならお力になれると思いますよ」

リベラはリベラなりに、リンシャンへの気づかいもあるのだろう。

何より、自分が大好きな魔法について語り合える友人が出来ることが単純に嬉しいだけかもしれない。

「それは助かるな。自分一人ではわからないこともたくさんあるんだ。リベラは魔法に関して一番知識を持っていると思うから色々教えてほしい」

「そっ、それなら少しぐらいなら」

「ありがとう」

素直なリンシャンからグイグイ来られたことで、リベラの方がタジタジになっているな。

ボクは女子たちの会話を邪魔することもないと判断して、《睡眠》魔法のタイマーを発動して眠りについた。

◇

零クラスの馬車は四つのグループに分かれている。

・ボクを乗せた六人の馬車
・タシテ君が乗っている貴族派で固まった四人。
・王権派のリンシャン配下にダンを加えた五人。
・エリーナの従者と残った女子で固まった五人。

合計二十名に対して、冒険者は各チームに一人だけだ。

シーラス先生と、もう一人の先生が引率として同行していた。

合計学園の生徒二十名＋教員が二名、それに貴族の従者と冒険者といった組み合わせだ。

三十名ほどの一団で行動を四つの馬車が連なっていた。

ボクらの馬車は最後尾を走っていて……、順番的には……。

エリーナグループ＋シーラス先生。

ダングループ。

タシテグループ＋引率の先生。

ボクのグループといった感じだ。

シーラス先生はエリーナと共に先頭の馬車に乗って案内も兼ねている。

引率の先生はタシテ君のところへ乗り込んだ。

数が少ないという理由だが、貴族派を監視するためなのだろう。

馬車同士は距離を保っているので、百メートルぐらいの一団となって走っていた。

馬たちにも休息がいるので、だいたい一日に進む距離は五十キロぐらいだ。

七日間で三百五十キロぐらいを馬車で進むことになる。

随分とのんびりとした旅ではあるが、王都から出るのがボクは初めてなので、気分的には異世界の風景を楽しんでいた。

森や山、草原などにも魔物が現れるので、ボクは相変わらず魔法の訓練を兼ねてオートスリープを発動している。

一年次の時は、半径三十メートル以内しか魔法の範囲を保てなかった。

今では、寝ていても半径五十メートルまで魔法を発動できるようになった。

タシテ君には魔物が近づいても眠らせていることは伝えているので、レベルを上げたければ倒して良いと伝えている。

「全然魔物が出ませんね」

「それはそうでしょ」

ミリルの疑問に対して、ボクの魔法を感じられるリベラは答えに気付いているようだ。

「リベラは出ない理由を知ってるの？」

「あなたはリューク様と一年次でチームを組んでいたでしょ？」

「えっ？　まさか」

「そのまさかよ」

「なぁ、何？　なんなん？　ウチ、ダーリンと違うチームやったから知らへんよ」

アカリに説明をするリベラの話を、ボクは聞き流して夜の休息に入った馬車から降りた。

バルのお陰で疲れることはないが、やはり退屈ではある。

「リューク」

名を呼んだのはリンシャンだった。

「君か……、どうした？」

「聞いておきたいことがある」

「なんだ？」

野営の準備が始まる中で、ボクはマジックポーチからテントを取り出して準備していく。

リンシャンはボクが用意する姿を何度か見たことがあるので驚いていない。

細かな準備はシロップとクウに任せて、リンシャンと話すためにテントから距離を取った。推しである彼女の質問を聞いてみたいと思ってしまう。

「お前は……、どうするつもりなんだ？」

「どうするとは？」

あまりにも漠然とした質問。

リンシャンらしくない物言いだったので、意味が理解できなかった。

「私は……、お前を支えたいと思い始めている」

ボクの思っていた質問とは明らかに違う。

リンシャンの告白？　良妻賢母が発動しかけている。

一年次のキスがキッカケになったか？　それともアクージのことか。

ボクはリンシャンを……、推しを助けたいと思っただけだった。

それが一番正統なルートと呼ばれるリンシャンルートを壊してしまったかもしれない。

ダンとリンシャン、二人の間に亀裂ができた。

だからリンシャンはボクの馬車に乗ったのか。

ここでもボクは種を蒔いてしまっていた。

「だからこそ、聞いておきたい。お前は王国をどうするつもりなんだ？　デスクストス公爵のように王位を狙うのか？　それとも王権派のように、今のまま王国を維持してダンジョンの脅威から人々を守るのか、聞かせてほしい」

彼女は真面目であり、正義の人だ。

なら、まだ間に合うなら、ここで……。

「ボクは大それたことは望まない。ただ、婚約者との穏やかな日々を望むだけだ」

それはウソ偽りのないボクから出た本心だ。

「……ふふ、それはいいいな」

リンシャンの笑顔に力はない。

何も望まない平和は、リンシャンの境遇からはあまりにも遠い話だ。

「それじゃ……、私は……」

背を向けるリンシャン。

「ただ、ボクがいくら平和で穏やかな暮らしをしたいと言っても、何故か、誰もそれを信じてくれないんだ」

「えっ？」

立ち止まって、こちらを見るリンシャン。

その姿に、ボクは少しだけ愚痴をこぼしてしまう。

「おかしいと思わないか？　そうだな。最初にボクが、のんびり暮らしたいと言ったのを信じなかったのは、専属メイドのシロップだ。いつか大きなことを為さる人だと疑わない。のんびりしたいだけだといっても信じてくれないんだ。だから、少しでも喜んでほしくて、ボクはいつの間にか《怠惰》なのに頑張ってしまっていた」

ハァ〜、これは誰にも言わないつもりだった。

言ったところで誰も理解してくれない悩みだ。

「次にグリコ師匠だ。幼かったボクにとって魔法を親切に教えてくれたかけがえのない人だ。カリンが加わり、リベラ、タシテ君が勝手に忠誠を誓ってきた。まぁ、ミリルやルビーに関して、最初は何故慕われているのかわからなかったけどね」

ボクは、リンシャンに何を伝えたいのか……。

「この間は、アカリが妾として押しかけてきたんだ。色々あって命を助けることになった。そしたら、今度は商人や教会までボクに期待するんだ。ハァ〜、ボクは静かに暮らしたいだけなんだけどね」

今まで誰がボクの愚痴をちゃんと聞いてくれただろう。

シロップは聞いてくれるけど、結局、信じてくれなかった。

カリンはボクの望みを叶えてくれるけど、どこか期待した目で見てきた。

リンシャンはどう言うだろうか？　他の人たちのように勘違いしていくのか……。

それでもボクに対して、期待した目を向けるのか……。

「……それは大変だな」

そう言って優しい瞳をボクに向けた。

ああ、そうか。

ボクは、ただ大変だねと、共感してほしかっただけなのかもしれない。

「ああ、大変なんだ。だから、めんどう事が一つや二つ増えたところで……、ボクは、もう気にしない」

リンシャンの言葉で覚悟を決めることができた。

ボクは推しを、リンシャンが迷っているなら俺の大切な人にしたい。

転生前の俺と、リュークとしてボクの気持ちが一つになる。

リンシャンの瞳を見つめる。

「それは……。しかし」

「人生は一瞬だ。ボクは《怠惰》を守るために、自由に生きる。リンシャン、お前も好きにすればいい」

もう伝えたいことは全て伝えた。

これ以上の道は、リンシャン自身で選ぶことだ。

「やはりお前は強いな。私が出会ってきた誰よりも……、強く、優しく、人を惹きつける。だからこそ、私は戸惑ってしまうよ。お前に惹かれて、私は私でいられるだろうか？　今までの全てを捨てる覚悟をしてもいいのか……」

それは問いかけなのか、ただ気持ちが漏れ出ただけなのか……。

ボクが言える言葉は一つしかない。

「好きにすればいい」

リンシャンはボクの言葉を聞いて、ただ胸の前で手をギュッと握って笑っただけだった。

第九話　迷宮都市ゴルゴン到着

あの会話以降、リンシャンから話しかけてくることはなかった。

ただ、彼女の良妻賢母としての能力は発揮されつつあった。

ボクがモーニングルーティンをしているとき、望むタイミングで飲み物やタオルがクウから差し出されるようになった。

その前にリンシャンがそっとクウへ近づく姿が見えている。

リンシャンはあれ以来ボクには何も言わない。

ただ、望むことを考えてくれていることが伝わってくる。

行動の端々で気遣いが見てとれる。

他のヒロインたちを押し退けて前に出ることはなく。

ヒッソリと寄り添うようにそこにいた。

他のヒロインたちが話をしているときも、会話には参加しているが、どこか距離を取り、壁の花のようで、それが彼女らしさなのだろう。

「皆さん。そろそろ到着しますよ」

シロップに声をかけられて外の景色に視線を向ける。

迷宮都市ゴルゴンの門が近づいていた。

門は豪華というよりも堅牢で、まるで囚人を逃さないために固く閉じられているように感じられる巨大な門が聳《そび》え立っていた。

七日間に及ぶ、長い旅も終わりが近づいている。

町が見える少し前から遥かに高みへ伸びる塔が見え始めていた。

マジックポーチのお陰でテントやトイレ、お風呂にも困ることがなかった。

洗濯はクリーン魔法のおかげでほとんど必要ない。

異世界の生活環境には疑問があったが、快適な旅路になった。

「凄いですね」

「どうしたん、ミリル？」

「私、マーシャル領から王都に出てくるとき、魔物に襲われたんです。そのときにお母さんとはぐれてしまって、商隊の人たちも数名犠牲になったんです。それなのにリューク様がいるだけで、一匹も魔物に遭遇することがありませんでした」

ミリルは苦い記憶を思い出しているのだろう。

悲痛な表情を一瞬だけ見せた。

すぐに表情を引き締めたが、それは彼女の強さを表していた。

「そやね。ダーリンは凄いことをしている。だけど、いつかダーリンがおらんでも、そうなれるような世界にしたい。ウチはそう思ってるんやで」

「アカリ？」

「ウチは、研究者や。色々な物を発明する。その中には人を守る物もたくさんある。まだまだ兵器みたいな物ばっかりやけど。いつかは魔物の脅威から人を守れるダーリンみたいなことが出来る物を作りたいって思ってるんや」

人にはそれぞれ夢がある。

ミリルが医療で人を助けたいと思うように、アカリにはアカリの夢がある。

「奇遇ね。私も魔法で人々を助けられるように研究しているところよ。アカリには負けられないわね」

「ウチだって、負けへんよ」

それはリベラも同じで……。

「ニャハハ、二人には期待してるにゃ。私はそれまで魔物をいっぱい倒して人を守るのにゃ」

ルビーも出来ることをしようとしていた。

彼女たちは彼女たちの夢を追いかけながら、今を生きている。

それはボクに頼ることなく、自分の道を歩いていると言えるだろう。

「それにしても迷宮都市ゴルゴンってデカいんやね。王都よりも大きいんちゃう？」

「そうかもしれないな。塔のダンジョンだけでも、学園ぐらいの大きさがあると聞いたことがあるぞ」

アカリの質問にリンシャンが答えて、彼女たちの関係性も七日間で随分と距離が近づいたように感じる。

「リューク様は、王都を出られるのは初めてだと思いますが、この旅はいかがでしたか？」

リベラの問いかけによって、ボクにみんなの視線が集まってしまう。

「そうだね。案外、楽しかったよ」

カリンが居てくれたらもっと楽しかったと思う。

やっぱり、カリンの食事が食べられないことが一番辛いかな。

「皆さん、門を通ります」

シロップの声によって迷宮都市ゴルゴンに入ったことを知らされた。

巨大な門は、人を守るための物なのか、それともダンジョンから溢れた魔物の行進を止めるための物なのか、最強のお姉様が鎮座して待ち構えているように思える。

ゴードン侯爵家だからこそ、魔物の脅威から町を守り続けられていた。

マーシャル公爵家が騎士の家系とするならば、ゴードン侯爵家は強欲な家系と呼ばれていた。富も、地位も、名誉も、力すらも欲する強欲の化身。

それこそがゴードン侯爵家の血筋であると……。

「凄いにゃ」

「ホンマやね。ウチも来るのは初めてやけど。絶対来たい都市やと思っとったから嬉しいわ」

町は様々な鉱物で造られた家々が並び、迷宮都市ゴルゴンの別名である《職人の町》が、そこには広がっていた。

多くの鉱物が採れる塔のダンジョン。

その鉱物を求めて集まるのは冒険者だけじゃない。

商人や職人など様々な人々が集まり町をつくっているのだ。

そして、ゴードン侯爵は彼らから税を取ってはいない。

求めるのは彼らの作品や、貴重な鉱石、レアアイテムたち、強欲の家系に恥じない求めに人々は惹きつけられた。

「凄いですね。ここにしかない魔導具もあるのでしょうね」

「商売人の血が騒ぐわ！」

「あの武器は何にゃ？」

「うわ〜、キラキラしたガラスが色んな色に染まっています」

リベラは魔導具。

アカリは発明品や商売の市場調査。

ルビーは手頃な武器。

ミリルはステンドグラス。

それぞれの興味が惹かれる物に視線を向けている。

「シロップ」

「はい」

「到着したら、冒険者たちはどうするんだ？」

「今回は引率の依頼ですので帰りません。滞在します。ダンジョンに入る際も護衛を務める者もいるそうです」

「そうか、なら、仕事を頼まれてほしい」

「もちろんです」

ボクは冒険者としてシロップが参加してくれたので一つ仕事を頼むことにした。

「なら、精霊族を捜してほしい」

「精霊族をですか？」

「ああ、ドワーフと呼ばれる鍛冶職を得意としている者だ。男性でも、女性でも、どちらでもいい。ボクの下へ来てくれる奴がいないか探ってくれ」

「かしこまりました」

ボクが修学旅行などというめんどうな強制イベントに参加したのも、楽しみにしていたのもドワーフに会えるかもしれないと思ったからだ。

彼らは亜人族の中でも気難しく、王都を嫌って住んでいない。

だが、今の教会なら王都に彼らを連れて行っても問題なく働けるはずだ。

彼らをボクの配下にできたなら、好きな時に好きな物をボクの怠惰のために作ってもらえる。

それは二年後の立身出世パートになったとき、楽に生き残る道が探しやすくなる。

◇

零クラスが到着してから、三日後。

アレシダス王立学園二年次の生徒が迷宮都市ゴルゴンに到着した知らせを受けた。

先に到着した零クラスには自由行動が与えられていたが、ボクはシロップにお願いしていた仕事の報告を待っていたこともあり外出は控えて、のんびりと過ごしていた。

ヒロインたちは買い物へ出向いて、色々と街の中を見てきたようだ。

ボクは夕食を共にすることで、彼女たちが話すことを聞いていた。

そんな三日間が過ぎ去り、ボクも例外なく集合したのには理由がある。

「領主様のおな〜り〜」

迷宮都市ゴルゴンの衛兵が声を上げれば豪華絢爛な一団が、列を成して現れた。

見目麗しき男女が歌って踊り、楽器を奏でる。

パレードのような華やかな行進の後ろから、屈強な男たちによって担がれた御輿に乗って現れた。

二メートルを超える身長に筋肉質な身体を持ちながらも、豪華な装飾品を身に纏い、女人が好むユッタリとしたドレスを着た厚化粧の《《オジサン》》が学生たちの前に姿を現す。

「あら〜、若い燕たちがこんなにたくさん。うふ、誰から食べちゃおうかしら?」

相変わらずの威圧は、学生たちを沈黙させるのに十分な力を含んでいる。

威圧に当てられた者たちは立っていることすらままならない。

立っていられたのは零クラスの数名だけ……。

「ふふ、リュークちゃん。あなたは相変わらず飄々としているのね」

ゆっくりと御輿から降りてきたお姉様が、ボクを見つけて近づいてくる。

近づかれると分かるのだが、相変わらずキツい香水の臭いが辺りに充満していく。

「お久しぶりです。お姉様」

ボクがお姉様と口にすると、生徒たちが驚いて顔を上げる。

「ふふ、そう呼んでくれるのはあなただけね。それに、面白い子たちが数名いるみたいね」

そう言って、お姉様が見た先で立っているのは四名だけだった。

エリーナ・シルディ・パーク・アレシダス。

リンシャン・ソード・マーシャル。

ルビー。

そして、ダンだ。

「あなた、お名前は？」

唯一の男子として立っていたダンへお姉様が近づいていく。

お姉様を直視したダンは息を吞み、言葉を詰まらせる。

まだ、ダンのレベルではお姉様の威圧に対して立っているのがやっとなのだろう。

なんとか抗ってはいるが限界が近い。

お姉様が手を伸ばそうとして、別の手で払われる。

「ゴードン卿、そろそろ」

そう言ってダンを庇ったのはシーラス先生だった。

「ふふ、シーラス女史は相変わらずお美しいわね。羨ましい」

「あなたもいい歳なのです、若い子をイジメて遊ぶのはやめなさい」

「あら、女性に年齢のことを言うなんて、失礼ね」

お姉様はシーラス先生と楽しそうに会話をして距離を取った。

「さて、ここにいるアレシダス王立学園の可愛い子ちゃんたちに私から挨拶をするわよ」

話をするために用意されたお立ち台に上がり、話を始めたお姉様はなぜかポージングを取りながら話している。

「この迷宮都市ゴルゴンは欲望渦巻く町よ。冒険と誘惑、王都では味わえないことや、目に出来ない物もたくさんあるわ。溺れてしまうのも自由。学園の生徒として節度を守るのも自由。全ては自分自身が選んだ道よ。自由にした責任は、自分自身で取りなさい」

きらびやかであり、治安が良くない迷宮都市ゴルゴン。

それは塔のダンジョンだけのせいではないだろう。

「ただ、そうね。私からあなたたちに一つだけ願うことがあるわ。出来れば、私の町で宝物を見つけて頂戴。それは凄い冒険でもいい。かけがえのない友人や恋人でもいい。金銀財宝でも、あなたたちがお宝だと思う物をみつけて頂戴。それが見つかる都市、それが迷宮都市ゴルゴンよ」

両手を広げたお姉様に、屈強な男たちがポーズを決めながら、お姉様を盛り上げる。

「さて、シーラス女史。私はここまでで十分かしら？」

「ええ。ありがとうございました。ゴードン侯爵様」

「ふふ、よくってよ。そうだ、リュークちゃん。一度うちにも遊びに来てね。リュークちゃんなら歓迎するわよ」

ボクはめんどうだと思いながらも、適当に返事をした。

「はい、お姉様。滞在中にお邪魔します」

「楽しみにしているわ。チュッ」

投げキッスを寸前で躱したボクは深々と頭を下げた。

「もう、つれないわね。そっちの可愛い子も遊びに来てくれても良いわよ」

そういってダンにはウィンクをして、お姉様は去って行った。

登場から色々と濃い人だが、最後まで威圧が凄かった。

「ハァ〜、何よあれ」

「さすがはゴードン侯爵だな。立っているのがやっとだ」

エリーナやリンシャンも、ダンと同様に立っているのがやっとだった。

どうやらお姉様の威圧に耐えられたのは、ボクとルビーの二人だけだったようだ。

「ルビーは偉いな」

「ニャハハ」

ボクはルビーの頭を撫でてやり、褒め称えた。

お姉様が去ったことで、気を抜いた二年次の生徒たちへ、先生たちが声をかけ始めた。

今後の方針を聞くために、先生たちのところへ集まり説明をしてもらう。

零クラスもシーラス先生の元へと集まっていく。

「改めて、無事に到着ご苦労だった。今後は迷宮都市ゴルゴンにて、三ヶ月間の修学旅行が始まる。それにあたり、ダンジョンへ挑戦するチームを零クラスだけは固定とさせてもらう。また、塔のダンジョンは学園にある森ダンジョンよりも危険度が高いと思われるため、五人で一組としてメンバーを組ませてもらう。まずは、リーダーとなる者を発表するから、呼ばれた者は返事をしてくれ。一班　リューク・ヒュガロ・デスクストス」

いきなり名を呼ばれて驚いてしまう。

今までは、一番に名前を呼ばれるのは、入学試験首席合格者のエリーナであることが当たり前だったからだ。

「リューク・ヒュガロ・デスクストス。返事を」

「はい」

「君にはリーダーを頼む」

「……めんどう」

「現在の二年次において、首席は君だ。これは教師陣で決めたことなので、了承してもらいたい」

学園長からの命令でチームは固定され、先生たちは成績によってチーム分けをしたようだ。

「わかりました」

ボク以外にリーダーに選ばれたのは、リベラとタシテ君、それに王権派の子だった。

「続いて、それぞれのリーダーと行動を共にする者を伝える。リューク・ヒュガロ・デスクストスと同じチームを組んでもらう者は……、エリーナ・シルディ・ボーク・アレシダス・リンシャン・

ソード・マーシャル、アンナ、ダン」

名前を呼び上げられた者達を聞いて、ボクは驚いてしまう。

学園の明確な意図として、ボクは仲良くしている者達から切り離される意思が感じられた。

「以上で班分けを終わる。それぞれリーダーの指示に従い、行動を開始してくれ。以上だ」

そう言ってシーラス先生は解散を口にした。

◇

リーダーに任命された者たちはチームメンバーと作戦を考えるために、強制招集が行われた。ボクらのチームに引率として、シーラス先生がホテルの部屋へついてきた。

学園側が用意してくれたホテルの一室で、チームミーティングという名の強制招集をかけられた。

シーラス先生がついてきたのは、リーダーをすることをめんどうだと考えているボクのことを監視するためだろう。

「それではリーダーのデスクストス君。始めてくれ」

テーブルを囲むように左右にリンシャン、ダン、エリーナ、アンナの四人がこちらを見上げている。ボクはバルに乗ったままプカプカと浮いていた。

「は～い。作戦を伝えます。みんなガンガンいこうぜ。以上」

「はっ？」

ボクが作戦名を伝えると、シーラス先生から不満そうな声が漏れる。

「だから、みんな強いから、ガンガン自由に進めばいいよってことです」

「そんなものが作戦な訳があるか！」

いやいや、むしろ、有名な作戦名ですけど……。

「先生、別にそれでもいいのではないですか？」

リンシャンがボクを庇うように意見を発する。

「マーシャル君、何を言っているんだ。デスクストス君が言っているのは作戦なんて呼べるものではない。チームとして行動している意味がないだろう」

「お言葉ですが、一年次の時とはチームメンバーが違うのです。みんな互いの力がわかっていません。ならば、危険が少ない低階層までの間、互いを知るために好きに動くのも一つの作戦だと考えます」

う〜ん、リンシャンが有能だ。

ボクが説明しなくても、リンシャンが説得してくれている。

「ふむ、確かにそうだな。デスクストス君がそこまで考えていたとは失礼した」

シーラス先生は、リンシャンに説得されて引き下がった。

「姫様、本当にリュークはそんなこと考えているのか？」

「さぁな、ただお互いに手の内がわからないまま協力しても上手くはいかないだろ」

ダンの質問に対して、リンシャンは適当な返答をした。

「それはそうね。私も自由に戦える方がやりやすいわね。リーダーとして統率が必要なら私がやってもいいわよ」

リンシャンの意見に賛同しながらも、自分を売り込むエリーナはしたたかだと思う。

「エリーナ様。ここはデスクストス様のお考えに従いましょう」

「アンナが言うなら良いわ。まずは、互いの力を知るところから始めましょう」

クラスメートであることは知っていたが、アンナさんが話す姿を初めて見た。

エリーナの専属従者ということだが、いつもエリーナの後ろに控えていて言葉を発しているところを見たことがない。

クールな印象だか、意外に話の分かる人なのかな？

「それではいつからダンジョンに入るんだ？」

「そうだね。明日の昼前でいいんじゃないかな？　三ヶ月の間にレベル上げをするのが目的だからね。急がず、のんびりやろう」

ボクはそれ以上話すことはないと言って、チームミーティングを解散させた。

時間にして三十分程度は話したんじゃないかな。

「リューク。今回は同じチームだ。色々と学ばせてもらう。まだお前に教えてもらったヒントはわからない。ただ、この修学旅行で答えを出せればいいと思っている」

ダンはいつでも真面目な奴だ。

これから訓練に向かうのか真っ先に部屋を出ていく。

「あなたなど必要ないことを証明して見せるわ」

エリーナは強気な態度で、捨て台詞を吐いてから部屋を出て行った。

アンナさんは無言で頭を下げて、エリーナに続いた。

「私も君の実力を見せてもらうつもりだ。明日は同行するので、そのつもりで」

シーラス先生が明日は同行するのか、ならオートスリープは使えないかな？

リンシャンが最後に立ち上がる。

「私も失礼する」

「さっきはありがとう」

ボクに代わって、シーラス先生を説得してくれたことに礼を伝える。

「別に、私もリュークと同じ考えだっただけだ」

背を向けたまま語るリンシャンは、顔を見せようとはしない。

「ただ、シーラス先生がいても、あの魔法を使うのか？」

「う～ん、別に魔法を使う必要はないと思っているんだけどね」

「魔法を使う必要がない？」

「ああ、まぁ明日になればわかると思うよ」

そう言ってボクも立ち上がる。

「お前には秘密が多すぎるな」

「秘密というわけじゃないさ。ボクの側に居れば見える景色だよ」

「……ふふ、私には難しそうだ」

リンシャンと、こんなにも穏やかな時間を過ごすことになるとは思わなかった。

出会いは最悪だったかもしれない。

だからこそ他のヒロインたちとは違う関係でいられるのだろう。

「さて、いつまでも二人でいると勘ぐられそうだ。行こうか」

「リューク」

彼女を気遣って部屋を出ようとしたが、リンシャンに呼び止められた。

「なんだい？」

「私は何があってもお前を信じる。あの日、お前がかけてくれた言葉は、私の中でずっと胸に留めている」

勘ぐられるというボクの言葉に対して、リンシャンからはあの日の返答を聞いた気がした。

リンシャンはボクに頼らず、孤高に立つことを選んだ。

とどまるとはそう言うことだ。踏み出さない。

ただ、その表情は覇気がなく、諦めが含まれているように感じた。

踏み出すための、キッカケが無いのだろう。

推しのヒロインを堕としてしまったのなら、最後まで面倒をみないのは、《《オレ》》の矜持が廃るよな。

「なら、《《オレ》》のところへ来いよ」

それはボクが発した言葉なのか、それともオレが発した言葉なのか……。

「なっ！」

一瞬で顔を朱に染めるリンシャン。

「ばっ、バカなことを言うな！　私がお前のところに行けるわけがないだろ。お前の家と、私の家は敵同士なんだ。それにお前には婚約者がいて、他にも可愛い女性たちがお前を支えているじゃないか。私なんてガサツで女らしくなくて、ダンだって、私を女として見ていない」

ボクはそっと、後ろに手を回して扉の鍵をかけた。

誰にも邪魔をさせないために……。

事故ではなく……。

故意であるために……。

「ボクは、リンシャンを女として見ている」

ゆっくりと近づくボクから遠ざかるように、リンシャンは下がって壁を背にした。

ボクは壁に手を突いて、顔を近づけて額を当てた。

リンシャンの熱が、触れ合った肌から伝わってくる。

「リンシャン」

「リューク」

潤んだ瞳でボクを見つめるリンシャン……。


――ドンドン。

「姫様いるか？　ちょっと確認したいことがあるんだが！」

大きなダンの声が部屋に響いた。

リンシャンは潤んだ瞳をそっと閉じて、ボクの腕から抜けていく。

「行かなければ」

「ああ」

「……また」

「明日」

ボクはそっと静かに窓からバルに乗って外へ出た。

◇

翌日、正午前に塔のダンジョンに入る広場に集まった。

続々と集まってくる、メンバーたち。

「これで全員集まったな」

最後に現れたダンを見てシーラス先生が号令を出す。

ダンがキョロキョロと視線を彷徨《さまよ》わせる。

どうやらボクを捜していたようだ。

リンシャンが、ダンの様子に気付いて空に浮かぶボクを指さした。

ダンは空を見上げてボクを見る。

「デスクストス君、ダンジョンに入るので号令を」

「え〜めんどう。適当で〜」

シーラス先生の言葉を流して、プカプカ浮いたまま塔ダンジョンに入っていく。

ボクの後にみんなが付き従う。

そんなもんだろうと脱力してダンジョン内へと入った。

塔のダンジョンは、中に入ると景色が一変する。

一階部分は、塔のままだが静けさと緊張感が増した。

二階にはゴツゴツとした岩場が広がる。

「とりあえず上がれるところまで自由で」

やる気ない号令と共に各々が戦い始めた。

ボクは《《透明な》》バルに乗ったまま、レアメタルバルを解き放った。

チームとは離れて、近づいてくる魔物を間引きしてもらう。

ダンは、ボクが戦わないことを不満に思う視線を向ける。

「ねぇ、なんだか魔物の出現が少なくない？」

「少ないな」

エリーナの言葉にシーラス先生も首を傾げていた。

リンシャンはボクのしていることに気づいているようだ。

意外だったのは、エリーナの従者であるアンナさんは動じていない。

リンシャンと同じように、ボクがしていることに気づいているなら、警戒が必要かもしれない。

上手くレアメタルバルが、魔物を間引いてくれているので、脅威になるほどの数は現れていない。

それは五階まで上っても同じだった。

「変ですね。さすがに何かあるかもしれません。皆さん、警戒してください」

塔のダンジョンは十階層毎にボス部屋からボスモンスターが出現する。

ボスモンスターは一度倒すと、次回から進入する階を十一階層から再チャレンジできるように登録してくれる。

一階層からやり直すことも出来るが、レベル上げを目的にしているなら低階層は時間のロスだ。

十階層から入ってきた方が効率が良い。

結局、シーラス先生が警戒するように言ったが、十階層まで難なく上ってきてしまった。

「なんだったのかしら？」

「さぁな、でもレベルは上がったぞ」

エリーナの疑問にダンが答えた。

現れた魔物を狩っている間にレベルは上昇したようだ。

「このままボスモンスターを倒します。シーラス先生、いいですね？」

「ええ。十階層のモンスターはホブゴブリンと数名の兵隊ゴブリンですから、皆さんなら問題ありません」

シーラス先生の許可が下りたので、ダンが扉を開いて全員でボス部屋に入っていく。

ボクはレアメタルバルを呼び戻して、《紫色》のクッションに乗ったまま中に入った。

もちろん、戦闘に参加するつもりはない。

「いくぞ！」

ダンの号令でエリーナとリンシャンが連携を取り始める。

前衛にダンとリンシャン。

後衛にエリーナと、アンナさん。

四人は、力を合わせてゴブリンを撃退していく。

ホブゴブリンを含めて十匹のゴブリン。

「フリーズ！」

エリーナの《氷》魔法で、ゴブリンたちが凍り付き、トドメをアンナさんが刺した。

さすがは、主人と従者だけあって、戦いの連携が上手い。

ホブゴブリンに対して、リンシャンが前衛で気を逸らしたところへ、ダンが一撃を加えて倒した。

どうやら四人でもボスを倒すことは問題ないようだ。

「よし！」

「お見事です」

シーラス先生から褒める声が上がり、十階層を攻略した達成感をダンたちは味わう。

「十一階層からは、レベルが変わります！　気を引き締めなさい！」

シーラス先生が号令をかけて、上がっていけば、砂が一面に広がる砂漠フロアだった。

現れたのは、サンドゴーレムと言われる砂で出来た魔物であり、剣で斬りつけても倒すことができない。

一体目は、エリーナの《氷》魔法によって全身を凍らせて、アンナさんが核となる魔石を破壊して倒した。四人は今までにないほど苦戦した。

「ふむ。彼らの実力ではここまでか」

独り言を呟くシーラス先生は何かに納得していた。

「なぁ、リューク。お前も戦ってくれよ。俺たちばかり戦っているじゃないか」

苦戦を強いられて、ダンだけでなく、エリーナやアンナさんも疲労した顔をしている。

リンシャンだけは、まだ余力がある顔をしていた。

それでも十一階層まで上がってきた疲労は見えた。

「疲れたのか?」

「ああ、ちょっとな」

「なら、今日はここまでにしよう。今、倒したサンドゴーレムでレベルもあがっただろ?」

「えっ? もう帰るのか?」

「十階層は突破したんだ。次も十一階層から挑戦できるようになった。経験値を得てレベル上げは十一階層からまたやればいい。違うか?」

リーダーであるリュークが言うなら従う他ない。

「……わかった。リーダーの言う通りにする」

ダンが了承を口にすると、ボクは早々に撤収を口にした。

「よし、なら今日の訓練は終了とする。おつかれ〜」

女性たちから文句を言われることはなかった。

帰り道で、ダンは攻略内容に疑問を感じたのか、シーラス先生へ声をかけた。

「先生！」

「はい。なんですか？」

「今日の攻略をどう思われましたか？」

「どう、とは？」

「なんだか気持ち悪さを感じていて、先生も違和感を感じておられた様子でしたので」

「ええ、そうですね。ですが、それを私の口から教えることは出来ません。気付いている子もいましたので。これはあなたにとっての課題になるかもしれませんね」

「えっ？　俺の課題？」

「はい。あなたは強くなりたいと言いました。ですが、周りが見えていないところがあります。いつかあなたがリーダーになって戦いをするとき、周りが見えていないのは致命的です」

ボクは何も聞かなかったことにして、その場を離れた。

◇

今日の攻略をするにあたって、一年次で使ったオートスリープは敵を眠らせて倒すことができるので効率的で良いと思っている。

ただ、一年次でリンシャンが言っていた。

戦闘の訓練にはならない。

もしも教師であるシーラス先生が見たら、きっとリンシャンと同じで説教してくるだろう。

だからこそ塔のダンジョンではオートスリープは使わない。

今回のボクはリンシャンの意見を採用することにした。

前回とはメンバーも違うのだ。

一年次の時は、ミリルが戦闘に慣れていなかった。

そのためレベル上げをした方がいいと思ったのも事実だ。

だが、二年次のメンバーは全員が戦闘が出来るメンバーが揃っている。

なら、ボクがすることは見守るだけだ。

「バル、行っておいで」

ボクはレアメタルバルに、辺りの捜索を命じた。

他の冒険をしている者たちの邪魔をしない程度に、間引きさせるためだ。

低階層では、バルが苦戦する相手はいない。

バルが魔物を倒すと、ボクに経験値が入ってくる。

ただ、独占するのではなく他の冒険者に配慮して、こちらのチームで対応出来る数は送り込んでもらうように調整する。

「ねぇ、なんだか魔物の出現が少なくない？」

「少ないな」

エリーナが異変に気付き、シーラス先生も反応している。

リンシャンはボクがしていることに気付いたようだ。

こちらへ視線を向けてきた。

意外だったのは、アンナさんもボクを見てきた。

クール美女の印象を受ける彼女は、何を考えているのか分からない。

エリーナの従者として教育を受けていたことは、タシテ君からの情報で知っている。

一年次の頃から、こちらの監視をしていたことも聞いている。

何かに気付いているようだが、エリーナに報告するような仕草を取らない。

ボス部屋の前まできて、ダンがチームメンバーを見る。

「このままボスモンスターを倒します。シーラス先生、いいですね？」

「ええ。十階層のモンスターはホブゴブリンと数名の兵隊ゴブリンですから、皆さんなら問題ありません」

この階に上がる前にレアメタルバルにはクッションに戻ってもらった。

そうして、一緒にボス部屋へと入った。

ボス部屋では、ダンとエリーナがそれぞれ指示を飛ばし合いながら連携を取っている。

やっぱりチームは四人がバランスがいい。

四人の連携を眺めていると、シーラス先生がボクの横にやってきた。

「これが君のやり方か？」

「何のことでしょうか？」

「魔法のことだ。私が分からないと思っていたのか？」

普段の教師としての顔ではなく。

それは一人の魔導士としてシーラス先生が問いかけていることが理解できた。

さすがは、深淵を知る魔女だ。

誤魔化すことは出来ないだろう。

「何か問題がありましたか？」

「ない。ただ、意外だった」

「意外？」

「ああ、君はもっと無関心な人間なのかと思っていた」

「無関心ですか、間違ってはいないと思います」

「そうだろうか？　君の視線は、物語に出てくる登場人物や舞台俳優を見ているように楽しそうに見えるぞ。それは彼らの成長を見守る、私たち教師に近いようにすら感じるほどだ」

なるほど、確かに表現されてしまうとそうなのかもしれない。

自分の好きなキャラたちが活躍しているのを見ていて楽しい。

そう感じていたのかもしれない。

「私は自分の目が曇っていたことを恥じるばかりだ。君はリーダーに向いている。広い視野とサポートできる魔法の技術を持ち、彼らに危険が及ばないように最善を尽くしている。私個人としては、君の魔法にずっと興味があった」

レアメタルバルに触れるシーラス先生。

それを止めることはなかった。

「一年次にマーシャル君対ルビー君のランキング戦を行った後に、君がマーシャル君に使った魔法だ。眠るマーシャル君を浮かべて運んだ。無属性によって人を浮かせる魔法の完成形がこれなんだな」

どうやら一年前から、シーラス先生には目をつけられていたようだ。

「森ダンジョンのボスが出現したとき、レアメタルを君が持ち去ったことは知っている。何度か呼び出したが、君は呼び出しに応じなかった。その答えを今、見せてもらった」

てっきり怒られるのかと思っていたが、シーラス先生は納得しただけだった。

「君はもっと自分勝手で、無茶をやるタイプだと思っていたんだ。だが、君の魔力を観察して、君の行動を見て、私は確信した。彼らを任せても安心だと」

「買い被り過ぎでは？　ボクは彼を助けるつもりはないですよ」

「彼か、君にとっては相手にもならんだろう？」

シーラス先生の視線がダンへと注がれる。

どのような感情なのかは読み解くことはできなかった。

「彼のことはいいさ。ただ、彼女たちのことは守ってくれるのだろう。それでいい。もしも、何かあれば、その時は今度こそ私の目が節穴だったのだろう。君の魔力をこれだけ観察させてもらって、間違うことはないと私自身が判断したんだ」

シーラス先生は、それ以上語ることはないと離れていく。

ボス戦も終わったようだ。

ボス部屋の後ろに通路が現れて、魔法陣が二つ出現する。

一つは上に上がる魔法陣。

もう一つはダンジョンから出る魔法陣。

ここがゲームの世界じゃなかったら、疑問に思うところだ。

そういう設定なのだから理解出来てしまう。

十一階層からは砂漠ダンジョンが広がっている。

サンドゴーレムが徘徊している。

ゴーレムはスライムと同じく眠ることのない魔物だ。

スリープの効果がない。

レアメタルバルによって魔石を破壊することでしか倒すことができない。

ダンを中心にした四人が苦戦している。

「助けないのか？」

シーラス先生の問いにボクは首を横に振る。

「これは訓練なのでしょ？　なら、苦難を乗り越えることも、訓練だと教えてくれた人がいるんですよ」

一瞬だけ、必死に戦うリンシャンに視線を向ける。

「そうか、君は本当に他人を見ているのだな。一年前の君なら問答無用で破壊していただろう」

「どういう意味ですか？」

今日はシーラス先生がよく話しかけてくる。

「通人至上主義」

ブフ家の一件をシーラス先生が知ることはないはずだ。

「教会が取り下げた教えは、精霊族である私にも少なからず影響があった。君は認めないだろうが、私は君に感謝しているんだ。これでもね」

「何のことかわかりませんね」

「君ならそう言うだろうな。だが、君が思うよりも、君は世界から注目を集めているぞ。特に亜人たちからな」

裏や表などと、色々とめんどうな話だ。

「ふむ。彼らの実力ではここまでか」

シーラス先生の言葉通り。

サンドゴーレムを倒すことはできたが、疲弊しているダンたちの姿が目に映る。

リンシャンだけが唯一体力を残しているが、限界は近いようだ。

ボクは帰還を口にして、この日のダンジョン攻略を終了した。

ダンジョンから出る際に、ダンがシーラス先生に話を聞きに行っていた。

シーラス先生は何を語るのか？　気にはなるがどうでもいい。

ボクの元にはアンナさんがやってきた。

「少しよろしいでしょうか？」

「なに？」

レアメタルバルに気づいていたアンナさんに多少の警戒心を持ってしまう。

アンナさんが、視線を向けた先にはエリーナが不満そうな顔でこちらを見ている。

「主が一緒にお茶をしたいと申しております。お付き合いいただければ幸いです」

「アンナさんは一緒に飲んでくれるの？」

エリーナよりも、遥かに興味がある。

「!!」

何故か、物凄く驚いた顔をされた。

「……ご所望であれば」

「じゃ、所望で」

「かしこまりました」

ボクはアンナさんにうながされて、エリーナとお茶をすることになった。

リンシャンの姿を捜したが、いつの間にか姿を消していた。

◇

ボクはエリーナが泊まっているホテルのラウンジにきた。

エリーナとボクの間にアンナさんが座って同じお茶を飲み始めた。

「どうしてアンナも一緒なの？」

「ボクがお願いしたからだよ」

「はい。私も同席することで応じていただきました」

アンナさんのことを知るのが、今回の目的だ。

「同じクラスメートだけど、アンナさんのことは知らないからね。王女様の従者ってことぐらいしか知らないだろ？」

「私のことで良ければいくらでもお話しします」

「ちょっと待ちなさい。アンナとお茶をしたいなら、私は要らないじゃない？」

「う〜ん」

エリーナの質問に、ボクはなんと答えればいいのか困ってしまう。

実際に、エリーナに興味はない。

今回の目的はアンナだ。

「痛っ！」

「エリーナ様」

「何よ！」

エリーナが叫ぶと、二人はボクに背中を向けた。

しばらく二人でコソコソとしたやりとりを始めた。

話し合いを終えたのか、二人が元通りに座り直した。

「リューク様とお呼びしてもよろしいですか？」

「うん。いいよ」

「それでは私のことはアンナと呼んでください」

「了解。アンナ」

「!!」

ボクが答えるとアンナが顔を朱に染めた。

「私のこともエリーナで結構よ」

「そっか、ボクもリュークでいいよ」

対抗してエリーナも名前を呼ぶようにいうが、肯定しても不満そうだ。

そんなボクの視界にシロップの姿が映った。

「あっ、ちょっとごめんね」

ボクはシロップに近づいていく。

「どうしたんだ？」

「リューク様から頼まれておりました人物を見つけました」

「そうか、すぐに向かいたい」

「はい。ですが、場所がスラム街なのです」

「なるほどね。う～ん、すぐには解決は難しそうだね」

「はい」

「わかった。しばらくはダンジョン攻略には参加しなくてもいいように言ってくるよ」

「かしこまりました」

ボクはシロップの元を離れて、エリーナたちの元へと戻った。

「ごめんね。ちょっと用事ができたから、失礼するよ。お茶、美味しかった。ありがとう。それとエリーナ」

「なっ、何ですの？」

名前で呼ぶと驚いた顔をされる。

「今日の戦いでの指示は良かったと思う。君は人を統率するのが上手いんだな」

豚もおだてりゃ木に登るというが、エリーナもおだてれば使えるだろう。

「それで、明日はリーダーを君に任せたいんだけど、いいかな？」

「えっ？　どういうことですの？」

「うん。ちょっと用事が今日で終わるのかわからなくてね。君にならリーダーを任せられると思うんだ。明日は、ボクもシーラス先生もいないから、一階からもう一度やり直してみてくれないかな？」

ボクの言葉にエリーナは満更でもない顔をする。

チョロいな。

やっぱり、この世界のヒロインたちはチョロいんだ。

「よくってよ。あなたがいなくても、今日も問題ありませんでしたから」

「そうか。よかった。エリーナに任せれば安心だね。それとアンナもすまないが、他の二人にも言っておいてくれないか」

「かしこまりました」

「二人ともありがとう、よろしく頼むね。それじゃ、ここの支払いはしておくよ」

エリーナが承諾してくれたので、ボクは伝票を持ってラウンジを後にした。

エピローグ

迷宮都市ゴルゴンには華やかな街並みとは裏腹に、栄華に馴染めなくて転落した者たちや、他の都市で生きて行けなくなった者たちが流れ着いた場所がある。

彼らによってつくり出された巨大なスラム街が、迷宮都市ゴルゴンの一角に広がっていた。

上下水道が整備されていると言っても、人から獣のような臭いが立ち込める。

行き倒れた者は痩せ細ってミイラのように干からびている。

生きているのが不思議なほどだ。

ボクは聖人君子ではないため、全てを救えるなんて思っていない。

救う気もない。

それにここにいる者たちは、ある意味で何もしない存在として、己の人生を選択してここまで落ちてきたのだ。

最後は獣のように食事だけを探して、彷徨うだけの《怠惰》な生き物を救う必要などありはしない。

「本当にこんなところにいるのか？」

ボクの前を先導するシロップは全身をローブで隠した、冒険者スタイルでこちらを振り返る。

「はい。集めた情報によりますと、リューク様が求める鍛冶師はこちらにいると判明しました。ゴードン侯爵へ作品を差し出すことを拒否したため、店を失い、スラムに落ちたようです」

なるほど、ボクの求める人物は思った通りの人だということだ。

スラム街を奥へと進んでいくと、薄暗い雰囲気と共に怪しい奴らから、視線を感じる。

シロップが姿を隠しているのは、そういう輩除けということなのだろう。

ボクにもローブをかぶるように言っていたが、ボクは拒否させてもらった。

「こんなところで綺麗な格好してるってことは、襲ってくれってことだとわかってるんだろうな？」

乱杙歯と、頭の乱雑な生え際をした者が声をかけてきた。

ボクは触れるのも汚いような気がしたので、マジックポーチから棍棒を取り出して、バルに持たせて吹き飛ばした。

「テメェ！　やりやがったな！」

一人現れると、数人が群れになって集まってくる。

「バル、ボクの気持ちがわかるね」

「(^O^)／」

バルの返事を聞いて、ボクはシロップとしばらくの間、空へ避難することにした。

空から見える景色は、迷宮都市ゴルゴンを一望出来た。建物が乱雑に立てられている都市は、ボクにはゴチャゴチャとした都市に思えてしまう。

それはそれで調和が取れているのかもしれないが、ボクには歪で醜悪に見えた。

「あっ、あのリューク様？」

「何？」

「どうして尻尾をずっと触っておられるのですか？」

モジモジと恥ずかしそうにするシロップは可愛い。

「う〜ん、ちょっと欲求不満だから？」

「！　お慰めしますか？」

顔を赤くしてそっと近づいてくるシロップ。

「ごめんごめん。そっちじゃないんだ。なんて言うのかな？　イライラするっていうのかな？　ボクは《怠惰》だから怒るのも嫌なんだけど」

ボクはスラム街を見下ろす。

「ボクはね。自分以外の怠惰な人間が嫌いなようだ。それにキモデブガマガエルが凄く嫌いなんだ。そうなりたくないからね」

「どういうことですか？」

「下にいる彼らは、まるで潰れたカエルのようだってことだよ」

暴れるスラムの者たちは不潔な印象しか受けない。

もしかしたら、ボクの知らない病原菌を持っている者もいるかもしれない。

それは不快な印象しか感じない。

それだけでなく、苛立ちをボクに与えてくる。

シロップは困惑した顔をしていた。

ボクは《怠惰》は好きだ。

だけど、それを理由に弱者でいることを甘んじる者を嫌う。

「わからなくてもいいよ。ただ、醜い者たちを見るのが嫌なんだ。血筋かな？　アイリス姉さんと同じで、ボクも好きじゃないんだよ。彼らにはそんなことを気にする余裕もないのかもしれない。だけど、それすら彼らが選んだ道だ」

ボクは魔力を高めていく。

「見た目ってさ、雰囲気だけでイケメンをつくることができるんだ。清潔感は、毎日お風呂に入ったり、身なりを整えるだけでも出来るよね」

《怠惰》でいることを否定はしない。

「だけど、ボクには越えたくない一線があって、彼らはその一線を完全に越えてしまっているんだ」

子供であれば、手を差し伸べて成長の段階から改善してあげられる。

元々、清潔感を知識として持つ者であれば、環境を整えてあげれば理解できるかもしれない。

だけど、清潔さを学ばず、年齢を重ね、手を差し伸べる価値がない者まで救う気にはなれない。

「命は取らないけど、もしもボクの邪魔をするなら殺すよ」

「ひっ！　命だけは」

スラム街を包み込むボクの魔力を浴びて、潰れたカエルたちは悲鳴を上げる。

「ならば、手を出す相手は選ぶんだな」

ボクはスラム街全体に魔力を解放して、敵と判断した者を問答無用で全て眠らせる。

起きている奴らは、ボクへの敵意がない者として判断できる。

「さぁ、シロップ。案内してくれ。ボクが欲するものの元へ」

「はっ！　必ず、ご期待に応えて見せます」

地上では、ボクを邪魔する者は全て寝てしまった。

もう誰も、邪魔する者はいない。

「魔王しゃま?」

痩せ細り敵意のない幼い子供が疑問を口にする。

ボクはマジックポーチから、リンゴを取り出して差し出した。

「ああ、ボクは魔王かもね」

「魔王しゃま、キレイ！　ありがとう」

もしも、このスラム街に住む子供たちがいるなら、ボクの下に連れて帰ってもいい。

ただ、それはゴードン侯爵である、お姉様の許可が必要になる。

スラム街であっても、ここはお姉様の所有物であることに変わりはないのだから……。

「ここです」

シロップが案内してくれたのは、スラム街にしてはマシな家の造りをした建物だった。

「失礼！　こちらにメルロ殿がおられると聞いてきた。メルロ殿は居られるか？」

シロップが声をかけると、小さな身体をした女の子が現れる。

髪の毛はモッサリとして、分厚いメガネをかけていた。

酒の臭いを漂わせる汚い少女に、シロップは鼻を摘まんで距離を取る。

「キャハハハハ。なんだなんだ？　あんたは私に用事か？　用事があるなら酒を持ってこい！」

狂ったように酒を求める汚い少女が、シロップのローブを掴む。

「申し訳ありません。リューク様。私の捜索が間違っていました」

シロップが申し訳なさそうに謝罪を口にする。

「あぁ？　何が間違っているだって？」

「お前だ！　お前のような者に会いに来たわけじゃない！」

「ハァ～！　人の名前を呼んどいて、ただで帰れると思うなよ！」

完全に酔っ払いであり、イチャもんをつけてくる汚い少女。

「お前がメルロなんだな？」

「あぁ？　なんだお前！　私がメルロなら悪いって言うのか？　ヒャッ！」

勢いよくボクを睨んだと思ったら、今度を悲鳴を上げた。

「なっ！　なんで男がいるんだよ。そっ、それにそんなキレイな顔をしやがって！　男？　なんだよな。とっ、とにかく帰れ帰れ！」

何やらその辺にある物をぶん投げてくる筋力は凄まじいので、ドワーフに間違いないのだろう。

小柄で力持ち、成人している女性には全く見えない。

「なるほどな！　シロップ、君は間違っていないぞ」

ボクの口角は上がっていた。

「ヒッ！　あっ、悪魔！　キレイな悪魔！」

人の顔を見て悪魔と呼ぶのは失礼な奴だ。

「メルロ！　お前は今日からボクの下へ来てもらう」

「ヒッ！」

「スリープ！」

完全に人攫いの手口ではあるが、ボクは目的の人物を見つけ眠らせた。

名工メルロの名にゲームの立身出世パートで活躍する鍛冶師を思い出す。

◇

名工メルロは立身出世パートで、活躍する鍛冶師だ。

幼い見た目をしているが、三十歳を超えていると思う。

ドワーフの寿命は通人よりも長くて、二百年ほどの寿命があるといわれている。

つまりは、三十歳を超えて、通人の成人と同じ扱いを受ける。

そんなメルロの人生は全てを鍛冶仕事に捧げてきた。

生まれたときから両親の下で鍛冶仕事をして、それ以外のことを知らなかった。

そのせいで男への免疫が全く無くて、初めて両親の工房に弟子を取ったとき、男はメルロに惚れて求めた。

だが、男のことを知らなかったメルロは、強引に近づいてきた男に対して、恐怖しか感じなかった。そこでとった行動は、近づいた男を殴り倒した。

両親の下を離れ独立した今でも、それをトラウマにして、男性とは付き合えていない。

ましてや、鍛冶仕事をしていれば男性の冒険者や鍛冶師もたくさんいるので、近づく男は多くなる。その度にメルロは殴り倒す日々を過ごすことになる。

そんなメルロの人生が狂いだしたのは半年前だ。

鍛冶師として腕が一人前になり、自分の作品が発表できるようになった頃。

仲良くしている女性冒険者からオーダーメードの剣を頼まれた。

メルロ史上、最高の傑作ができた。

その最高傑作を友人である女性冒険者に渡す際に、ゴードン侯爵に見つかってしまった。

迷宮都市ゴルゴンでは、職人は税を納めなくてもいい。

だが、その代わりに最高の作品ができたとき、ゴードン侯爵が欲すれば差し出さなければならない。メルロはそれを拒否した。

親友である、女性冒険者へ渡した。

それが間違いの始まりだった。


ゴードン侯爵は、普段は寛容に職人たちの仕事を見守っている。

だが、唯一決められたルールを破った者には容赦がない。

メルロに関わった者は全て取り締られた。

商売はできなくなり、取引相手もいない。

最高傑作も、女性冒険者が返しにきて、今後の付き合いは無理だと突っぱねられた。

もしも素直に渡していれば、仲の良い鍛冶師たちも、女性冒険者にも、不幸が起こることはなかったのに……。


強欲のゴードン。

どこかで、メルロはゴードン侯爵のことを優しい甘い人間だと見くびっていた。

メルロに残された道は死だけだった。

だが、ゴードン侯爵はそれすら許さなかった。

呪いなのか、自分の意思では死ぬことができない身体へと作り替えられた。

鍛冶仕事をしても売る相手がいない。

売れなければ材料は買うことができない。

材料が手に入らないなら、鍛冶仕事もできない。

全てを奪われたメルロはスラム街へ流れて屍のように生きることしか許されなかった。

毎日、どこかのアホを殴って酒を奪う日々。

そこにボクがやってきた。


目覚めたメルロに事情を聞いて、ボクはメルロへ近づいていく。

メルロは布団を蹴飛ばして、ボクを殴るために拳を握った。

「ヤメレ！」

放たれた拳を掴んで、優しくベッドへ押し倒す。

「ボクの勝ちだ！　メルロ、ボクの鍛冶師になれ」

観念したように目を閉じるメルロ。

どうやら受け入れたようだ。

ボクはメルロの額にデコピンをする。

「イダッ！」

目を開けたメルロから距離を取るようにベッドを下りた。

「ふえ？」

「もう、男は大丈夫だろ？」

ボクが言葉をかければ、メルロは驚いた顔をしている。

「あっ、あれ？　恐くね？　ワダス、オドゴを見てるのに恐くねぇよ」

「お前が恐れていたのは、男じゃない。お前の力に対抗できなくて、簡単に泣いて逃げた弱い男だ。お前は昔から力が強くて、男を簡単に倒してしまう。そんな自分自身の力にトラウマを持っていたんだ」

メルロはボクの説明を聞いて、「男を倒してしまうのを恐れていた？　確かに、目の前にいる男はワダスより強いから安心だ」と言っていた。

「まぁ、本人はまったくそれに気付いていない設定だったからな。でっ？　どうだ？　まだボクが恐いか？」

「……ごわぐね。全然大丈夫だよ」

気持ちを落ち着けたメルロは、落ち着いた表情を見せる。

ドワーフらしい小柄な美少女だ。

しばらく風呂に入っていなかった様子で、獣臭がして髪はゴワゴワになっているから汚い。

「本当にこんな方法で治るんだな。攻撃を防いで押し倒すって、さすがは大人向けゲームの設定だ」

「あんたは強いんだな。ワダスより強い人に初めてあったよ」

「本当はもっといると思うが境遇が色々と邪魔していたんだろうな。さっきも言ったが、今日からボクの鍛冶師になってもらう。いいな?」

ボクの問いかけに、驚いた顔をした後に、メルロは覚悟を決めた顔をする。

「いいよ。ワダスはあんたの鍛冶師になる」

「よし、なら風呂に入れ。臭うぞ」

「!!」

少しデリカシーが無ことをいったが、メルロは自分の体を嗅いでいる。

「ちっと、一週間ほど風呂に入らなかっただけどよ。鍛冶仕事をしていれば当たり前だべ。だども……、人に必要とされるって嬉しいんだな。キレイにすっか……。強い男にもとめられたんだべな……。誰かの物になるって、嬉しいんだな」

何やら不穏なことを言い出したが、ボクとしては名工メルロの腕が、将来的に必要になるから鍛冶師の腕がいるだけだ。

◇

メルロやスラム街の人間を手に入れるために、ボクはお姉様に会うことにした。

将来的に、優秀な人材を集めていくことはボクの怠惰に必要なことだ。

スラム街には、体が不自由になったことで仕事ができなくなった職人がいる。

彼らを再生魔法を使って、治すことで使える職人をボクは手に入れておきたい。

「後は、ボクの仕事だ」

ボクはシロップが御者をする馬車へと乗り込んだ。

「本当に行かれるのですか？」

「ああ、これは将来のボクのためだからね」

メルロを手に入れるために少しだけ準備をした。

スラム街でメルロを拾ってから、すでに一週間が経とうとしている。

「くれぐれも自分の身をご自愛ください。リューク様に何かあれば、私は」

「わかっている。今回の局面では一番の難所になるだろうからね」

迷宮都市ゴルゴンには、山のように巨大でありながら、豪華絢爛な建物が一つだけ存在する。

塔がなければ、もっとも高い場所にある部屋に到るには、来客者を歓迎しているとは思えないほど長い、最上段も見えない階段を上がらなければならない。

ボクにはバルがいるので関係はないけどね。

「お待ちを、名をお願いします」

バルに乗って最上階に到着した。

ボクは門番をしているムキムキマッチョに止められる。

「リューク・ヒュガロ・デスクストスだ」

「はっ！」

口数の少ない門番が、他の者へボクの名を告げに奥へと進んでいく。

「こちらへ」

門番の代わりに現れた執事服を着たムキムキマッチョに連れられて中へと入っていく。

ここにはムキムキマッチョしかいないのかな？

メイド服を着たムキムキマッチョが掃除をしていた。

「リューク・ヒュガロ・デスクストス様のご来場」

「開門」

巨大な門を、ムキムキマッチョが五人で開いていく。

扉の先にはまた階段があり、最上段にはお姉様が豪華な椅子に腰を下ろしていた。

どこまでも人を見下ろすのが好きなお姉様だ。

「あら～、リュークちゃんじゃない。わざわざ会いにきてくれたのね」

「本日は、お会いいただきありがとうございます」

「いいのよぅ～、リュークちゃんと私の仲じゃない。それに、私の可愛い子猫を拾ったのでしょ？」

やはりお姉様にはお見通しのようだ。

スラム街で人材発掘をしていたことは知られていると思った方がいい。

「はっ、面白い人材を拾いました。本日は、お姉様に人材を発掘した際に貰い受ける許可を頂きたくてまいりました」

「ホホホホ、リュークちゃん。私の物を奪おうというのかしら？」

部屋全体に殺気と威圧が吹き荒れる。

本来のお姉様は、常に威圧を放っている。

それに殺気も上乗せされて、弱い者であれば、それだけで心臓が止まってしまう。

実際に、門を開いたムキムキマッチョたちが倒れていく。

「この都市に来た者は縦えスラムの者であろうと私の物よ。底辺がいるからこそ、そうなりたくないと思う人々は輝きを増していくの。あなたに分かるかしら？」

鋭い眼光が階段の上から見下ろしてくることで、更に強く感じてしまう。

ボクは、深々と息を吐いて浮かび上がる。

「近くに行ってもいいですか？」

「いいわよ。来れるならね」

それは今までの威圧とは異なる、金色の魔力が放流を始めて階段を包み込む。

正真正銘の大罪魔法の魔力《強欲》に他ならない。

ゴードン侯爵家のお家芸とでも言えばいいのか、ボクが進むことを拒否している。

「通りますね」

ボクは紫の魔力で自分の身を包み込んで、吹き荒れる《強欲》の魔力に身を投じる。

「あら？　ホホホ、テスタの坊やが使えるのは見たけれど、あなたもなのね」

最上段に上がると、足を組んだお姉様が座っている。

相変わらずキツイ臭いがお姉様からしてきて、辛い。

「本日は、お姉様にプレゼントをお持ちしました。《消臭》」

ボクはずっと思っていたことがある。

お姉様は臭い。香水をつけすぎて臭い。

《クリーン》の応用で編み出した。

《消臭》によって香水の香りを消臭してしまう。

「あら？　何をするのかしら？」

「お姉様は香水の使い方を間違っています」

今までの威圧など関係ないとばかりに、座っているお姉様の顔に近づいて匂いを嗅ぐ。

「女性の匂いを嗅ぐなんて、変態ね」

「お姉様自身は臭くありません。では、なぜそんなキツイ香水をつけているか？　女性らしい香りに包まれていたいからだと思います。ですが、使い方を間違えると臭いは不快です」

ボクは懐から小瓶を取り出して、お姉様に蓋をとって近づける。

「あら、柑橘系の良い香りね」

「はい。お姉様でしたら、柑橘系の爽やかな香りや、ミント系のスッキリする香り。あとはラベンダーの落ち着ける香りが良いと思いますよ。臭いがキツすぎて威圧を振りまいてしまっています」

三つの小瓶をお姉様の前に並べて、一つ一つをお姉様に近づけて匂いを嗅いでもらう。

「どれも悪くないわね」

「お姉様には、上品な香りの方が素敵だと思いますよ」

「上品で素敵、ホホホ、やるわね。リュークちゃん惚れてしまいそうだわ」

「こちらの品々は、お姉様への献上品です。調香はボクがした最高傑作です」

これは賭けだ。お姉様が気に入れば話がスムーズに進む。

何かしらのこだわりがあり、配慮が足りていなければ怒りを買ってしまう恐れすらある。

「リュークちゃん、あなた……」

お姉様が身を乗り出して、ボクへ近づいてくる。

「いいじゃない。ホホホ、実はね。アイリスちゃんに聞いていたのよ」

「アイリス姉さん？」

「ええ、私、アイリスちゃんと仲良しなの。あなたがお手製のマニキュアをプレゼントしたって聞いたときは、凄く自慢されたのよ。私も欲しいっておねだりしたんだけど、アイリスちゃんったら、絶対にくれないのよ。ズルいと思わない？　だけど、これで私もアイリスちゃんに自慢できる物ができたのね」

意外な繋がりに唖然とした表情をしてしまう。

そんなボクへ、お姉様が微笑む。

「最初から、あなたの申し出は受けようと思っていたのよ。だけど、あなたの力、資質、才覚を見せてほしかった。大罪魔法で見せた力。私へ対する態度に表れた覇道を歩む者の資質。香水という女性の心を掴む才覚。どれも合格点をあげるわ。この都市にあるもので、あなたがほしいと思う物があれば、私の許可など取りに来なくても持っていきなさい。その代わりに、あなたが歩む未来を見せて頂戴。きっとあなたなら私を楽しませてくれるのでしょ？」

お姉様が最後に見せた金色の瞳は、威圧などよりも遥かに恐ろしい何かを映しているように見えた。

幕間五　マーシャル家の二人

《Sideダン》

マーシャル家で過ごした日々は、俺にとって充実した日々だった。

同じレベルで競い合えるムーノの存在が特に大きかった。

剣帝アーサー師匠の教えを二人で受けることで、互いに競い合って鍛えることができた。

それは俺を更なる高みへと押し上げて強くしてくれる。

俺たちよりも強いガッツ様や師匠が、稽古を付けてくれたおかげで戦いの幅が広がり、新年に変わってからは、シーラス先生もやってきて魔法の訓練も行うことができた。

魔法は知識を増やすだけでなく、魔力を増大させる必要があり、厳しい修行の日々だった。

だけど、その甲斐あって俺は確実に強くなっている。

「くっ！」

地面に倒れるムーノ。

百戦目の戦いは俺が勝利を収めた。

「ふぅ〜、僕よりも強くなったか、悔しいよ」

剣と魔法を合わせた戦いなら、俺の方がムーノよりも強くなった。

「ガッツ様、お願いします！」

「こい！」

休みが始まったばかりの頃は、ガッツ様に圧倒されて何もできなかった。

だけど、今は……。

「くっ！　ふふ、やるじゃないか」

ガッツ様の足に一撃を入れることができた。

「だが、そこで油断したら同じだろ！」

攻撃が決まった瞬間にカウンターアタックを決められてしまう。

「うわっ！」

肩に剣を落とされて膝を折る。

「うむ。大分強くなったな」

「ありがとうございました」

ガッツ様は強い。

それでもアーサー師匠やマーシャル公爵様ほどの差は感じない。

「うむ。ダンも着実に強くなっておるな」

「当たり前だ。俺様が教えてるんだからな」

すっかり仲良くなったアーサー師匠とマーシャル様に見守られて稽古を続けている。

ただ、最近になって気になることが出来た。

いつもなら、俺と同じように剣を振るっていたもう一人が姿を見せなくなったことだ。

いや、稽古をしてないわけじゃないことはわかっている。

シーラス先生が来てからは、魔法の訓練を重点的にしているようだ。

だけど、どうして一緒にやらないのか、もうすぐ学園が始まる。

大丈夫なのか気になる。

「ガッツとダンが居てくれれば、マーシャル家は安泰だな」

マーシャル様の言葉に、俺はふと屋敷を見た。

姫様の部屋には明かりが点いている。

一度話してみよう。


そう決めた日の夜、俺は姫様の部屋を訪ねた。

——コンコン
「誰だ」

「ダンだ。姫様」

「……少し待て」

そう言って、しばらく待っていると姫様が動きやすい服に外套を羽織って現れた。

「どこかに行くのか？」

「こんな夜分に、部屋に入れるわけにいかないからな」

「そうか……」

昔は、そんなこと気にすることなく招き入れてくれたのに。

「うむ。少し付き合え」

姫様に言われるがままに、夜の屋敷を歩いて訓練場までやってきた。

「話があるのだろう？　どうしたんだ？」

その口調も、態度も今までと何も変わらない。

変わらないはずなのに、学園に入る前に比べて随分と二人の距離が遠くなったように感じるのは俺だけだろうか？

「どうして、最近は訓練に来ないんだ？　師匠も居るし、ムーノもいる。良い稽古が出来るはずだ」

「私は、私に出来ることをしているだけだ」

「それでいいのか？　それで強くなれるのか？　俺は確実に強くなっているぞ！」

もどかしい気持ちが勝っていた。

学園に入る前は共に強くなることを誓ったはずだった。

だけど、俺たちはリューク・ヒュガロ・デスクストスに敗北を味わわされた。

学園剣帝杯では互いに別の相手に負けた。

「ダン。お前は強さとはなんだと思う？」

「そんなの決まっているだろ！　折れない心だ。負けても、負けを認めないで、挑み続けることが出来ればいつかは勝てるはずだ」

俺の答えを聞いて姫様は顔を背けた。

「私もそう思っていた。だが、心だけでは勝てない相手がいることを知った。それを私は思い知らされた」

学園剣帝杯の敗北で心が折れちまったのか？　それなら……。

「剣を取れ、姫様。そんな弱った心。俺が叩き直してやる」

「そういう意味ではないんだがな。だが、いいだろう。身体を動かすのも一興か、こい」

姫様の構えを見れば剣を握っていなかったわけじゃないことが分かる。

いつ稽古をしているのか知らないが、毎日剣を持つ者の気迫を感じる。

「ハァァァァァァァ！」

俺は自らに身体強化をかけて、全力の一撃を繰り出した。

それはこの数ヶ月で俺が身につけた最強の一撃だった。

俺の一撃を姫様は……。

「なぜ避けない！」

一切動きを見せない。

姫様に到達した瞬間、俺の剣がすり抜けた。

「はっ？」

「陽炎」

噴き上がる炎の渦に俺は閉じ込められた。

「ウワァ～！」

「炎舞」

炎の渦によって吹き飛んだ俺が見たモノは、美しい炎と共に舞を披露する美しい姫様の姿だった。

「ダン、今の私とお前の差だ」

刃を潰された剣が、落下する俺の胸へ打ち込まれる。

凄まじい衝撃によって壁へと激突させられた。

ガッツ様と戦ったときよりも、明らかに離れた力量差を感じる。

なぜだ？　俺は強くなったはずだろ？

「お前は確かに肉体を強化して、魔法を使った戦いにも慣れている。直線的だった戦い方も改善され、搦め手にも対応できる魔法障壁も得た。それでも、超えなければいけない領域には達していない」

姫様は俺を見下ろして、見たことがないほど冷たい瞳を向けていた。

「超えなければいけない領域ってなんだよ！　どうして姫様は超えられたんだよ！」

「私は、一番近くで、あの戦いを見ていたからだ。そして、その魔力を目の前で感じてしまったからだろうな。大罪魔法」

「大罪魔法？　なんだよそれ？」

姫様は、俺から視線を逸らして背中を向けた。

「ダン、世の中には属性魔法を超える魔法が存在する。それに対抗するためには、今のやり方では決して対抗できない。私は自分なりの方法で先に行く。剣帝アーサー様も父上も領域を超えられた人たちだ。お前は、二人から何も感じないのか？」

なんだよ超えるって、二人がメチャクチャ強いことはわかるけど……。

領域なんてわからねぇよ。

「まだ二年ある。学園を卒業するまでに領域を超えなければ、お前は動乱を生き抜く事はできない」

「動乱？」

「そうだ。世界は動き始めている。私は井の中の蛙だった。今までのやり方ではダメなんだ。あいつに並ぶためには」

姫様はそれ以上語ることなく訓練場を後にした。

「なんなんだよ！」

俺は胸の痛みで立ち上がることができなかった。

姫様においていかれる。

心配したはずだったのに、俺の方が弱いなんて信じられるかよ。

「ウワァァァァ！」

俺はいつの間にか叫んでいた。

◇

《Ｓｉｄｅリンシャン・ソード・マーシャル》

この修学旅行に、私は覚悟を持って挑むことを決めていた。

それはマーシャル家のリンシャンとしてではなく、
一人の女性であるリンシャンとして、リュークの側で支えたいという思いで参加することにしたからだ。

すでにリュークの周りには素敵な女性たちが集まっている。

私など女として見てもらうことは不可能だろう。

ガサツで剣に生きてきたことで、鍛えられた身体は他の女性たちのように柔らかくはない。今更だな。迷宮都市ゴルゴンまでの道のりを向かうにあたり。

マーシャル家の者たち（男所帯）と向かうか、エリーナと、その従者たち（女所帯）と向かうのか、二つの選択肢があった。

だが、私は望まれていないことを分かっていて、リュークが乗る馬車へ乗せてもらうことを希望した。

最初は渋い顔をしていたリュークも、私がどうしてもダメかと問いかけると深々と息を吐いて受け入れてくれた。

リューク・ヒュガロ・デスクストスは、こういう人だとなんとなく理解できるようになってきた。

口調ではめんどうと言いながらも、優しく、決断力と信念を持って行動している。

私の申し出に対して困った顔をしたが、結局受け入れてくれた。

「リンシャン様はどうしてこちらに乗られたのですか？」

リュークから寝息が聞こえ始めると、リベラが質問をしてきた。

寝息を立て始めるとリュークは一定時間は起きないことを一年次の時に覚えている。

「それ、私も気になってました」

ミリルやアカリ、ルビーも近づいてきて、女子たちに囲まれる。

ルビーやミリルとは、一年次でチームを組んでいたので話をしたことがある。

リベラとは学園剣帝杯で戦って以来だ。

「そやな。ウチはあんまりリンシャン様と話したことはないから、どういうつもりか気になるわ」

「……まずは、その様をやめてくれないか？　私のことはリンシャンでいい。ミリルとルビーにも
そうしてもらっている」

「そうなん？」

「そうにゃ」

「一年次でチームを組んだときからです」

二人が同意してくれたので、リベラとアカリも納得してくれたようだ。

「なら、ウチはアカリでお願いします」

「私もリベラで構いません」

「二人ともありがとう。私は、自分の気持ちを確かめたくてな……」

「やっぱりですか！」

私の言葉にミリルとルビーは納得したように頷いている。

「なんや？　二人はわかるん？」

「そうですね。教えてください」

二人が納得している理由は私にもわからない。

「だって、一年次の段階で、リンシャンはリューク様を好きでしたからね」

「そうにゃ。ほの字だったにゃ。まぁ本人は自覚していなさそうだったけどにゃ」

二人からの言葉に顔が熱くなるのを感じる。

「なんやそういうことか。てっ、えっ！　リンシャン、ダーリンが好きなん？　それ大丈夫なん？　敵対関係やろ？」

「私も意外ですね。リューク様とは相容れないように見えていたので、いつ好きになったんですか？」

女子とは恋愛話が好きなものだ。

最近は恋愛話ばかりしているように思える。

「わっ、私はまだ好きかどうかわからないんだ。だから、それを確かめたくて修学旅行を共にしたいと考えて、こちらに乗せてもらったんだ」

私が早口で言葉を発すると、なぜか全員から生暖かい目で見られた。

「ふ〜ん、なんや取っつきにくい人や思てたけど、リンシャンも悪い人やないんやね」

「そうですね。戦い方も真っ直ぐでした。強さで言えば、リューク様に肩を並べられるのはリンシャンしかいないかもしれませんね」

アカリとリベラにも納得したと言われて、私はますます顔が熱くなるのを感じる。

「ハァ〜、リンシャンが気付かないようにしていたのに」

「ミリル、それはそもそも無理な話にゃ。好きになったら止められないものにゃ」

「それはそうだけど、ルビーちゃん。ちょっと大人過ぎだよ」

女性が集まれば姦しいというが、それは男所帯で育った私としては煩わしく感じていたものだったはずなのに、この場では嫌な気持ちにはならない不思議な空間だった。

そんな中で、寝息を立てるリュークの寝顔は……。

「あっ、リューク様の寝顔見てた」

「分かるにゃ。あれは国宝級なのにゃ。見たくなるものにゃ」

「そうやね。イケメン最高やね」

「今回は私が一番ノリさせてもらいましたからね。次は譲りますよ」

リベラが膝枕の権利を勝ちとったので、他の女子たちは悔しそうな顔をする。

恥ずかしくもあるが、そんな他愛ないやりとりなのに楽しく感じてしまう。

「リンシャン。あなたには立場があり、素直にリューク様を好きだと言えないでしょう。ただ、これだけは覚えておいてください。あなたが望めばリューク様は世界を敵に回しても、あなたの願いを叶えてくれると思いますよ」

この中では一番大人な雰囲気を持つリベラに諭すように言われるが、世界を敵にする覚悟が私にはまだない。

「そやね。ダーリンはめっちゃかっこええよ」

「そうですね。凄く優しくて人のために動ける方です」

「それに強いにゃ。私はこれまで出会ったなかで一番リュークが怖いのにゃ」

三者三様のリュークへの想いがあるのだろう。

私はアクージ戦で助けてもらった。

その後に、リュークがアクージを倒してくれたのだ。

リュークの控え室にいた私に、リュークはアクージよりもリンシャンの方が強いと声をかけてくれた。

胸の中で温かい何かが生まれてきて、最後にあの早朝で唇が重なったときのことを思い出す。

「うわ～めっちゃ女の顔してるで」

「リンシャン、その顔は女の私でも惚れてしまうかもです」

「綺麗ですよね。リンシャンって、やっぱり上位貴族のお嬢様です。ズルいです」

「ニャハハ、私は綺麗よりも可愛いから、そこでは勝負しにゃいにゃ」

四人から茶化されながら、私は初めて女性の中で楽しい時間を過ごすことが出来た。

幕間六　王女とメイド

《Sideエリーナ・シルディ・ボーク・アレシダス》

私は登校してくる生徒たちが見えるテラス席で、彼ら、彼女らを見下ろしながらお茶を楽しんでいた。

目の前には友人であるリンシャンが座って、一緒にお茶を飲んでいます。

「あなたのところの騎士はどうしているの？」

「騎士？　ああ、ダンのことか。彼は剣帝アーサー様の下で修行をしているよ」

「今年もデスクストスに挑戦するつもり？」

「……そうなんだろうな」

歯切れの悪いリンシャンの態度が気になります。

ただ、リンシャンのことよりも、今の私は心穏やかでいられることを喜んでいました。

リューク・ヒュガロ・デスクストスに婚約の申し出を断られたことで、王宮内では腫れ物に触るような態度をとられていました。

何故か王都に住む者は私がフラれたことを知っていて、憐れんだ目を向けてきました。

それらから逃れるために向かった秘境の温泉では、リューク・ヒュガロ・デスクストスと出会ってしまい、彼の言葉は私の中で怒りを与えました。

今でも考えていますが、何故怒りが湧いてくるのか理解できないことばかりで嫌になります。

「ねぇ、リンシャン」

「どうしたのだ？」

「あなたは人を好きになったことがあるのかしら？」

「ブッ！」

リンシャンが珍しく動揺した姿を見せました。

「なっ、なんだ急に、エリーナから恋愛話が出るなんて思わなかったぞ」

「そうね、ごめんなさい。リンシャンには恋愛なんて関係ないわよね。あの騎士と結婚するのでしょ？」

相手が決まっている者はいいわね。

「何があったのか知らないが。恋愛は、恋に落ちるものだ」

「はっ？」

リンシャンから発せられた言葉があまりにも意外過ぎて、私の方が動揺してしまいました。

「なっ、何を言っているのリンシャン？　あなたがそんなことというなんて」

「所詮は、私も人なのだろうな」

「どういう意味かしら？」

「私たち貴族には、義務と責任が存在している」

「そうね。平民の子たちのように好きに恋愛が出来るわけじゃないわ」

「そうだ、自由に恋愛をすることは難しいだろう。だが、突然誰かを好きになる。それこそ落ちるように、それを経験することは義務の中には含まれないということだ」

リンシャンから恋愛論を語られるなど思ってもいなかった。

ただただ、唖然としてしまう。

「……ねぇ、リンシャン。あなたは恋に落ちたのかしら？」

「それはまだわからない。ただ、いつの間にか奴のことばかり考えるようになっていたんだ。奴のために何かしてやりたい。そう思える相手はいる」

顔を赤くして語るリンシャンは、恋愛に疎い私でも恋をしているのだと理解できてしまう。

「そうねぇ、相手は誰なの？　騎士の子ではないのはわかるけど。あなたの周りって男性ばかりだからわからないわ。騎士も大勢いるでしょうし、剣帝アーサー様やムーノ兄様もお世話になっていたわよね。みんな男らしくて、将来有望でしょ」

リンシャンの周りには好きになれそうな男性が多い。

人格者や、優しい男性なども多いが、リンシャンなら強い男の人を好きだと言いそうだ。

側にいる男性たちは誰でも当てはまってしまう。

「エリーナは結婚したい相手などはいないのか？　まだ婚約者はいなかったと思うが、有力なのは我が兄か？」

リンシャンは、私がリューク・ヒュガロ・デスクストスにフラれたことを知らないのかしら？

元々情勢に疎い子だったけど、礼節や格式、武術だけでは世の中は生きていけない。

リンシャンは悪い子ではないけれど、得手不得手の差が有りすぎるわね。

「そうね。ガッツ様はとても魅力的だと思うわ。王権派としても心強いでしょうしね」

ただ、リンシャンと同じくガッツ様は政治に疎い。

テスタ・ヒュガロ・デスクストスを相手にしたとき、あまりにも弱く不安でしかない。

平和な世であれば、結婚しても良い相手だと思える。

でも、これから訪れるのは、きっと王族を王族とは思わない情勢がやってくる。

それはお父様の時代なのか、兄様の時代なのか、将来を見据えたとき、私が生きるための道はどうしても一つしかない。

「リンシャン、あなたからすれば敵で嫌いな相手でしょうけど。リューク・ヒュガロ・デスクストスのことをどう思うかしら？」

返ってくる答えはある程度予想できる。

きっと、リンシャンはデスクストス公爵家は敵だとか、リューク・ヒュガロ・デスクストスは人の気持ちを考えない最低な男だというのだろう。

私だってリンシャンと同じ気持ちだ。

デスクストス公爵家が居なければ、ここまで私が悩む必要はなかった。

リューク・ヒュガロ・デスクストスが、私を受け入れていれば簡単な話だった。

あんな奴は最低の男でしかない。

「リューク・ヒュガロ・デスクストス？」

「そうよ。あの男に私は年明けに婚約を申し込んだの。それなのにあっさりと断られてしまったのよ。ハァ〜本当に最低な気分だわ」

ついつい、自分で愚痴を溢してしまったわ。

「婚約を！　そうか、全然知らなかったな」

「そうでしょうね。リンシャンは政治や情勢を、もう少し勉強した方がいいと思うわ。あなたが好きになった人のためにも、政治や情報は武器になるから勉強しなさいよ」

「……ああ、エリーナの言うことは、もっともだな」

「でしょ。ハァ〜、私のような高嶺の花が婚約を申し出てあげたのに、もったいないことをしたわね、リューク・ヒュガロ・デスクストスは」

私の発言にリンシャンは何故か笑顔になっていた。

「何？　リンシャンも私を笑うの？」

「あっ、いや、違うんだ」

「何が違うというの？　あなたは今笑っているじゃない」

「いいや。本当にそういう意味じゃない。エリーナが羨ましいと思っただけなんだ」

「羨ましい？」

「ああ、エリーナはガッツ兄様やリューク・ヒュガロ・デスクストスを天秤にかけることが出来るのだろう？　私には選択肢がないからな。むしろ、私よりも自由だと思うと、ついおかしくなってしまったんだ」

リンシャンの言葉に。

私は少しだけリンシャンへの配慮が足りなかったと悪い気がして黙ってしまう。

笑顔は、私を笑ったのではなく自分の状況を笑ったものだったのね。

「エリーナの立場ならば、確かに政治的なことも含まれているだろう。だが、政治を抜きにして、エリーナが生き残る道は無限にあるんじゃないか？　それこそ王国を出てもいい。他国の王子に嫁ぐのもありだろう」

そんなこと言われなくてもわかっている。

ただ、それでは逃げたようで嫌なのだ。

王国に生まれ、王族として生き、王国の動乱がわかっていて、自分だけ逃げてしまうことが私にはどうしてもできない。

そうか、私は王国を愛していたのだ。

だから、リューク・ヒュガロ・デスクストスの言葉に怒りが湧いてきたんだ。

私は王国のことを想っている。

誰かのことを考えていないわけじゃない。

やっぱり、あいつは最低な男だ。

「一つだけ、私がリューク・ヒュガロ・デスクストスについて言えることは……」

嫌いとでも言うのかしら？　それとも最低？

「奴は、信念を持っている男だ」

えっ？　本当に今日はリンシャンに驚かされてばかりだ。

まさか、リンシャンからリューク・ヒュガロ・デスクストスを認めるような言葉が発せられるなど思いもしなかった。

「どうしたのリンシャン？　あなたらしくないわ」

「そうかもしれない。ただ、私は強さの本質を奴に教えられただけだよ」

「……そう」

リンシャンが語る強さの本質とはなんなんだろう。

だけど、強さを求めるリンシャンらしい答えに思えて納得してしまった。

◇

《Ｓｉｄｅアンナ》

私の名はアンナと申します。

エリーナ王女様専属従者であり、子爵家の三女として生を享けました。

幼い頃から、エリーナ様の従者になるために教育を受けてきたため、成人を迎えた私は、家を出て現在はエリーナ様の専属従者として、アレシダス王立学園にも共に通っております。

紳士淑女としての嗜みから、従者としての作法まで、エリーナ様をサポートするための全てを習得して参りました。

アレシダス王立学園の勉学だけでなく、魔法や実戦に至るまで幼い頃から学んできましたので、他の方々よりも優秀だと思っておりましたが、上には上がいるものです。

私が人生をかけてお世話するエリーナ様は、目下、様々な問題を抱えられております。

その一番の原因となっている人物、リューク・ヒュガロ・デスクストス様は公爵家の第二子息様です。

見た目は男性とは思えないほど美しく。

気怠い印象を受ける方ですが、その見た目とは別に様々な黒い噂が絶えない方でもあります。

更に、貴族派と王権派が争いを水面下で始めている中で、不思議な動きをしているため目立っており、今後の動向に注目を集めておられます。

曰く、数え切れないほどの女性を侍らせるハーレム王。

曰く、幼い頃に魔法の深淵に辿り着いた神童。

曰く、敵となった者を廃人へ誘う悪魔。

などなど、真実かどうかわからない噂が絶えない方です。

私は、エリーナ様が婚約者候補として考えられていることを知り、アレシダス王立学園に入学当初から調査も兼ねて監視をしておりました。

ハッキリ言います。

リューク・ヒュガロ・デスクストス様は……。

推せます！

推せるのです！

いや、カッコイイのなんて当たり前ですが。

私が彼を推せると思った瞬間は、紫色のクマのヌイグルミを抱いて現れたときです。

なんですかそれ！

綺麗な男性が可愛いヌイグルミのアイテムって、ヤバすぎでしょ！　反則です。

確かに、今までリューク・ヒュガロ・デスクストス様を観察してきました。

空飛ぶクッションに寝転んで、ダラダラしている姿も尊いと思っておりました。

ですが、ヌイグルミって……、私が感じた衝撃は計り知れないほど圧倒的でした。

これほど人を眩しく神々しいと思ったことはありません。

今まで以上に私はリューク・ヒュガロ・デスクストス様を観察するようになりました。

学園剣帝杯での活躍は一度だけで残念です。

戦っても最強。

戦わなくても最強。

ただ寝ているだけで最高。

学園が年末年始になって、お休みになり私はリューク様の観察が出来なくなりました。

それは生きるための活力を奪われ、魂が抜けたように感じてしまいました。

一度だけ、エリーナ様がリューク・ヒュガロ・デスクストス様へ婚約の申し出に向かわれた際に同席しました。

リューク・ヒュガロ・デスクストス様のお家です！

ファンが……、推しの家に上がる！　もう……、死んでもいい。

エリーナ様が、リューク様の奥様になることができれば、私は従者として推しを応援し続けられます。

そう思っていたのに、エリーナ様はフラれてしまいました。

まぁ……。我が主ながら、エリーナ様は少し女性としてはお子様なところがあります。

フラれた後も、王宮の人たちは大して気にした様子ではありませんでした。

ですが、エリーナ様は悲劇のヒロインのように皆が自分を笑っていると言い出して、秘境へ逃げて行かれました。

私も同行したのですが……、夢を見ているのでしょうか？

それともここは天国なのでしょうか？

エリーナ様はどうしてそんなに平然としていられるのですか？　男性の裸ですよ？　それもリューク・ヒュガロ・デスクストス様の裸ですよ？　温泉で鼻血を流して、のぼせたのは初めてです。

主君に世話をしてもらうなど、従者としての恥。

まぁエリーナ様は文句を言いながらも、お世話をしてくれるので悪い人ではありません。

見た目もリューク様に負けぬほど美しいのに、どこか残念なところがあるのです。

それがエリーナ様のいいところだと思っています。

「今！　私のことバカにしなかった？」

「とんでもございません。私がエリーナ様を侮辱するなどありえません」

「そうよね。アンナは私の味方なのだから」

別に私はエリーナ様を嫌いではありません。

残念な人だとは思いますが、それがまた可愛いと言いますか……。

世話をしてあげたくなる人なのです。

そんなエリーナ様にも唯一のお友達が存在します。

マーシャル公爵家のリンシャン様です。

猪突猛進な猪武者とエリーナ様は表現されておられますが、私はまた違った見方をしております。

素直で、礼儀正しく、誰にでも分け隔てなく優しい方です。

なぜ、リューク・ヒュガロ・デスクストス様にだけは、あれだけ対抗意識を燃やすのか不思議な方なのです。

二年次の学園が始まって、お二人でお茶を楽しまれている際に私が給仕をさせていただきました。

そこでの会話で、リンシャン様の変化に驚いてしまいました。

元々、女性らしいリンシャン様でしたが、乙女です。乙女がおられます。

唐変木《とうへんぼく》なエリーナ様でも、リンシャン様の恋心にはさすがに気付いて、誰が好きなのかとバカな質問をされていました。

本当にうちのお嬢様はどうして、相手の気持ちを考えられないのでしょうか。

そんなエリーナ様にリンシャン様がかけた言葉が……。

「恋愛は……、恋に落ちるものだ」

キャ～！　悲恋なのですね！　叶わぬ恋なのですね！　素敵です。

リンシャン様素敵！

残念なお嬢様から、リンシャン様に乗り換えたいです。

私、昔から恋愛小説の虜でした。

もう、リンシャン様の態度はまさに恋する乙女……。

ハァ……眼福です。

誰かエリーナ様にも恋愛を教えてあげてください。

そんなことを考えながら修学旅行が始まり、シーラス先生が発表したチームがあまりにも意外過ぎました。

「リューク・ヒュガロ・デスクストスのチームは、エリーナ・シルディ・ボーク・アレシダス、リンシャン・ソード・マーシャル、アンナ、ダン」

えっ？　リューク・ヒュガロ・デスクストス様と同じ班？

私……、一生分の運を使い切ったのではないですか？

ダンジョンで死ぬかも……、いや、これはチャンスです。

エリーナ様とリューク様をくっつけるチャンスなのです。

二人が結婚してくれれば、私はリューク様を一生見続けられます。

一生推しのお世話が出来るのです。

エリーナ様！　頑張ってください！

私のために……。

◇

《Sideエリーナ・シルディ・ボーク・アレシダス》

塔のダンジョンから帰還する際にアンナが私のそばに来て言いました。

「エリーナ様、これはチャンスです」

「チャンス？」

「はい。せっかくリューク様と一緒のチームになれたのです。仲良くなるチャンスです」

「どうして私がそんなことしなくてはいけないのかしら？　他の殿方から婚姻の申し出は来ているのでしょ？　リュークに固執する意味がわからないわ」

どうして王族である私の方が謙《へりくだ》らなければいけないのかしら？　確かに情勢の事を考えれば、リュークは強力なカードだとは思うけれど。

情勢など、いつ変わってもおかしくないじゃないの。

その時に選んでも遅くはないはずよ。

「先に言っておきます。すでに強力な陣営は婚姻を始めています。エリーナ様の年齢で後から決めればいいと考えておいででしたら、誰も貰い手がなくなるか、もしくは苦労を味わう殿方の下にしか嫁ぎ先がなくなりますよ」

アンナはたまに私を脅すのです。

私はまだ若いです。それに美しいです。

だから……大丈夫ですよね？

「わかっているわよ。でも、私が誘うなんて！」

「わかりました。私が誘ってみます」

「アンナが？」

「はい。私もチームメンバーですので」

「いいわ。アンナが誘ってくれるなら行っても」

アンナはリュークの元へ行く前に、リンシャンの元へ向かいました。

何を話したのかわからないけれど、急にリンシャンの顔が赤くなり、この場を離れていきました。

いったい何をしているのでしょうね。

リュークと話をしたアンナは驚いた顔を見せました。

アンナが表情を変えることが珍しいので、本当に何を言われたのか気になりますわね。

「エリーナ様、リューク様に応じていただきました」

「そう、それなら行きましょうか?」

「はい」

リュークを伴って私が泊まっているホテルのラウンジに行きました。

着席すると、私とリュークの間にアンナが座って同じお茶を飲み始めました。

「どうしてアンナも一緒なの?」

「ボクがお願いしたからだよ」

「はい。私も同席することで応じていただきました」

リュークは私とお茶をするために来たのではなくて?

「同じクラスメートだけど、アンナさんのことは知らないからね。王女様の従者ってことぐらいしか知らないだろ?」

「私のことで良ければいくらでもお話しします」

「ちょっと待ちなさい。アンナとお茶をしたいなら、私は要らないじゃない?」

遺憾です! まるで、アンナのオマケみたいな言い方をされるなんて! 私は王女なのに!

「う～ん」

言葉を濁すリューク、アンナが私の脛を蹴りました。

「痛っ!」

アンナを睨むとリュークに聞こえないように背中を向けるように指示してきました。

頭が痛くなってきました。

「好きになるためには、様々な方法があると思います」

アンナの言葉に私は何を言い出したのか理解できなくて、馬鹿な事を言っているアンナに対して頭が痛くなってきました。

「何よ！」

「一目惚れと言う方もおられますが、ほとんどの方が相手を知ることで好意を抱いて好きになるのです。まずは、リューク様の事を知り、エリーナ様のことを知ってもらうことから始めましょう。エリーナ様を知る中には私も含まれていると思いませんか？」

私を知る中にアンナを知ることが含まれる？　確かにアンナは私と一番長くいて、私よりも私のことを知っていると思うけれど、納得できないのはなぜなのかしら？

「エリーナ様は、まずは私とリューク様との会話を聞いて勉強してくださいませ」

「勉強？　何を勉強するというのですか？」

私は優秀です。恋愛でも、勉強する必要などありません。

「リューク様とお呼びしてもよろしいですか？」

「うん。いいよ」

「それでは私のことはアンナと呼んでください」

「了解、アンナ」

「!!」

「エリーナ様」

スムーズに会話するアンナが突然、顔を朱に染めました。

今日のアンナはいつもと違って、冷静さを欠いているように見えてしまうわね。

従者の不手際を、後始末しないといけないわ。

それにアンナなりに、私とリュークを仲良くさせようと考えているのでしょうから。

「私のこともエリーナで結構よ」

「そっか、ボクもリュークでいいよ」

うん？　なぜ、私のことは名前で呼びませんの？

「あっ、ちょっとごめんね」

リュークが知り合いを見つけて席を離れました。

「アンナ？　どうしたの？　今日のあなたは少し変よ？」

「申し訳ありません。エリーナ様。もう少しやれると思っていたのですが、不甲斐ない私で申し訳ありません」

謝ってばかりで、事情を話そうとしないアンナに困惑するばかりね。

戸惑っている間にリュークが戻ってきました。

「ごめんね。ちょっと用事ができたから、失礼するよ。お茶、美味しかった。ありがとう。それとエリーナ」

「なっ、何ですの？」

突然、名前を呼ばれてドキッとしてしまいます。

「今日の戦いでの指示は良かったと思う。君は人を統率するのが上手いんだな」

リュークが私を褒めましたわ！

今までダメだとばかり言っていたくせに、やっと私の良いところがわかったのですね。

「それで、明日はリーダーを君に任せたいんだけど、いいかな？」

「えっ？　どういうことですの？」

「うん。ちょっと用事が今日で終わるのかわからなくてね。君にならリーダーを任せられると思うんだ。明日は、ボクもシーラス先生もいないから、一階からもう一度やり直してみてくれないかな？」

なっ！　何ですの急に褒めて。

まぁ、代わりにリーダーになってあげても問題はありませんわね。

「よくってよ。あなたがいなくても、今日も問題ありませんでしたから」

「そうか。よかった。エリーナに任せれば安心だね。それとアンナもすまないが、他の二人にも言っておいてくれないか」

「かしこまりました」

「二人ともありがとう、よろしく頼むね。それじゃ、ここの支払いはしておくよ」

要件を告げたリュークは、ラウンジを立ち去って行きました
「ふふ、どうですアンナ。リュークが私の統率力を認めてリーダーを譲っていきましたわ」

「……そうですね」

「どうしましたの？　元気がなくってよ」

「いいえ、エリーナ様がお幸せそうで何よりです」

ふふふ、チームになったことですし、私の素晴らしさをもっと見せつけてやりますわ。

リュークの方から私に結婚してほしいと言わせてみせます。

書き下ろし番外編

一目惚れ

Only Lazy, Villainous Aristocrats

《Sideアカリ》

ウチは、自分で言うのもあれやけど、子供の頃から賢くて天才美少女やった。

店で売っている商品の品質を理解しとったし、魔導具を作るのも好きやった。

お客さんと話すのも好きやし、なんでもできとったな。

自分も天才っていうのはウチのことやと思っとったわ。

だから、なんやろな。

ウチの成長は早かったから、同じ歳の男の子たちに興味が持たれへんかった。

そうなってくると年上のイケメンを目で追うようになって、オトンほどは離れてないけど、十個ぐらいは上でもええかなって思うようになっとった。

そんぐらいの方が大人の余裕があるし、ウチが商売したり、研究したりしてても何も言わんやろ？　えっ？　家事をしろって？　マジで言うてるん？　ウチが研究して発明した方が絶対に儲《もう》かるやん。ハァ、男なんていらんかもしれんわ。

イケメンが好きやのに、嫌なおっさんから熱烈に求婚されて、余計に男嫌いになりそうや。毎日気分は最悪でなんかええことあらへんかなって思ってまう。


「おい！　あの馬車は、デスクストス公爵家の者や」

オトンの驚いた声にウチも警戒した。

十二歳になったばかりの頃、店に出るようになって貴族さんたちの相手もするようになった。そんなウチに今まで一番位が高い貴族様がやってきた。

「オトン！　どうするん？」

「誰が来たかによるやろな。あり得るのは、デスクストス夫人か、アイリス様か、とにかく商品説明なんかもしてもらうから、用意だけはしときー」

「はいよ」

商品を見に来て下さるなら女性だろうと判断して覚悟を決めた。

せやけど、白い綺麗な獣人のメイドさんが扉を開けて降りてきたのは、今まで見たこともないほど綺麗な男の子やった。

ウチはその瞬間に意識を奪われるほど見惚れてしまったんや。

「いらっしゃいませ。デスクストス公爵家のリューク様ですね」

さすがはオトンや、すぐに誰か判断して平常通りの対応を見せる。

そんなオトンの対応にリューク様は驚いた顔をしとった。

「ボクのこと、知っているの？」

「商売人は、情報こそが武器ですので。こちらでは人が多くてゆっくり見られませんので、どうぞこちらへ」

オトンはすぐに貴賓室《きひん》へ案内する。

貴族様たちを対応するための部屋で、グレードも様々用意してあるけど、最上級の部屋へ案内した。

それだけの相手やとオトンが私に教えてくれる。

最上級の部屋にはテーブルとフカフカのソファー。

ウチで雇っとる中でも美人どころの姉ちゃんたちが給仕をしとる。

飲み物やお菓子も食べ飲み放題になってるんや。

貴族様は、こんな物が安く見えるぐらいの買い物をしてくれるから、何にも問題あらへん。

「わたくしはマイド商店の店主。モースキー・マイドと申します。リューク様におかれましては、ご来店して頂きありがとうございます。私のような年配がお相手ではつまらないでしょう。そこで、本日は我が娘がご案内させていただきます」

来た！　オトンがウチへ目配せする。

ここからはウチが気張らなあかん。

こないに美しい人を相手にするんや、気張らな負けてまう。

今日は気合い入った服装をしとってよかった。

海の向こうにある南国風の衣装は、ウチに似合っとる。

「お初にお目にかかります。モースキー・マイドが娘。アカリ・マイドです」

ウチは、いつもの話し方を封印して、貴族様に向けての話し方で声をかけた。

「リューク・ヒュガロ・デスクストスだ。そして、こっちはシロップ」

「シロップでございます」

すぐにわかった。リューク様は差別せえへん貴族様や。

通人至上主義教会が幅を聞かせている王都で獣人のメイドさんを大事にしてはる。

綺麗な顔をしているだけやない。

この人は心まで綺麗な人や。

「リューク様、シロップ様、よろしゅうお願いします」

ウチと同じアレシダス学園に通いはるそうで、入学準備の一式を買いにきはった。

それにウチが開発した魔導ドライヤーが一番欲しいって、嬉しいことまで言ってくれる。

天然で綺麗なだけやない。

努力してるから、リューク様は綺麗なんや、この人はちゃんとしてはる。

この頃のウチは、シータゲ・ドスーベ・ブフ伯爵様に熱烈な求婚を迫られとった。

だから、余計にイケメンに目がいくようになって、たくさんの男たちを見てきたが、リューク様以上の人には出会えんかった。それはウチの初恋やったんや。

だから、アレシダス王立学園に入ってからも、色々と仲良くなろうとは頑張ったけどあかんかった。

従者をしている、リベラ様とチーム組めたから仲良くなろうと思ったけど、警戒が強い。

同じ平民のミリルちゃんと、ルビーちゃんはどんどんリューク様と仲良くなっていく。

ズルいわ。ウチだったリューク様のことが好きやのに。

◇

一年次学園が終わってもうて、学園ではチャンスもなかった。

そんな時や、ウチの店にリューク様が来てくれた。

「三人にドレスを買いにきたんだ」

ブフ伯爵様と一悶着《ひともんちゃく》があったから、話すきっかけはできた。

事情もわかってもらえるはずや。

「先ほどはすんません。なぁ、リューク様。ウチのこと妾《めかけ》にしてくれん？　体はええもんもってると思うんねん。それに何不自由させへんよ」

属性魔法《金》は文字通り、金の卵や。

それに商売や発明品でお金になりそうな才能もある。

プロポーションも、顔だって美人で悪くない。

自分で言うのもなんやけど、お値打ち価格やと思うねん。

「ダメ、ボクにはカリンがいるから」

せやけど、シロップはんに、ミリルちゃん、ルビーちゃんは大切にしとるやん。

そんなんズルいわ。

ええやろ。そこまでウチをコケにするんやったら、ウチだって本気出したる。

「カリン・シー・カリビアン様ですね」

ウチは、リューク様を落とすために、カリン様の元を訪ねた。

伯爵ご令嬢や。うちなんかが話しかけてええ人やあらへん。

せやけど、一世一代の大博打《おおばくち》をしなあかん。

「ウチはマイド大商店のアカリ・マイドいいます」

「商人？　商人の娘さんが私になんのようかしら？　ダイエット商品はウチで取り扱っているから、流しませんよ」

「そっちじゃないです」

「そっちじゃない？　他にウチが取り扱ってるのは、海産物と外国の品々で、何が目的なのかしら？」

カリン様もようわかっておられる人や。

あのリューク様を支える正妻《せいさい》様は、めちゃくちゃ賢いお人や。

舐《な》めとった。自分の方が聡《さと》いと思って、会えばどうにかなると思ってもうた。

「リュッ」

「リュ？」

「リューク様の妾になりたいんです！　リューク様は自分では何もしたくないって言うてました。ウチは商売の才能があります。商品を開発する発明の才能もです。それに属性魔法は《金》やから、なんやったらウチが働けば莫大な富を得られます。ですから、どうかリューク様の妾になることお許しください」

ウチはアホや！　なんで、こんな直球にしか話ができへんねん。

こんなん、金でリューク様を買わせてくれって言うてるようなもんや。

そんなことを正妻のカリン様が許すはずがない。

終わった～！　ウチの初恋は終わってもうたんや。

「ふふ、あなた面白い子ね」

「えっ？」

「今まで、何人か、リュークと付き合いたいと言う子が現れたわ」

あっ、ヤバいやつやん。ウチ、地雷《じらい》を踏んだんやろか？

「美しい人、お金持ちな人、リュークを物としか扱わない人。様々な人たちがいて全員を返り討ちにしてきたの」

あかん、めっちゃ怖い！

これがカリン・シー・カリビアン様の本領なんや、貫禄《かんろく》が違うわ。

ウチ如《ごと》きが、言葉を交わしたあかん人やった。

「皆さんは、リュークの見た目を意識して着飾る宝石のように欲しがった。だけど、あなたはリュークのことを考えてくれていたわね」

「えっ？」

「リュークが怠惰であることを理解して、自分が働くから妾にして欲しいって、もしかしたら初めて言われたんじゃないかしら？　シロップは元々リュークの側に仕えるのが当たり前。ミリルちゃん、ルビーちゃんからは側に居たいからメイドをさせて欲しい。だけど、あなたは自分が働くから妾にして欲しいかぁ」

なんやろ？　怖いねんけど、カリン様の顔が優しく見えてきた。

これっていけんちゃう？　ウチもしかして、妾になれる？

「今、リュークを支えるためにメイド隊を作ろうと思っているの」

あれっ？　それってミリルちゃんたちみたいにウチにメイドになれってことやろか？

メイドになったら、妾になれる？　そうしたら、ウチは発明をする時間がとられへん。

そんなん嫌や。

リューク様の妾にはなりたい。

だけど、それと同じぐらい発明をしていたい。

それを奪われるなら、ウチは……。

「私と一緒に共同の出資者にならない？」

「はっ？」

カリン様の申し出が、理解できなくて、問いかけてしまう。

「しっ、失礼しました」

意味がわからんかったから、失礼な言い方してもうた。

「良いのですよ。そうですね。まずは説明からしましょう」

カリン様はめっちゃ優しい。

「現在リュークが働かなくてもいいように、メイド隊を結成しようと思っています。その際に共同出資者として、参加してくれるなら、私は妾になることを認めます。もちろん、リュークへの説得は大事なので、アカリさんにはリュークに妾にしてもいいと頷かせる必要があります」

こんなん！　もういいよって言われているようなもんやん。

カリン様のお墨付きいただきました！

「もちろんです」

「リュークは手強いと思いますが、頑張ってみてください」

カリン様からお許しと言伝《ことづて》を預かった、ウチはリューク様のアポをとって会いにいった。

なかなか了承をくれへんリューク様に我慢でけへんくなって、ウチは愛の告白をしてもうた。

「リューク様に惚れてもうたんやから仕方ないやん！」

「はっ？」

「ウチは平民や！　上位貴族のリューク様に妾にしてもらうには、めっちゃ綺麗になるか、自分の能力を売るしかないやろ！　リューク様の周りにはシロップはんも含めて綺麗どころはようさんおる！　ウチじゃ勝てへんねん！　だから、ウチは能力を売る！　ウチは発明が出来る！　お金を稼げる！　それを武器にしてリューク様の側におりたいんや！」

顔が熱くなっていくのがわかる。

「ウチをお嫁さんにしてや！」

顔から火が出るほど恥ずかしかった。

せやけど、熱意が伝わってお嫁さんにしてもらえるようになった。

「ふふふ、リュークから聞いたわよ。随分と熱心に口説いたようね」

「ハゥ！」

ダーリンのアホ！　カリン様に言うなんて恥ずかしいやん。

「だけど、ありがとう」

「えっ？」

「リュークは、まだまだ大きくなっていく男なの、私一人では支えきれない。だから、アカリのような女性が味方についてくれて嬉しいわ」

「カリン様！」

あかん、リューク様だけやない。

カリン様のことも大好きやわ。

この二人はホンマにええ人たちやわ。

二人の中に割り込んでしまうみたいで悪いとは思う。

せやけど、それ以上に二人に迎え入れてもろた気がして嬉しい。

ダーリンのお嫁さんになれて、今めっちゃ幸せな気分やわ。

その後は色々と大変やったけど、ダーリンがウチを救い出してくれた。

だから、ウチはカリン様との約束通りメイド隊設立を行って成功させた。

人材確保も、ダーリンが獣人で奴隷になってた子たち救い出してメイドにしてもた。

みんな、怪我してたり、病気やったり、体の一部を失ってたり、それはもう大変やったけど、ダーリンは全員を救ってもうたんや。

あれや、ウチの魔導具作りでは成し遂げられへんことをダーリンはしてまうんや。

せやけど、一つだけわかったことがある。

ダーリンは、怠惰なりたい言うて、誰よりも働いとる。

それはあかん。

だから、いつかウチがダーリンがおらんでも、平和な世の中になるような魔導具を作ればダーリンはいつでもダラダラできるはずや。

ウチの目標は、自分の店を持つことと、ダーリンがダラダラできるように平和な世の中を作り出す魔導具を生み出すことや。

それぐらいできな、リューク・ヒュガロ・デスクストスの妻を名乗ることはできへんわ。

あとがき

二ヶ月連続刊行ということで、先月ぶりのお目見えになります。イコです。

この度は「あくまで怠惰な悪役貴族」二巻をお手に取っていただき、ありがとうございます。

このあとがきを書いている時点では、一巻が発売しておらず、二ヶ月連続刊行していただけるという状況にドキドキしながら、期待に応えたいとあとがきを書いています。


さて、一巻では、子供時代のリュークに転生した主人公が、大人向け恋愛戦略シミュレーションゲームに転生して断罪される未来を回避するために努力をしていく話でした。

二巻では、成長したリュークが、貴族派閥を仕切る大物たちとの顔合わせ。

さらには、怠惰な日々を過ごす上で最も身近でお世話をしてくれる、シロップを虐げる獣人差別に対する問題に直面します。

アカリやクウといった新たなヒロインたちの悩みまでリュークの下へ舞い込んできて、怠惰で過ごしたいだけのリュークは大忙しの年末年始の休暇を送らなければいけなくなっていきます。

そして、新たに二年次へ進級を果たしたリュークの舞台はアレシダス王立学園から、迷宮都市ゴルゴンに移っていきます。

そこに待ち受けるのは、貴族派閥の大幹部、最強のゴードン侯爵。

幕間では、リンシャンやアカリ、シロップやアンナなど、個性豊かなヒロインたちの心情が織り込まれて、リュークを取り巻く者たちが、どのような考えを持ってリュークと過ごしているのか知れるようになっています。

カクヨム掲載時よりも、順序立てた構成になっており、読みやすくなっているため、お楽しみいただけたと思います。

続きは、三巻でお会いできることを楽しみにしております。

二ヶ月連続刊行を決めてくださったＴＯブックスの皆様、本当にありがとうございます。

そして、タイトなスケジュールの中で、ラフや表紙イラストなど、要望に応えてくださったｋｏｄａｍａｚｏｎ様には感謝で頭が下がります。本当にありがとうございます。

最後に、この本を手に取ってくださった皆様に最上の感謝を捧げます。

あくまで怠惰な悪役貴族2

2024年1月1日　第1刷発行

著　者　イコ

発行者　本田武市

発行所　TOブックス
〒150-0002
東京都渋谷区渋谷三丁目1番1号　PMO渋谷Ⅱ　11階
TEL 0120-933-772（営業フリーダイヤル）
FAX 050-3156-0508

印刷・製本　中央精版印刷株式会社

ISBN978-4-86794-036-5

Printed in Japan